मौत के दीवाने

जेम्स हेडली चेईज

www.diamondbook.in

प्रकाशकः डायमंड पॉकेट बुक्स (प्रा.) लि.
X-30, ओखला इंडस्ट्रियल एरिया, फेज-II
नई दिल्ली- 110 020
फोन : 011-40712200
ई-मेल : sales@dpb.in
वेबसाइट : www.diamondbook.in
संस्करण : 2019

MAUT KE DEEWANE
By : James Hadley Chase

मौत के दीवाने

मेरा नाम टॉम मेगन है और मैं एक बाहामियन हूं यानी बाहामा द्वीप का निवासी हूं। मेरा रंग गोरा-चिट्टा है। जब मैं केम्ब्रिज विश्वविद्यालय में तालीम हासिल कर रहा था, तो अधिकांश लोग मेरी पीठ के पीछे यह खुसर-फुसर करते-मज़ाक करते थे-भला एक बाहामियन भी गोरा हो सकता है। बाहामा में हब्शी रहते हैं...और हब्शी कभी गोरे नहीं होते। किसी को यकीन ही नहीं होता था कि मैं बाहामा का रहने वाला हूं।

मेरी इस कहानी का चूंकि बाहामा और वहां की रियासत से काफी गहरा सम्बन्ध है, अतः बाहामा के बारे में कुछ जानना आपके लिए निहायत जरूरी है।

बाहामा द्वीप समूह में प्रायः सात-आठ सौ छोटे-बड़े द्वीप हैं। यह द्वीप समूह फ्लोरिडा के समुद्र तट से पचास मील दूर से आरम्भ होकर पांच सौ मील दूर क्यूबा के समुद्र तट तक फैला हुआ है, यानी बाहामा द्वीप समूह का एक द्वीप अमरीका के पास है, तो दूसरा क्यूबा के निकट। बाहामा द्वीप समूह में कई तो काफी बड़े द्वीप हैं...जैसे अबाको, ग्रेंड बाहामा, न्यू प्रोवडिन्स, एल्यूथरा, एन्डरॉस आदि। ये द्वीप इतने बड़े हैं कि आप इसी से अन्दाजा लगा सकते हैं कि इनमें कोई ऐसा द्वीप नहीं जिसमें फाइव स्टार होटल न हो। और ग्रेंड बाहामा में तो तीन-तीन ऐसे होटल हैं। इसके साथ-साथ बाहामा द्वीप समूह में कुछ ऐसे द्वीप भी हैं जिनमें केवल चालीस या पचास परिवार रहते हैं।

मेरा सम्बन्ध एक ऐसे परिवार से है जो अमरीका की आज़ादी के लिए अंग्रेजों के विरुद्ध लड़ा था। बहुत कम लोग इस बारे में जानते हैं कि जिन दिनों इंग्लिश चर्च के कैथोलिक मतांध प्रोटेस्टेन्ट धर्मियों पर अत्याचार ढा रहे थे तो कई प्रोटेस्टेन्ट इंग्लैण्ड से भागकर बाहामा जैसे दूर-दराज इलाकों में

जाकर बस गए थे। किन्तु कैथोलिक मतांधों को इस पर भी चैन नहीं आया था...और वे उनके पीछे जा-जाकर उन पर अत्याचार करते रहते थे। यही नहीं, उन्होंने ब्रिटिश सरकार को इस कदर उकसाया कि वह भी कैथोलिक मतांधों का साथ देने लगी और इंग्लैण्ड से उजड़े हुए प्रोटेस्टेन्ट शरणार्थियों के पीछे जा-जाकर उनकी बस्तियों पर हमले करने लगी। तब अट्ठारहवीं शताब्दी के अन्तिम दशक के आरम्भ में जार्ज वाशिंगटन ने इंग्लैण्ड से उजड़े हुए शरणार्थियों को एक जुट किया था और फिर वे अंग्रेजी के हर हमले का मुंहतोड़ जवाब देने लगे थे। तत्पश्चात अंग्रेजों एवं इन शरणार्थियों के बीच डट कर लड़ाई हुई थी। इस लड़ाई में अंग्रेज हार गए थे और इन शरणार्थियों को विजय प्राप्त हुई थी। इसी जीत के साथ अमरीकन राष्ट्र का जन्म हुआ था।

मेरे पुरखे इस जंग में अंग्रेजों के विरुद्ध लड़े थे। वर्ष 1784 में जंग की समाप्ति के पश्चात जॉहन मेगन ने अपने परिवार सहित बाहामा द्वीप समूह के अबाको द्वीप में बसने का निर्णय किया था। उस समय अबाको द्वीप की कुल आबादी 1500 थी। 1788 में यह आबादी 1500 से घटकर केवल 400 रह गई थी। इन चार सौ में आधे से अधिक यहां के मूल निवासी यानी हब्शी थे। जनसंख्या के घटने का एकमात्र कारण यह था कि यहां की जमीन अनउपजाऊ थी। टमाटर, गन्ना, अनानास, कपास आदि जैसी कई नकदी फसलें उगाने के बहुत प्रयास किये गए थे, पर जमीन कुछ पकड़ती ही नहीं थी। आखिर थक हारकर लोगों ने द्वीप को खैरबाद कह दिया था। किन्तु मेरे पूर्वज तथा कुछ अन्य परिवारों ने नहीं छोड़ा और यहीं पर डटे रहे। अबाको द्वीप में लकड़ी काफी मात्रा में पाई जाती थी। सो उन्होंने अपने रहने के लिए लकड़ी के मकान बनाए। खाने-पीने के लिए जो फसलें उग सकतीं, उगाते-समुद्र में मछलियां पकड़ते...पकाते खाते और सो जाते। यही उनका जीवन था....दिन के समय फसलों की देखभाल करना, मछलियां पकड़ना और दिन ढलते सो जाना। शनैः-शनैः मेरे पूर्वज जॉहन हेनरी मेगन ने द्वीप वासियों को समझा-बुझाकर लकड़ी का धन्धा शुरू किया। वे अबाको से लकड़ी निर्यात करने लगे। उनका कारोबार फलने-फूलने लगा...और फिर फलता-फूलता ही रहा। दो साल के अन्दर-अन्दर अबाको की आबादी कई गुणा बढ़ गई। द्वीप की प्रगति के लिए जॉहन हेनरी मेगन को इतनी नेकनामी

मिली कि आज भी लोग-बाग मेरे पुरखों को नहीं भूले तथा मेरे परिवार के साथ प्रेम एवं श्रद्धा से पेश आते हैं।

सब सांसारिक सुख होने के बावजूद मेरे वंश में एक अजीब-सा सिलसिला चला आ रहा है...इसे आप हमारा अभाग्य समझ लीजिए या भाग्य...हमारे वंश में लड़के तो बिरले ही पैदा होते हैं, अधिकांश लड़कियां ही जन्म लेती हैं। मेगन परिवार जो बाहामा द्वीप समूह के कोने-कोने में फैला हुआ है, उसमें मैं ही एकमात्र पुरुष हूं....बाकी सबकी सब नारी जातीय हैं।

लकड़ी निर्यात करने के साथ-साथ मेरे पुरखे पानी के जहाज़ भी तैयार करने लगे। इससे उनकी आमदनी में चार चांद लग गए। फिर उसके बाद जब जॉर्ज वाशिंगटन ने अमरीका में दास-व्यापार तथा दास-प्रथा समाप्त करने का एलान किया, तो अमरीका के दक्षिणी राज्य संघों ने सरकार के इस निर्णय के खिलाफ आन्दोलन शुरू कर दिया, जो शनैः शनैः जंग की सूरत इख्तियार कर गया था। जॉर्ज वाशिंगटन ने तंग आकर दक्षिणी राज्यसंघों पर आर्थिक प्रतिबन्ध लगा दिए थे। उधर बाहामा की आर्थिक अवस्था बहुत उन्नति कर चुकी थी। मेरे बुजुर्गों ने दक्षिणी राज्यसंघों पर लगे आर्थिक प्रतिबन्धों का पूरा लाभ उठाया। वे कीमतों को कई-कई गुणा बढ़ाकर वहां के लोगों की आवश्यकताएं पूरी करने लगे। इस आर्थिक प्रतिबन्ध से मेरे पड़दादा ने इतना लाभ उठाया था कि वह इन दो साल के दौरान एक मोटे-तगड़े आसामी बन गए थे। उनकी मृत्यु के कोई तीन वर्ष पश्चात मेरे दादा अबाको से नासाऊ स्थानांतरित हो गए थे। नासाऊ, बाहामा द्वीप समूह की राजधानी होने के साथ-साथ एक बहुत भारी तिजारती केन्द्र है। मेरे दादा ने भी अपने बिजनेस को बहुत उन्नति दी...उनके पश्चात जब मेरे पिता की बारी आई, तो उन्होंने मेरे पड़दादा को भी मात दे दी...मेरे पड़दादा ने अपने परिवार को यदि धनी बनाया था, तो मेरे पिता ने अपने परिवार को सही मायनों में धनाढ्य बनाया था। मेरे पिता एक करोड़पति थे और वह भी ऐसे काल में जब समूचे अमरीका में सिर्फ चन्द लोग ही करोड़पति थे। मेरे पिता यदि बुद्धिमान और मेहनती थे, तो उनका भाग्य भी डटकर उनका साथ देता था। वर्ष 1924 का जिक्र है जब मेरे पिता के भाग्य का सितारा उत्थान पर था...सो उन्हीं दिनों अमरीका सरकार ने अपने देश में मद्य निषेध का कानून लागू कर दिया था। इस कानून के लागू होते ही मेरे पिता ने

अमरीका में शराब भेजनी शुरू कर दी। बाहामा द्वीप में चूंकि निर्यात-आयात पर कोई पाबन्दी नहीं थी...अतः इस काम में उनके लिए कोई जोखिम नहीं था। मद्य निषेध कानून लागू होने से पूर्व अमरीका में शराब की जो बोतल एक डॉलर में बिकती थी, मेरे पिता उसे दस डॉलर में नासाऊ से अमरीका निर्यात करते थे। यह धन्धा वर्ष 1933 यानी दस वर्ष तक लगातार चलता रहा था। अतः इससे आप अनुमान लगा सकते हैं कि उन्होंने किस कदर धन कमाया होगा। वर्ष 1934 में जब अमरीका के राष्ट्रपति फ्रेंक्लिन रूजवेल्ट ने मद्य निषेध कानून को रद्द कर दिया था...और अमरीकी अर्थव्यवस्था को उदार बनाने लगे थे, तो मेरे पिता पर्यटन की ओर ध्यान देने लगे। उन्हें इस बात का पक्का यकीन था कि आज केवल धनी लोग ही सैर-सपाटे के लिए बाहामा आते हैं किन्तु आगे चलकर मध्यमवर्गीय भी उनकी देखा-देखी सैर-सपाटे के लिए यहां आने लगेंगे। मध्यमवर्गीयों की संख्या धनी लोगों से कहीं अधिक होती है...और जब लोग अधिक संख्या में यहां आने लगेंगे तो उनके ठहरने के लिए भी अधिक जगह की आवश्यकता होगी। इस चीज को मद्देनजर रखते हुए मेरे पिता ने अपना लगभग पूरा सरमाया होटल बनवाने में लगा दिया। उनकी दूरदर्शिता बहुत ही लाभकारी सिद्ध हुई थी...पर इससे पहले कि वह अपने हाथों लगाए पेड़ को फलता देख सकते...1949 में उनका निधन हो गया।

अपने पिता की मृत्यु के समय मेरी आयु केवल ग्यारह वर्ष की थी। उस समय मुझे पैसे और कारोबार में उतनी ही दिलचस्पी थी जितनी ग्यारह वर्ष के लड़कों को होती है...यानी मनपसन्द की चीज मिल जाए, तो सब कुछ है, नहीं तो कुछ भी नहीं। मेरी मां ने मुझे बताया था कि मेरे पिता की सम्पत्ति का एक ट्रस्ट कायम कर दिया गया है...और जब मैं और मेरी दो बहिनें इक्कीस वर्ष के हो जाएंगे...तो हम अपने-अपने हिस्सों के मालिक बन जाएंगे। इस दौरान मेरी मां कारोबार की देखभाल करती रही थीं तथा उन्होंने अपना कर्तव्य बहुत ही कुशलता से निभाया था।

मेरी आरम्भिक शिक्षा नासाऊ में हुई थी किन्तु छुट्टियां व्यतीत करने के लिए मुझे अबाको भेज दिया जाता था....यहां पर पीटर एलबरी, जो एक हब्शी था और हमारा वेतन भोगी था-मुझे समुद्र में तैरना सिखाया करता था। मुझे भलीभांति याद है कि यदि कभी मैं तैरने से जी चुराता, या कोई शरारत

करता था, तो वह मेरी खूब धुनाई किया करता था। पीटर एलबरी की हाल ही में मृत्यु हुई है। वह मरते दम तक मेरे साथ रहा था।

अपनी आरम्भिक शिक्षा की समाप्ति पर मुझे केम्ब्रिज भेज दिया गया था। केम्ब्रिज से उपाधि प्राप्त करने के पश्चात मैं दो वर्ष तक हारवर्ड बिजनेस की तालीम हासिल करता रहा था। यहीं पर जूली पेस्को से मेरी भेंट हुई थी....जो बाद में मेरी पत्नी बनी थी। वर्ष 1963 में मैं अपनी तालीम पूरी करके नासाऊ वापिस चला आया था। कुछ दिनों पश्चात मेरी इक्कीसवीं वर्षगांठ के अवसर पर मुझसे कुछ दस्तावेजों पर हस्ताक्षर कराए गए थे...और फिर मेरी मां ने सब होटलों की बागडोर मेरे हाथ में सौंप दी थी।

पहले दिन अपने ऑफिस में जब मैंने अपने होटलों का हिसाब-किताब देखा, तो चकित रह गया-कोई ऐसा होटल नहीं था, जो मुनाफे में न हो। पर्यटन उद्योग के बारे में मेरे पिता का अनुमान शत-प्रतिशत सही निकला था...1949 में, जिस वर्ष उनकी मृत्यु हुई थी....यहां बाहामा द्वीप में 32000 पर्यटक आए थे। वर्ष 1933 में पर्यटकों की संख्या 32000 से बढ़कर 5,00,000 हो गई थी। हमारे सब होटल हर समय बुक रहते थे। मेरे पिता के निधन के बाद से मेरे कारोबार सम्भालने तक मेरी मां ने बहुत ही कुशलता से बिजनेस की देख-भाल की थी। अलबत्ता एक चीज ने मुझे चिन्ता में डाल दिया था...मेरी मां ने ग्रेंड बाहामा के विकास के लिए काफी सरमाया लगा दिया था और यह परियोजना खटाई में पड़ती प्रतीत हो रही थी। हुआ यों था कि एक वेल्स ग्रेव्ज नामी अमरीकन गोरा यहां के वित्त मन्त्री सेन्डस के सहयोग से ग्रेंड बाहामा को निःशुल्क बन्दरगाह बनाना चाहता था...पर यहां के लोगों ने इसमें कोई रुचि नहीं व्यक्त की थी...वेल्स ग्रेव्ज एक बहुत ही चालाक व्यक्ति था। जब उसे महसूस हुआ कि उसकी निःशुल्क बन्दरगाह की योजना सफल नहीं हो रही...तो वह वित्त मन्त्री सेन्डस पर जोर देने लगा कि उसे ग्रेंड बाहामा में एक जुआखाना खोलने का लाइसेंस दिया जाये। सेन्डस ने उसके दबाव में आकर उसे जुआखाना खोलने की अनुमति दे दी थी। सो इस तरह से 1964 में ग्रेंड बाहामा में एक जुआखाना खुला था। जुआखाना खुलते ही वेल्स ने एक लेनस्की नामी अमरीकन को अपने साथ शामिल करके जुआखाने का मैनेजर बना दिया था। जुएखाने में रेजाना लाखों का मुनाफा होता था...और लेनस्की यह समूचा मुनाफा वेल्स ग्रेव्ज को

अमरीका भेज देता था। लोगों के दिल में यह बात बहुत खटकने लगी थी कि उनके देश में हुई कमाई में उनका कोई हिस्सा नहीं...और ये अमरीकन गोरे उनके देश के गोरे वित्त मन्त्री सेन्डस के सहयोग से अपनी तिजोरियां भर रहे हैं-गोरे काले की भावना दिन-प्रतिदिन जोर पकड़ती गई।

आप जानते हैं कि एक देश की अर्थव्यवस्था और वहां की राजनीति में चोली-दामन का साथ होता है। बाहामा की प्रोग्रेसिव लिबरल पार्टी-जिसके अधिकांश सदस्य हब्शी हैं-उनके नेता लिडन पिडलिग के जोरदार भाषणों ने जलती पर तेल का काम किया। परिणाम यह हुआ कि 1967 के चुनाव में लिडिन पिडलिग की प्रोग्रेसिव लिबरल पार्टी दो सीटों से जीत गई और पिडलिग प्रधानमन्त्री बन गया। उधर भूतपूर्व वित्त मंत्री सेन्डस ने यह गलती की कि पिडलिग के अल्प बहुमत का लाभ उठाते हुए प्रत्यक्ष रूप से वेल्स ग्रेव्ज का साथ देने लगा। इसका परिणाम हुआ कि बाहामा की अधिसंख्यक जनता...यानी हब्शी उसके खिलाफ हो गये। उधर लिडन पिडलिग ने अपनी लोकप्रियता बढ़ते देखकर देश में मिड टर्म चुनाव करवा दिए। इस चुनाव में पिडलिग की प्रोग्रेसिव लिबरल पार्टी अड़तीस में से उनतीस सीटें जीत गई। सत्ता में आते ही पिडलिंग ने सेन्डस पर एक कमीशन बिठा दिया। कमीशन ने अपने जांच परिणाम में सेन्डस को इस बात का दोषी ठहराया कि वह वेल्स ग्रेव्ज से रिश्वत खाता रहा था। पिडलिग के इस रवैये से उद्योगपति उसे केस्ट्रो जैसा क्रांतिकारी समझने लगे। नतीजा यह हुआ कि कोई भी बाहरी उद्योगपति अब बाहामा में सरमाया लगाने के लिए तैयार नहीं था, किन्तु सब के सब इस बात को नजरअन्दाज कर गए थे कि लिडन पिडलिग ने एक क्रान्तिकारी की भांति सत्ता नहीं छीनी थी बल्कि लोगों के जनादेश से प्रधानमंत्री बना था। उद्योगपतियों की इस गलतफहमी से कि पिडलिग एक क्रांतिकारी है, बाहामा द्वीप की अर्थव्यवस्था डावांडोल होने लगी थी।

अब आप यह जानना चाहेंगे कि इस दौरान में मैं क्या कर रहा था।

मैंने पिडलिग की पार्टी को वोट दिया था और जहां तक मुझसे बन पड़ता था मैं उसकी पार्टी की माली सहायता करता रहता था क्योंकि मुझे उसकी नीतियों पर विश्वास था। इसके अलावा 1937 में मैंने जूली पेस्को से विवाह कर लिया था। 1969 में हमारे यहां पहली सन्तान हुई थी-वह लड़की थी। उसका नाम हमने सूसन रखा था। फिर 1971 में जूली ने एक और लड़की

को जन्म दिया था। जिसका नाम हमने कैरीन रखा था। पारिवारिक रीति के अनुसार मेरे यहां भी लड़का पैदा नहीं हुआ था।

होटलों के साथ-साथ मैंने एक नियन्त्रक कम्पनी खोल ली थी, जिससे बहुत मुनाफा होता था। इसके अलावा मैं जिस काम को हाथ लगाता था वही मेरे लिए सोना उगलने लगता था। उन्हीं दिनों मैं नासाऊ से फ्रीपोर्ट चला आया था। जहां पर मैंने समुद्र तट के किनारे एक आलीशान बंगला बनवा लिया था। सारांश यह कि मेरा जीवन एक आदर्श जीवन था-एक रूपवान पत्नी, दो तन्दुरुस्त बच्चे, फलता-फूलता बिजनेस। मैं अपने आपको बहुत ही भाग्यवान समझता था और मुझे निश्चय था कि ऊपर वाला मुझ पर मेहरबान है। फिर मेरे साथ एक के पश्चात एक घटनायें घटनी आरम्भ हो गयीं। समझ नहीं आता कि अपनी यह दास्तां कहां से शुरू करूं। खैर, मैं अपनी दास्तान बिली चार्ल्स से आरम्भ करता हूं क्योंकि जिस समय मेरे साथ पहली घटना घटी थी, तो उस समय वह मेरे पास था। क्रिसमस का त्यौहार था और वह क्रिसमस मेरी जिन्दगी का सबसे बुरा क्रिसमस था।

बिली चार्ल्स, चार्ल्स परिवार का वंशज था। उसके पिता, चाचे व उनके लड़के या परिवार के अन्य सदस्य एक प्रकार से टेक्सास के मालिक थे। वे बीफ निर्यात करते थे, तेल के कुएं थे, अपने समाचार पत्र थे, कई कारखाने थे। डलास एवं होस्टन में जागीर की खरीद-फरोख्त थी...सारांश यह कि कोई ऐसा धन्धा नहीं था, जो वे न करते हों। इसके अलावा वे हर समय इस ताक में रहते थे कि अपने बिजनेस को कहां और कैसे बढ़ाया जा सकता है। आजकल वे लोग बाहामा द्वीप में अपना बिजनेस खोलना चाहते थे।

बिली चार्ल्स से मेरी पहली भेंट हारवर्ड बिजनेस स्कूल में हुई थी, जहां पर वह भी बिजनेस की शिक्षा प्राप्त कर रहा था। अपनी तालीम समाप्त करने के पश्चात हम दोनों अपनी-अपनी पारिवारिक समस्याओं में लग गए थे, पर हमने आपसी सम्पर्क बनाए रखे थे। क्रिसमस से कुछ दिन पूर्व उसने फोन पर मुझे सूचित किया कि मैं बाहामा में कोई बिजनेस खोलना चाहता हूं और इस विषय में तुमसे विचार-विमर्श करना चाहता हूं। मुझे पहले से ज्ञात था कि चार्ल्स कॉरपोरेशन हर समय अपना बिजनेस फैलाने की चिन्ता

में रहता है। अतः मैंने सोचा कि बजाय इसके कि बिली के साथ बिजनेस में होड़ की जाये, मेरे हित में यह होगा कि उसे सहयोग देकर अपनी बिजनेस लाइन से दूर रखा जाये। इस वास्तविकता को मद्देनजर रखते हुए मैंने उसे अपने यहां आमंत्रित कर लिया।

जब वह अपनी कम्पनी के विमान से फ्रीपोर्ट पहुंचा, तो मैं खुद उसे लेने के लिए हवाई अड्डे गया था। उसके स्वभाव में तनिक भी अन्तर नहीं पड़ा था-हूबहू वैसा का वैसा सुशील एवं हंसमुख-जैसा बिजनेस स्कूल में हुआ करता था।

विमान से उतरते ही उसने बिना दुआ सलाम मुझे गले लगा लिया था-और फिर अपने पीछे खड़ी एक स्त्री से परिचय कराते हुए बोला था-'यह डेबी है-मेरी चचेरी बहिन।'

डेबी चार्ल्स बहुत ही खूबसूरत थी-अपने चचेरे भाई बिली की भांति ही लम्बी तथा हंसमुख किन्तु अल्पभाषी।

मैं एवं डेबी दुआ सलाम भी नहीं कर पाये थे कि बिली अपनी आदत के अनुसार पूछताछ करने लगा कि यहां के हवाई अड्डे का रनवे कितना लम्बा है, यहां पर एक समय में कितने विमान आ-जा सकते हैं आदि। हर चीज की गहराई में जाना बिली चार्ल्स की एक प्रकार की हॉबी थी। उसके प्रश्नों का उत्तर देते हुए मैं उसे एवं डेबी को अपनी कार में बिठाकर रॉयल पाम होटल में ले आया। रॉयल पाम होटल यहां का सर्वश्रेष्ठ होटल है-और यहीं पर मैंने उनके ठहरने की व्यवस्था की थी। रास्ते में मैंने डेबी से बातचीत करने का प्रयास करते हुए पूछा था-'क्या तुम पहली बार यहां आई हो?'

'अरे, यह क्या, मैं खुद ही पहली बार यहां आया हूं।' बिली ने उत्तर देते हुए कहा था।

तब बिली ने फ्रीपोर्ट की चौड़ी-चौड़ी सड़कें, उनके किनारों पर स्थित बड़े-बड़े बंगलों एवं उनके हरे-भरे लॉनों को देखकर कहा था-'यह तो बहुत ही शानदार शहर है। इतने बड़े-बड़े बंगलों का अर्थ है कि यहां के लोग पैसे वाले हैं...मानों यहां हर प्रकार का बिजनेस फल-फूल सकता है।'

'हां!' मैंने उत्तर देते हुए कहा था-'यह जगह जो तुम देख रहे हो, कुछ वर्ष पूर्व यहां पर जंगल ही जंगल था।'

जब हम रॉयल पाम होटल पहुंचे, तो बिली की अनुभवी आंखों ने एक

दृष्टि में ही समूचे होटल का जायजा ले लिया था। तब उसने एक ओर इशारा करते हुए कहा था, 'यह जो तुमने इतना लम्बा-चौड़ा पार्क बना रखा है, यह फिजूल नहीं है? तुम यदि इस जगह को कमरों में परिवर्तित कर दो, तो तुम्हें ज्यादा फायदा हो सकता है।'

'तुम्हें अभी बहुत कुछ सीखना है, बिली।' मैंने उत्तर देते हुए कहा।

'वह कैसे?'

'यह एक शहरी होटल नहीं बिली...यह एक टूरिस्ट होटल है। यहां पर लोग एक-आध रात ठहरने के लिए नहीं आते, आराम से छुट्टियां व्यतीत करने के लिए आते हैं। शहरी एवं टूरिस्ट होटलों में बहुत अन्तर होता है।'

बिली मेरी इस बात से निरुत्तर हो गया था। बाद में जब वह होटल की लॉबी में दाखिल हुआ था और होटल मैनेजर जेक फ्लेचर ने उसे एवं डेबी को उनके कमरों की चाबियां देने के साथ-साथ दो कारों की चाबियां दीं, तो बिली ने आश्चर्य से मेरी ओर देखते हुए पूछा था, 'हर कमरे वाले के लिए अलग-अलग कार?'

'हां! मैंने तुमसे कहा न कि लोग यहां ठहरने के लिए नहीं, सैर-सपाटे के उद्देश्य से आते हैं।'

बिली होटल की भव्य इमारत एवं वहां की सुव्यवस्था से इस कदर प्रभावित हुआ था कि मुझे एक ओर ले जाकर कहने लगा, 'मैं तुमसे बातचीत करना चाहता हूं।'

'जल्दी क्या है? जरा आराम कर लो...बातचीत भी हो जायेगी।' मैंने कहा।

'आराम की बात छोड़ो....तुम मुझे यह बताओ कि कहां मिलोगे?'

'मैं बार में होऊंगा।'

'तो मैं अभी थोड़ी देर में आया।' कहकर बिली डेबी को साथ लेकर ऊपर अपने कमरे की ओर चला गया। कोई आधे घंटे पश्चात जब वह बार में पहुंचा तो अकेला था।

'डेबी कहां है?' मैंने पूछा।

'अपने कमरे में सज-धज रही होगी।'

'खैर, अब तुम यह बताओ कि तुम किस उद्देश्य से यहां आये हो?'

बिली ने उत्तर देते हुए कहा-'हमारे पास थोड़ा-बहुत पैसा है। मैं सोचता

हूं कि क्यों न इस पैसे को किसी काम में लगा दिया जाए? यह बताओ कि बाहामा के भविष्य के बारे में तुम्हारा क्या विचार है?'

मैंने हल्के-फुल्के अन्दाज में उत्तर दिया, 'तुम एक प्रतिस्पर्धी के रूप में यहां बिजनेस खोलना चाहते हो और मुझ ही से परामर्श मांग रहे हो।'

'ऐसा नहीं है, टॉम। हमारे यहां बिजनेस खोलने से तुम्हें कोई अन्तर नहीं पड़ेगा। मैं यह सोच रहा हूं कि टेक्सास में तो हमारे होटल हैं ही, पर वे तुम्हारे होटलों से बिल्कुल भिन्न हैं। तुम्हारे होटलों की बात ही और है। क्यों न हम साझेदारी में यहां पर और होटल खोल लें। हमें भी फायदा होगा और तुम्हें भी।'

'तुम्हारे कहने का आशय है कि हम एक प्रकार की कम्पनी बना लें?'

'हां।' बिली ने उत्तर दिया।

'तुम यह कह रहे थे कि तुम्हारी कॉरपोरेशन के पास कुछ थोड़ा-सा पैसा है जिसे तुम बिजनेस में लगाना चाहते हो। मुझे यह बताओ कि वह कुछ थोड़ा-सा पैसा, कितना थोड़ा-सा पैसा है?'

'यही कोई चार सौ लाख डॉलर के करीब।'

यह सुनकर मैं बिली को बार के एकान्त कोने में ले आया और उसके पहले प्रश्न का उत्तर देते हुए कहा-'बिली, बाहामा का भविष्य बहुत उज्ज्वल है, पर तुम यह बताओ कि तुम यहां की राजनीतिक घटनाओं से परिचित हो या नहीं?'

'यदि तुम्हारा इशारा अपने प्रधानमंत्री की ओर है, तो उस बारे में मैं पूरी मालूमात प्राप्त कर चुका हूं।'

'यही मैं तुमसे पूछना चाहता था।' मैंने कहा-'यानी तुम्हें निश्चय है कि पिडलिग कोई क्रांतिकारी नहीं है और लोकतन्त्र में विश्वास रखता है।'

'उस विषय में तो मैं निश्चिन्त हूं, टॉम...तुम मुझे यह समझाओ कि एक शहरी होटल और पर्यटक होटल में क्या अन्तर होता है?'

'देखो बिली, बात यह है कि टेक्सास में तुम्हारे अपने होटल हैं। अतः तुम जानते ही होगे कि होटल को किस भांति चलाया जाता है। जहां तक अन्तर का सम्बन्ध है, एक शहरी एवं टूरिस्ट होटल में सुविधाओं का अन्तर होता है। टेक्सास, डलास, न्यूयार्क आदि जैसे शहरों में जब कोई किसी होटल में आकर ठहरता है, तो अपने किसी काम के उद्देश्य से वहां आकर रुकता है।

ज्यों ही उसका काम समाप्त होता है, वह वहां से चला जाता है। उसे शहर को देखने या वहां के नजारे देखने, या वहां के वातावरण में कोई दिलचस्पी नहीं होती, किन्तु जो लोग बाहामा द्वीप आकर हमारे होटलों में ठहरते हैं उनका उद्देश्य यहां के वातावरण से आनन्द प्राप्त करना होता है। और यह तभी सम्भव हो सकता है, यदि ऐसी सुविधायें उपलब्ध हों। उदाहरण के रूप में यदि कोई शहर घूमना चाहता है तो उसे कार की आवश्यकता पड़ती है-जो हम मुहैया करते हैं। इसके अलावा हमारे होटल चूंकि समुद्र तट पर स्थित हैं इसलिए हमारे यहां ठहरे हुए पर्यटकों का समुद्री सैर करने को मन करता है-उसके लिए याट की आवश्यकता होती है। हम अपने ग्राहकों के लिए यह सुविधा भी उपलब्ध करते हैं। हमारी अपनी कार एजेन्सी है, जो हमारे ग्राहकों के लिए कारें मुहैया करती है-हमारे अपने मेरिना है जहां पर हमारे ग्राहक जब जी चाहे याट प्राप्त कर सकते हैं। इसके अलावा हमारे हर होटल में टेनिस कोर्ट है, गोल्फ कोर्स है और ऐसी कई सुविधायें हैं-मेरे कहने का आशय यह है बिली कि शहरी होटल एक प्रकार की सराय होती है जहां पर लोग रात व्यतीत करने की गर्ज से ठहरते हैं। जबकि एक टूरिस्ट होटल में लोग कुछ दिन के लिए निश्चिन्त जीवन व्यतीत करने के उद्देश्य से आते हैं।

'तुमने रेट्स क्या रखे हैं?' बिली ने मुझसे पूछा।

'वही जो साधारण होटलों के होते हैं। अलबत्ता अतिरिक्त सुविधाओं के लिए ग्राहक को अपने पल्ले से खर्च करना पड़ता है।'

'अतिरिक्त सुविधाओं के लिए तो मान लिया कि ग्राहक अपनी जेब से खर्च करते हैं, किन्तु इन सुविधाओं के अनुरक्षण पर तो तुम्हें खर्च करना पड़ता होगा।'

'उससे हमें कोई अन्तर नहीं पड़ता, बिली।'

'वह कैसे?'

'बिली, होटल बिजनेस में होने के नाते तुम जानते होगे कि अगर औसत ली जाये तो होटलों की बुकिंग ऐवरेज 90 प्रतिशत से कभी कम नहीं हुई, अधिक बुकिंग ऐवरेज होने के कारण इतने पैसे का लौट-फेर हो जाता है और हमें अनुरक्षण खर्चे का भार महसूस ही नहीं होता।'

'मैं तुम्हारे होटलों के पक्के चिट्ठे का अध्ययन करना चाहता हूं।' बिली ने कहा।

'जब तुम्हारी ओर से कोई ठोस ऑफर होगा और मुझे उचित प्रतीत होगा, तो पक्का चिट्ठा भी देख लेना। इस दौरान मैं तुम्हें यहां के पर्यटन मंत्री से मिला देता हूं। तुम उससे भी बात कर लो, पर उसमें एक समस्या सामने आएगी।'

'वह क्या?'

'काले गोरे की।'

'मेरे लिए काले गोरे का एक समान हैं। अलबत्ता मैं अपने पिता बिली सीनियर एवं चाचा जेक चार्ल्स के बारे में कुछ नहीं कह सकता। उनमें चिट्टी चमड़ी की भावना कूट-कूटकर भरी है।

'एक और बात भी है, बिली।'

'वह क्या?'

'बाहामा में जो कोई इमारत भी खड़ी की जाती है, उसके लिए बाहर से राज, मजदूर, बढ़ई आदि लाने की अनुमति नहीं मिलती। दूसरा यह कि होटल का समूचा स्टॉफ बाहामियन होना चाहिए, अन्यथा होटल को लाइसेंस नहीं मिलता। सारांश में बाहामा द्वीप समूह निवासियों के लिए है-और तुम जानते हो कि यहां के लोग काले हैं।'

'पर तुम्हारे रॉयल पाम होटल का मैनेजर जेक फ्लेचर जिसने हमें कमरों और कारों की चाबियां दी थीं, वह तो गोरा है।'

'उस तरह तो मैं भी गोरा हूं बिली, पर मैं बाहामियन हूं।

'यह सब फिजूल की बातें हैं, टॉम। हम लोग बिजनेसमैन हैं-हमें तो अपने बिजनेस में मुनाफा होना चाहिए-चाहे कालों से हो चाहे गोरों से।'

उसी समय डेबी वहां पर पहुंच गई। मैंने बिली एवं डेबी को लंच के लिए अपने घर पर आमन्त्रित किया तथा उनसे अनुमति लेकर अपने ऑफिस चला आया।

जब बिली ने मुझे यह संकेत दिया था कि उनकी बिजनेस कॉरपोरेशन बाहामा में चार सौ लाख डॉलर तक का सरमाया लगा सकती है, तो मैं चौकस हो गया था। सो मैं ऑफिस में अपना हिसाब-किताब फैलाने लगा। बिली की कॉरपोरेशन के पास इतना सरमाया था कि मेरे मुकाबले पर होटल खोलकर मेरा बिजनेस डावांडोल कर सकते थे। सो मैंने यह योजना बनाई कि बिली का सरमाया अपनी नियन्त्रक कम्पनी में लगवाया जाए-नियंत्रक कम्पनी के विकास से एक पंथ दो काज होते-एक तो यह कि बिली को

अपनी लागत पर बहुत मुनाफा मिलता। दूसरा मेरे होटलों पर कोई प्रभाव नहीं पड़ता। अत: मैं अपनी इस योजना की नोक-पलक संवारने लगा।

दोपहर को जब बिली एवं डेबी लंच के लिए मेरे घर पहुंचे, तो मेरे घर की शानो-शौकत देखकर चकित रह गए। फिर जब मैंने उन्हें अपना स्विमिंग पूल दिखाया, तो वे दोनों अश-अश करने लगे। तभी मेरी पत्नी जूली वहां पर पहुंच गई। मैंने बिली एवं डेबी से उसका परिचय करवाया और हम तीनों आपस में बातें करने लगे। उस समय हमारी बड़ी बेटी सूसन, जो ग्यारह वर्ष की थी, तालाब में तैराकी कर रही थी।

तनिक पश्चात जूली ने उसे आवाज लगाई और तालाब से बाहर आने को कहा। जब सूसन तालाब से बाहर आई, तो जूली ने मेहमानों से उसका परिचय करवाया। तब मैंने जूली से अपनी छोटी बेटी कैरीन के विषय में पूछा, तो उसने मुझे बताया कि उसे हल्का-हल्का बुखार आ रहा है और वह अपने कमरे में लेटी हुई है। डेबी और जूली कैरीन के कमरे की ओर चली गई तथा मैं एवं बिली ड्राइंगरूम में चले आए और व्हिस्की पान करने लगे। थोड़ी देर बाद जूली और डेबी वहां पहुंच गईं। जूली एवं डेबी यों घुल-मिल कर बातें कर रही थीं, मानो वर्षों की परिचित हों।

तब जूली ने मुझे सम्बोधित करते हुए कहा था-'टॉम, मैं बातों में तुम्हें बताना न भूल जाऊं कि मम्मी-डैडी क्रिसमस के लिए यहां आ रहे हैं। मैंने उनसे कहा है कि वह मुझे मियामी में मिल लें। मैं मियामी में क्रिसमस की शॉपिंग भी कर लूंगी और फिर मैं उनको साथ लेकर यहां पहुंच जाऊंगी।'

'तो तुम ऐसा क्यों नहीं करतीं जूली कि अपने याट 'ल्यूकी' से मियामी चली जाओ-और वहां पर शॉपिंग करके अपने मम्मी-डैडी को याट में अपने साथ ले आओ।'

जूली यह सुनकर प्रसन्न हो गयी। बोली-'तुम भी साथ क्यों नहीं चले चलते।'

'नहीं जूली, यहां काम अटक जायेगा। बहरहाल मैं आज पीटर एलबरी से कह दूंगा कि याट को तैयार कर लें।'

'तो ठीक है।' जूली ने कहा-'मैं सूसन को साथ ले जाऊंगी....और यदि कैरीन की तबियत ठीक हो गई, तो उसे भी साथ लेती जाऊंगी। वह भी घूम-फिर आएगी।'

लंच के पश्चात जूली डेबी को इतवार बाजार घुमाने ले गई।

उनके जाने के बाद बिली ने मुझसे पूछा–'तुम्हारा याट कितना बड़ा है?'

'यही कोई बावन फुट–।' मैंने उत्तर देते हुए कहा–'चलो तुम्हें दिखा लाऊं।'

बिली ने आश्चर्य से पूछा–'तो तुम्हारा मतलब है कि तुम्हारा याट यहां पर है?

'हां' कहकर मैं बिली को अपने घर के पिछवाड़े में लैगून के पास ले आया। वहां पर मेरा याट 'ल्यूकी' खड़ा हुआ था। याट का कप्तान पीटर एलबरी, याट के अन्दर घूम रहा था। उसे मेरी आवाज सुनाई दी, तो बाहर डेक पर चला आया। मैं बिली को लेकर याट पर पहुंचा। बिली एवं पीटर एलबरी का परिचय कराते हुए...मैं बिली के चेहरे की ओर देखने लगा कि एक हब्शी के साथ किस भांति पेश आता है–क्योंकि हब्शियों से घृणा करने वाला बाहामा में बिल्कुल सफल नहीं हो सकता था, किन्तु बिली बड़े तपाक से पीटर से मिला था। तब मैंने पीटर से कहा था कि जूली याट से मियामी जाना चाहती है और वह याट को ठीक–ठाक कर ले। इस पर पीटर ने मुझसे कहा था–'तुम भी साथ चलो टॉम।'

'खेद है पीटर मैं नहीं जा सकता।'

'तो फिर मुझे एक सहायक का इन्तजाम करना पड़ेगा। खैर तुम चिन्ता मत करो। मैं कोई न कोई प्रबन्ध कर लूंगा।'

बिली लगातार लैगून की ओर देखे जा रहा था। 'टॉम, यह लैगून प्राकृतिक तो नहीं है।'

'तुमने सही अनुमान लगाया है बिली। यह बनावटी है तथा एक जलमार्ग द्वारा समुद्र के उस तट पर जा खुलता है जहां पर हमारा ल्यूकी बीच होटल स्थित है। वहीं पर बासरा संस्था है।'

'यह बासरा क्या बला है?'

'बासरा एक संस्था का नाम है। जब कभी किसी याट या नाव के साथ समुद्र में कोई दुर्घटना घट जाती है, तो बासरा के विमान राहत कार्यों में लग जाते हैं।'

बिली ने आश्चर्य से कहा–'इतना छोटा–सा द्वीप और इतना आत्मनिर्भर! ऐसा तो मैंने कहीं नहीं देखा। तुम मुझे यह बताओ कि बाहामा द्वीप समूह के बाकी द्वीप कैसे हैं?

मैंने बिली को उत्तर देते हुये कहा–'मैं अपने चीफ पॉयलट बॉबी बोवन से कहे देता हूं कि तुम्हें विमान से अबाको, मार्श हार्बर, एल्यूथरा ले जाये। तुम उन द्वीपों को देखकर अपनी राय खुद कायम कर लेना।'

'बिल्कुल ठीक।' बिली ने हर्षित स्वर में कहा।

अगले दिन बिली बाहामा द्वीप समूह के दौरे पर चला गया.....और मैं अपने लेखाकार के पीछे पड़ गया कि वह बिली के वापस लौटने से पहले पक्का चिट्ठा तैयार कर दें। जब मैंने जूली से इस बात का उल्लेख किया कि बिली यहां पर हमारी साझेदारी में बिजनेस खोलना चाहता है, तो उसने भी मुझे यही राय दी कि उसे होटल बिजनेस से दूर रखूं और उसका सरमाया अपनी कॉरपोरेशन में लगवा दूं।'

कम्पनी में बिली को साझेदार बनाने के लिए मुझे अपनी दो बहनों.... मेगी एवं ग्रेस की इजाजत की जरूरत थी–क्योंकि नियन्त्रक कम्पनी में उनके शेयर्स इतने अधिक थे कि उनकी अनुमति के बिना मैं कोई नीति निर्धारित नहीं कर सकता था। मेगी अपने परिवार के साथ अबाको में रहती थी। उसके दो बच्चे थे....एक लड़का एवं एक लड़की उसका पति अबॉब फिशर हमारे अबाको सेन्डस होटल का कर्ता–धर्ता था। मेरी दूसरी बहन ग्रेस ने एक पीटर नामी अमरीकन से विवाह किया था और अपने तीन लड़कों के साथ फ्लोरिडा में रहती थी। अपनी बहनों एवं उनके पतियों को हर चीज बताने समझाने के लिए मुझे काफी भाग–दौड़ करनी पड़ती थी, पर बिली के वापस लौटने से पहले मैंने अपनी बहनों की अनुमति ले ली थी।

आठ दिन तक बाहामा द्वीप समूह का तूफानी दौरा करने के पश्चात जब बिली फ्रीपोर्ट वापस पहुंचा, तो बहामा द्वीप समूह के तथ्य और अंक उसकी उंगलियों पर थे।

'टॉम, तुमने मुझे पहले क्यों नहीं बताया कि बाहामा में बिजनेस के इतने विस्तार के अवसर और सुविधायें हैं। न कोई सम्पत्ति टैक्स, न आयकर, न निर्यात–आयात शुल्क, कोई चीज बाहर से मंगवानी हो तो उसके लिए किसी सरकारी अनुमति की आवश्यकता नहीं। बाहामा तो बिजनेस के लिए एक प्रकार का स्वर्ग है।'

'यही कारण है कि यहां पर हर समय पर्यटकों का तांता लगा रहता है।'

'और इसी बात ने मुझे चिन्ता में डाल दिया है।' बिली ने कहा।

'वह क्या?'

'बात यह है टॉम, कि बाहामा की समूची अर्थव्यवस्था पर्यटन उद्योग पर निर्भर है-कल को यदि महायुद्ध छिड़ जाए तो?'

'तो यहां की अर्थव्यवस्था नष्ट हो जायेगी....बिल्कुल उसी भांति जैसे अमरीका या किसी अन्य देश की। तुम दूसरे महायुद्ध का उदाहरण ले लो-कौन-सा देश ऐसा था, जिसकी अर्थव्यवस्था तहस-नहस नहीं हुई थी।' बिली ने विचारमग्न भाव से कहा-'तुम बिल्कुल ठीक कहते हो।'

'तो फिर बोलो क्या सलाह है?'

'मैं तनिक अपने पिता बिली सीनियर एवं चाचा जेक चार्ल्स से परामर्श कर लूं...। कल तक कोई न कोई फैसला कर ही लेंगे।'

अगले दिन सुबह दस बजे बिली डेबी के साथ मेरे घर पहुंच गया। डेबी आते ही मेरी पत्नी एवं लड़कियों के साथ बातों में लग गई। थोड़ी देर बाद जब वे दूसरे कमरे में चली गयी, तो बिली ने मुझसे कहा-'चलो वकीलों को बुलाओ और साझेदारी के कागज तैयार करें।'

'थोड़ा धीरज रखो बिली....कोई कदम उठाने से पहले मैं तुम्हें यह बता दूं कि साझेदारी के पश्चात भी यहां के बिजनेस का नियन्त्रण मेरे हाथ में ही रहेगा।'

'यह तो अजीब बात है कि चार सौ लाख डॉलर हम लगायेंगे और बिजनेस नियन्त्रण तुम्हारे हाथ में होगा तो हमारे हाथ क्या होगा? यह तो तुम जानते ही होगे कि जब किसी वित्तीय संस्था से ऋण लिया जाता है या वित्तीय साझेदारी की जाती है, तो उसके ऐवज में समर्थक ऋणधार देना पड़ता है। हम जो चार सौ लाख डॉलर लगायेंगे और नियन्त्रण तुम्हारे हाथ में रहेगा तो हमारे पास उसका क्या ऋणाधार होगा?'

'मेरी नियन्त्रक कम्पनी।'

'तुम्हारी नियन्त्रक कम्पनी का क्या मूल्य होगा?'

'अस्सी लाख से कुछ ऊपर ही होगा।'

'और तुम इस साझेदारी में हिस्सा कितना लोगे?'

'पांचवां।'

'यह खूब रही....हम चार सौ लाख डॉलर लगायेंगे और तुम केवल अस्सी लाख और इस कुल सरमाये पर तुम पांचवां हिस्सा चाहते हो। तुम यदि सौ डॉलर लगा रहे होते तो कुल सरमाया पांच सौ डालर होता। उस सरमाये में यदि तुम लाभ का पांचवां हिस्सा मांगते तो माना जा सकता था कि हमने चार लगाये, तुमने एक, कुल मिलाकर पांच हो गये....और तुम इस पांच में से एक हिस्सा चाहते हो...यानी जितना सरमाया तुमने लगाया उसी का मुनाफा चाहते हो। पर अब तो तुम बीस लाख डॉलर कम लगा रहे हो उसका समर्थक ऋणाधार क्या होगा?'

'उसका समर्थक ऋणाधार मैं खुद होऊंगा।'

'मैं समझा नहीं।'

'देखो बिली! किसी देश में कोई भी बड़ा उद्योग स्थापित करने के लिए वहां की राजनीतिक एवं औद्योगिक संस्कृति को ग्रहण करना अति आवश्यक होता है। उसके बिना कोई भी बड़ा उद्योग सफल नहीं हो सकता। तुम बाहामा बिजनेस कल्चर के बारे में कुछ नहीं जानते। सो तुम अगर अपने बलबूते पर यहां बाहामा में खड़े होना चाहो तो तुम्हें एक दो, तीन वर्ष नहीं बल्कि एक दशक लग जायेगा और यदि तुम मेरे सहयोग से यहां पर बिजनेस खोलते हो तो तुम्हारे पैर एक वर्ष के अन्दर-अन्दर जम जायेंगे। अब तुम खुद ही हिसाब-किताब लगा लो कि मैं कम सरमाया लगाकर भी तुम्हारी पूर्ति कर सकता हूं या नहीं।'

तनिक चुप रहने के पश्चात बिली ने कहा-'बिली सीनियर तो मान जाएंगे, पर चाचा जेक चार्ल्स के विषय में कुछ नहीं कहा जा सकता। मैं फोन कर लूं?

'जरूर।' कहकर मैंने फोन उसके आगे सरका दिया तथा अपने ड्राइंगरूम से बाहर आकर कैरीन के कमरे की ओर चल दिया।

कैरीन अपने कमरे में रो-चिल्ला रही थी और जूली उसे प्यार से समझाने में लगी हुई थी।

'यह रो क्यों रही है?' मैंने जूली से पूछा।

'इसकी तबियत ठीक नहीं है और मेरे साथ मियामी चलने की जिद कर रही है।'

'सूसन जाएगी, तो मैं भी जाऊंगी।' कैरीन ने मेरी ओर देखते हुए कहा।

मैंने कैरीन के माथे पर हाथ रखा, तो उसका माथा तप रहा था। तभी जूली ने कहा–'मैं मियामी जाने का प्रोग्राम ही कैन्सिल किये देती हूं। मम्मी डैडी अपने आप यहां आ जाएंगे।'

'तुम इसे बिस्तरे पर लिटा दो, फिर सोचेंगे।' कहकर मैं कैरीन के कमरे से बाहर चला आया। बाहर स्विमिंग पूल के किनारे पर डेबी बैठी थी। जब मैंने उसे बताया कि सम्भवत: कैरीन की खराब तबियत के कारण जूली को अपना मियामी का प्रोग्राम रद्द करना पड़े, तो डेबी ने मुझसे कहा कि जूली को अपना प्रोग्राम रद्द करने की कोई जरूरत नहीं....जूली की अनुपस्थिति में मैं कैरीन की देख–भाल कर लूंगी। हम ये बातें कर ही रहे थे कि जूली वहां पहुंच गई। जब मैंने उसे बताया कि डेबी कैरिन की देख–भाल करने के लिये तैयार है, तो जूली यह सुनकर हर्षित हो गई और मियामी जाने के लिए तैयारी करने लगी।

मैं पीटर ऐलबरी को सूचित करने जाना ही चाहता था कि बिली ने मुझे ड्राइंगरूम में बुला लिया–'टॉम, मेरे पिता और चाचा तुम्हारे साथ साझेदारी करने के लिये सहमत हैं। इसे औपचारिक रूप देने के लिए उन्होंने कुछ आदमी टेक्सास से यहां के लिये रवाना कर दिये हैं। उनके आते ही काम पूरा हो जायेगा।'

यह समाचार सुनकर मेरा हृदय प्रसन्न हो गया था, तत्पश्चात मैं अपने याट 'ल्यूकी'–जिससे जूली मियामी जाने वाली थी–का निरीक्षण करने के लिए याट पर चला आया। पीटर ऐलबरी ने उसे यात्रा के लिए बिल्कुल तैयार कर दिया था।

'पीटर, तुम एक सहायक के लिए कह रहे थे....उसका प्रबन्ध हो गया?'

'हां।'

'कैसा है वह?'

'ठीक है। चलेगा।' पीटर ने उत्तर देते हुए कहा।

'है कहां वह।'

'नीचे इंजन रूम में।'

'वही जो याट के ऊपर आने के समय नीचे जा रहा था।'

'हां वही।'

'तुम उससे सन्तुष्ट हो ना।'

'बिल्कुल, तुम चिन्ता मत करो।' पीटर ने कहा-'जब जूली जाने के लिए तैयार हो जाये, तुम उसे भेज देना।'

अतः उस शाम मैंने खुशी-खुशी जूली एवं सूसन को अपने याट से मियामी के लिए रवाना कर दिया-और घर वापस पहुंच कर बिली के साथ साझेदारी के विषय में बातचीत करने लगा।

मैं और बिली काफी समय तक अपने बिजनेस के बारे में बातचीत करते रहे थे। कोई दो-तीन घंटे बाद हम डिनर के लिए रॉयल पाम होटल चले आये थे। डिनर के पश्चात हम दोबारा घर लौट आए थे और फिर साझेदारी की बातों में लग गये थे। कब सुबह हुई थी, कब सूर्य निकला था....हम बिजनेस की बातों में इस कदर व्यस्त थे कि हमें समय व्यतीत होने का पता ही नहीं चला था। अचानक मेरे मन में एक अजीब-सा हौल उठने लगा था, उसी समय बिली ने मुझसे कहा था-'यदि तुम्हें मेरी उपस्थिति अखर रही है, तो मैं यहां से चला जाता हूं। तुम गत पांच मिनटों में तीन बार घड़ी देख चुके हो।'

'तुम्हारी उपस्थिति नहीं अखर रही बिली, मुझे जूली की चिन्ता हो रही है।'

'जूली को क्या हो गया?' बिली ने आश्चर्य से पूछा।

'उसका अभी तक फोन नहीं आया। वह जब भी बाहर जाती है, तो पहुंचते ही तुरन्त मुझे फोन कर देती है।'

'उसे कब तक मियामी पहुंच जाना चाहिए था?'

'ज्यादा से ज्यादा आठ बजे तक और अब ग्यारह बजने को है।' कहकर मैंने फोन उठाया और मियामी में उस होटल का नम्बर घुमा दिया जहां पर जूली को ठहरना था। काफी देर बाद जब होटल का फोन मिला, तो मैंने ऑपरेटर से कहा-'मैं मिसेज मेगर से बात करना चाहता हूं।'

थोड़ी देर तक दूसरी ओर से कोई उत्तर नहीं मिला। तब ऑपरेटर ने मुझसे पूछा-'क्या आप उनका कमरा नम्बर बता सकते हैं?'

'नहीं।'

थोड़ी देर तक दूसरी ओर से कोई उत्तर नहीं मिला। तब ऑपरेटर ने

धीमे स्वर में कहा–'मिसेज मेगन नाम की तो कोई महिला यहां नहीं पहुंचीं।'

'तुम रिजर्वेशन मैनेजर को फोन दो।' मैंने ऑपरेटर से कहा।

जब रिवर्जेशन मैनेजर फोन पर आया, तो मैंने उसे अपना परिचय देते हुए कहा–'मैं टॉम मेगन बोल रहा हूं....क्या मेरी पत्नी मिसेज मेगन अभी तक वहां नहीं पहुंचीं?'

'नो सर!'

'पर उनकी रिजर्वेशन तो आपके यहां ही है।' मैंने कहा।

'जी हां। उन्होंने दो कमरे रिजर्व करवा रखे हैं....एक मिसेज एवं मिस सूसन मेगन के नाम पर और दूसरा मिस्टर एवं मिसेज पेस्को (जूली के माता-पिता) के नाम से।'

'क्या मिस्टर एवं मिसेज पेस्को वहां पहुंच गये हैं?'

'अभी तक तो नहीं।'

'धन्यवाद।' कहकर मैंने फोन वापस रख दिया और बिली से कहा–'वह अभी तक वहां नहीं पहुंची।'

बिली ने मुझे सान्त्वना देते हुए कहा–'तुम व्यर्थ घबरा रहे हो टॉम। हो सकता है याट के इंजन में कोई गड़बड़ हो गई हो और वे देर से वहां पहुंचे। तनिक धीरज धरो।'

'नहीं बिली, यह बिल्कुल असम्भव है। पीटर ऐलबरी एक बहुत ही कुशल एवं अनुभवी याट कप्तान है। रास्ते में इंजन में कोई गड़बड़ होने का प्रश्न ही नहीं उठता।' कहकर मैंने मियामी मैरिना को फोन करके पूछा। उन्होंने भी यही बताया कि ल्यूकी नाम याट मियामी नहीं पहुंचा है। तब मैं बिली को वहीं छोड़कर बासरा (बाहामा) के ऑफिस चला आया। वहां का मैनेजर जो किम्बल नित्यप्रति की भांति अपने ऑफिस की कैन्टीन में कुछ महिलाओं से गप्पे हांकने में व्यस्त था।

'जो।' मैंने उसे सम्बोधित करते हुए कहा–'ल्यूकी अभी तक मियामी नहीं पहुंचा।'

'कितना लेट है?'

'तीन घंटे।' मैंने उत्तर देते हुए कहा–'जूली और सूसन उसी में सफर कर रहे हैं।'

जो किम्बल उन महिलाओं को वहीं छोड़-छाड़ तुरन्त अपने ऑफिस

में चला आया और मौसम विभाग से पूछने लगा-'फ्लोरिडा स्टेट में मौसम कैसा है?'

'बिल्कुल सामान्य।'

तब किम्बल ने मुझसे पूछा-'ल्यूकी यहां से कितने बजे रवाना हुआ था?'

'ठीक ग्यारह बजे।'

'तुम ऐसा करो टॉम, तुम घर चलो। हो सकता है जूली का फोन आ जाये। इधर मैं छान-बीन करता हूं। ज्यों ही मुझे कुछ पता चलेगा, मैं तुम्हें फोन कर दूंगा।'

'मैंने जो किम्बल के ऑफिस से अपने चीफ पायलट बॉबी बोवन के घर फोन किया। मैंने उसे पूरी बात बताई और उससे कहा कि यदि दो-तीन घंटे तक मुझे कोई समाचार नहीं मिला तो मुझे विमानों की आवश्यकता पड़ेगी और वह उनका प्रबन्ध कर लें। जब उसने कारण पूछा तो मैंने उसे बताया कि मैं उस जलमार्ग को समुद्र के ऊपर से देखना चाहता हूं। जिस जलमार्ग से मेरा याट मियामी गया था। बॉबी बोवन को यह इत्तिला देने के पश्चात मैं घर चला आया।

जब दो-तीन घंटे तक मुझे कोई समाचार नहीं मिला, तो मैंने फिर बॉबी बोवन को फोन किया और अपने प्राइवेट हवाई अड्डे पर चला आया। वहां पर मैंने अपने दो विमानों को ल्यूकी की खोज में अलग-अलग दिशाओं में भेज दिया। और खुद मैं बॉबी बोवन के साथ विमान में बैठकर उस जलमार्ग के ऊपर उड़ान भरने लगा जिस पर से ल्यूकी मियामी की ओर रवाना हुआ था। दो-तीन घंटे की खोज के पश्चात हम थक-हार कर वापस लौट आये, पर ल्यूकी का कहीं पता नहीं चला।

इस तरह दो-तीन दिन गुजर गये, किन्तु ल्यूकी का कोई सुराग नहीं मिला। मैं ऐसा बेहाल हो गया था, मानो चलती-फिरती लाश होऊं। सुबह उठता, नहाता-धोता और बॉबी बोवन के साथ अपने विमान में ल्यूकी की खोज में निकल जाता और फिर दो-तीन घंटे के पश्चात असफल होकर वापस लौट आता। जूली के बिना मुझे अपना घर खाने को दौड़ता था। बिली तीन-चार रोज पश्चात लौट गया था, किन्तु डेबी यहीं रुक गई थी और हर समय कैरीन की देख-भाल में लगी रहती थी। इसी तरह से एक सप्ताह बीत गया।

एक दिन बाहर से लौटकर मैंने अपने कमरे में आकर कपड़े बदले ही थे कि डेबी ने कमरे में आकर मुझे बताया कि दो पुलिसमैन मुझसे भेंट करने आये हैं। मैंने डेबी से उन्हें ड्राइंगरूम में बिठाने को कहा और कपड़े बदलकर उनसे मुलाकात करने ड्राइंगरूम में चला आया।

वे दोनों पुलिसमैन हब्शी थे। उनमें से एक को मैं कुछ-कुछ पहचानता था, उसका नाम पेरीगार्ड था और वह बाहामा पुलिस में एक उपायुक्त था।

उसने मुझे सम्बोधित करते हुए कहा-'मिस्टर मेगन, मुझे खेद है कि मैं आपके मामले में हस्तक्षेप करने पर मजबूर हूं न चाहकर भी मुझे आपसे पूछताछ करनी पड़ेगी।

'मैं समझता हूं।' मैंने उत्तर देते हुए कहा-'आप तशरीफ रखिये।'

पेरीगार्ड ने अपनी टोपी उतारने के साथ-साथ अपने साथी का परिचय देते हुए कहा-'यह इन्स्पेक्टर हेपबर्न हैं।'

पेरीगार्ड ने अपनी पूछताछ का सिलसिला आरम्भ करते हुए कहा-'आपके याट का नाम ल्यूकी है?'

'हां।'

'वह कहां से रवाना हुआ था?'

मैंने खिड़की के बाहर इशारा करते हुए कहा-'वहां मेरे घर के पिछवाड़े से....वहां पर मैंने एक कृत्रिम घाट बनवा रखा है।'

'यदि इन्स्पेक्टर हेपबर्न आपके बनावटी घाट को एक नजर देख लें, तो आपको कोई आपत्ति तो नहीं होगी।'

'मुझे क्या आपत्ति हो सकती है, पर उससे आपको क्या पता चलेगा?'

'आप ठीक कहते हैं मिस्टर मेगन, किन्तु हमारा काम ही ऐसा है। अपनी खानापूर्ति करने के लिए हमें कई महत्वहीन बातों को महत्व देना पड़ता है।'

मैंने आपत्ति करते हुए पेरीगार्ड से पूछा-'पहले आप मुझे यह बताइये कि आप मुझसे इस प्रकार की पूछताछ क्यों कर रहे हैं-यह पुलिस केस तो बनता नहीं।'

'मिस्टर मेगन, यह एक असाधारण बात है और पुलिस हर असाधारण बात में हस्तक्षेप कर सकती है। खैर, आप मुझे यह बताइये कि ल्यूकी की रवानगी के समय आप वहां पर उपस्थित थे?'

'हां।'

'आपके याट पर कौन-कौन था?'

'जूली....मेरी पत्नी, मेरी लड़की....सूसन, पीटर ऐलबरी....याट का कप्तान और एक नाविक।'

'उस नाविक का क्या नाम है?'

'उसका नाम मुझे मालूम नहीं।'

पेरीगार्ड ने आश्चर्य से कहा-'आपको अपने प्राइवेट याट के नाविक का नाम पता नहीं!'

'पीटर ऐलबरी ने उसे काम पर रखा था और मैंने पीटर के काम में कभी हस्तक्षेप नहीं किया।'

'पर उस नाविक की तनख्वाह तो आप ही के सर होगी। आप अपने याट के नाविक या किसी कर्मचारी का वेतन भुगतान किस तरह से करते हैं....चेक से अथवा नगद?'

'याट की देख-रेख का खर्चा, उसके नाविक की तनख्वाह का भुगतान आदि यह सब पीटर ऐलबरी की सरदर्दी थी। मैंने उसके नाम पर बैंक अकाउंट खोल रखा है, जिससे वह खर्चा करता है। मैं महीने के महीने उससे हिसाब ले लेता हूं कि उसने कितना खर्चा किया है। खर्चे का ब्यौरा मैंने उससे कभी नहीं मांगा।'

'इसका आशय है कि आपको पीटर ऐलबरी पर बहुत विश्वास है।'

'हां। मुझे उस पर पूरा विश्वास है।' मैंने उत्तर देते हुए कहा।

पेरीगार्ड ने प्रश्नों का सिलसिला जारी रखते हुए मुझसे पूछा-'आप यह बताइए कि वह नाविक देखने में कैसा था?'

'मैं इस बारे में कुछ नहीं बता सकता। मैंने उसे देखा ही नहीं था।'

पेरीगार्ड ने तनिक रोष से कहा-'आपके कहने का आशय है कि आपने देखे बिना उसे नौकर रख लिया था।'

'मैंने आपको अभी बताया तो है कि पीटर ऐलबरी ने उसे काम पर रखा था।'

'पर पीटर ऐलबरी ने उसे नियोजित करने से पहले आपको उसके बारे में कुछ तो बताया होगा-आपको कुछ बताए बिना ही उसने उसे नियोजित कर लिया था?'

'मिस्टर पेरीगार्ड, मेरा बहुत बड़ा बिजनेस है....और सैकड़ों लोग मेरी

मुलाजमत में हैं। किसी को रखना, निकालना यह अधिकार मैंने अपने मातहतों को सौंप रखे हैं। मुझे अपने अधिकारियों पर विश्वास है।'

'आपका कहना ठीक है, पर पीटर ऐलबरी तो आपका निजी वेतनभोगी था।'

पेरीगार्ड ने आपत्ति करते हुए कहा–

'वह जो कुछ भी था, मुझे उस पर पूरा विश्वास था।'

'खैर!' पेरीगार्ड ने पूछा–'आपको यह कैसे यकीन हुआ कि याट रवानगी के समय वह नाविक याट पर ही था।'

'मैंने पीटर ऐलबरी से पूछा था और उसने मुझे बताया था कि वह नीचे इंजन रूम में देख–भाल कर रहा है।'

'यानी व्यक्तिगत रूप से आप उस नाविक के बारे में कुछ नहीं जानते।'

'ऐसा ही समझिए।'

तनिक सोचने के पश्चात पेरीगार्ड ने मुझसे पूछा–'आपकी नजर में कोई ऐसा व्यक्ति है जो उस नाविक के विषय में कुछ भी जानता हो?'

'नहीं।'

'तो इसका आशय हुआ कि हमारा एक ऐसे व्यक्ति से पाला पड़ा है, जिसकी न तो हम सूरत जानते हैं और न ही उसका नाम व पता। और वह भी ईश्वर ही जानता होगा कि वह पुरुष है या महिला।'

'वह पुरुष है।' मैंने कहा।

'यह आपको कैसे मालूम है?'

'क्योंकि जब मैंने पीटर से पूछा था, तो उसने यह कहा था कि वह नीचे इंजन रूम में देखभाल कर रहा है....उसने यह नहीं कहा था कि देखभाल कर रही है।'

'चलो यह तो मालूम हुआ कि वह पुरुष है। अब आप यह बताइए कि पीटर ऐलबरी का निवास स्थान कहां पर है?'

'यहीं पर। याट के स्टोर रूम के ऊपर एक कमरा है। पीटर अपनी पत्नी की मृत्यु के पश्चात यहीं पर आकर रहने लगा था।'

'यदि आपको आपत्ति न हो, तो मिस्टर हेपबर्न उसका कमरा देख लें? शायद वहां से कोई सूत्र मिल जाए।'

मैंने दीवार की अलमारी खोली और उसमें से पीटर ऐलबरी के कमरे की

चाबी निकालकर इन्स्पेक्टर हेपबर्न को दे दी। फिर मैंने घंटी बजाकर ल्यूक बेली को बुलाया और उसे हेपबर्न को पीटर के कमरे में ले जाने को कहा।

उसके जाने के बाद मैंने अपने डेस्क के दराज से एक नोट बुक निकाली और पेरीगार्ड को देते हुए कहा–'शायद इससे आपको कुछ मालूमात हासिल हो सके। इसमें याट के इंजन का नम्बर, रडार, रेडियो आदि का ब्यौरा दर्ज है।'

पेरीगार्ड ने कहा–'चलो कुछ न होने से तो यह भी अच्छा है। अच्छा आप मुझे यह बताइए कि क्या आपका याट बीमाकृत था?'

'हां।'

'आपने अपना भी जीवन बीमा करवा रखा है?'

'बिल्कुल।'

'और मिसेज मेगन....क्या उनके जीवन का भी बीमा था?'

मैंने क्रोधमयुक्त दृष्टि से पेरीगार्ड की ओर देखते हुए कहा–'मैं आपके इशारे को समझता हूं....किन्तु आपको ऐसा प्रश्न करने में शर्म आनी चाहिए थी। इतना पैसा होते हुए मुझे अपनी पत्नी का जीवन बीमा करवाने की क्या आवश्यकता थी? आपके इस प्रश्न का आशय तो यह है कि मैं इस इन्तजार में था कि कब मेरी पत्नी की मृत्यु हो.....और मुझे उसके जीवन बीमे का पैसा मिले।'

'यदि आपको बुरा लगा है, तो मैं आपसे क्षमा मांगता हूं.....मैंने तो यों ही सरसरी तौर पर आपसे पूछा था।'

तत्पश्चात पेरीगार्ड और सवाल करता रहा। थोड़ी देर पश्चात जब इंस्पेक्टर हेपबर्न पीटर का कमरा देखकर वापस आया, तो पेरीगार्ड ने अपनी जगह से उठते हुए कहा–'इस केस की पूरी जांच-पड़ताल होगी। उसकी तिथि और स्थल के बारे में मैं आपको सूचित कर दूंगा। मैं आपको हार्दिक संवेदना प्रकट करता हूं।'

'संवेदना....! इसका आशय है कि...।' इतना कहते-कहते मेरा गला इतना रुंध गया कि मेरे मुंह से कोई शब्द नहीं निकल सका।

'हां मिस्टर मेगन, इस दुर्घटना को कई दिन हो चुके हैं।'

मैंने अपने आप पर अधिकार पाते हुए पूछा–'आपके विचार में यह दुर्घटना कैसे घटी थी?'

'इस विषय में निश्चित रूप से तो शायद ही कभी पता चल पाए....हो सकता है तेल लीक करने से विस्फोट हो गया हो तथा याट में आग लग गई हो या आपके याट की किसी ऑयल टैंकर से टक्कर हो गई हो। निश्चित रूप से कुछ भी नहीं कहा जा सकता। बहरहाल, हम इसका पता लगाने के लिए कोई कसर नहीं छोड़ेंगे।' कहकर पेरीगार्ड अपने सहायक हेपबर्न को सांथ लेकर कमरे से बाहर चला गया।

वे दोनों कमरे बाहर निकले ही थे कि ल्यूक बेली कमरे में आ पहुंचा और कहने लगा-'वह दूसरा पुलिसमैन जो पेरीगार्ड के साथ था, वह नारकोटिक्स (मादक पदार्थों से सम्बन्धित महकमा) स्क्वाड से सम्बन्ध रखता है।'

सुनकर मैं सन्न रह गया।

❖❖❖

पेरीगार्ड के चले जाने के बाद मैं काफी समय तक अविचल अपनी जगह पर बैठा रहा। अब इस वास्तविकता से बिल्कुल इंकार नहीं किया जा सकता था कि जूली एवं सूसन हमेशा-हमेशा के लिए मुझसे जुदा हो गई हैं।

चार दिन बाद मैं अपनी छोटी बेटी कैरीन को अपनी बहन पेगी के पास अबाकों द्वीप छोड़ने गया था। डेबी भी हमारे साथ चली आई थी। यहां पर जब मैंने कैरीन को बताया कि अब उसकी मम्मी एवं बहन सूसन कभी वापस नहीं लौटेंगी तो वह आश्चर्य से मेरी ओर देखते हुए पूछने लगी-'कभी भी वापस नहीं आएंगी?'

'हां।' मैंने उसे समझाते हुए कहा-'तुम्हें याद है तुम्हारी एक बिल्ली थी। जब वह कार के नीचे आ गई थी, तो फिर कभी वापस नहीं आई थी। उसी तरह अब तुम्हारी मम्मी और सूसन कभी वापस नहीं आएंगी।'

कैरीन की आंखों में आंसू डबडबाने लगे। वह उनको दबाने के प्रयास में अपनी नन्ही-नन्ही पलकें झपकाने लगी-'तो इसका आशय है कि मैं मम्मी और सूसन को अब कभी नहीं देख पाऊंगी।' कहने के साथ उसके धीरज का बांध टूट गया और वह जोर-जोर से बिलखने लगी-'मुझे अपनी मम्मी चाहिए।' पेगी उसे बांहों में लेकर प्यार करने लगी और उसे काफी देर तक सांत्वना देती रही। जब कैरीन कुछ शान्त हुई तो पेगी ने उसे सोने की एक हल्की गोली देकर सुला दिया।

मैं कैरीन को वहीं छोड़कर डेबी के साथ हवाई अड्डे चला आया। वापसी फ्लाइट पर हमने काफी देर तक आपस में कोई बात नहीं की। मैं अपने गम में डूबा हुआ था, तो डेबी अपने विचारों में ग्रस्त थी। काफी देर बीत जाने पर मैंने बातचीत का सिलसिला शुरू करते हुए कहा-

'अब तुम भी वापस चली जाओगी?'

'हां।' कहकर डेबी खामोश हो गई। फिर थोड़ी देर बाद कहने लगी-'मैं तो सोचा करती थी कि संसार में केवल मैं ही दुखी हूं।'

'तुम्हें क्या दुख है?'

'जानना चाहते हो?'

'यदि तुम्हें ऐतराज न हो तो।' मैंने कहा-'तुम भी दुखी हो और मैं भी। एक-दूसरे का दुःख जानने से दोनों के जी कुछ हल्के हो जाएंगे। तुम्हें क्या हादसा पेश आया था?'

'मुझे एक आदमी पेश आया था। मेरा विचार था कि उसे मुझसे प्रेम है, पर वास्तव में उसे मेरी दौलत से प्रेम था। एक बार यों हुआ कि मैंने उसके घर फोन किया-दुर्भाग्य से उस समय वह किसी और से फोन पर बात कर रहा था। उसके टेलीफोन से इंगेज की आवाज आने की बजाय मेरा फोन उससे मिल गया....यानी मुझे उसका संवाद सुनाई देने लगा। वह किसी से कह रहा था कि मेरे साथ विवाह करते ही वह रातोंरात धनाढ्य बन जायेगा.....और उसको पूरी ऐश कराएगा.....उसकी हर इच्छा पूरी करेगा, जिससे वह बात कर रहा था, वह एक स्त्री थी। मुझ पर उसकी कलई खुल गई थी-अतः उसके पश्चात मैंने उसकी शक्ल नहीं देखी।'

'यह तो वाकई अजीब बात है।' मैंने डेबी से कहा।

'मेरी बेवकूफी थी। मुझे सभी ने समझाया था कि वह मुझे धोखा देगा.....बिली को तो वह एक आंख भी नहीं भाता था पर मैं किसी की सुनने को राजी ही नहीं थी। मैं अपने आपको बहुत ही चतुर और बुद्धिमान समझती थी।'

'तुम्हारी आयु कितनी है?' मैंने डेबी से पूछा।

'पच्चीस वर्ष।'

'इस आयु में अक्सर ऐसा होता है....हर व्यक्ति अपने आपको बहुत समझदार-समझदार है और जब तक ठोकर नहीं खाता, घोड़े पर सवार रहता

है। तुम सौभाग्यशाली हो कि तुम्हें उसके बारे में वक्त से पहले पता चल गया।'

'वह तो ठीक है, पर इस घटना से मुझे जो सीख प्राप्त हुई है, उसने मेरा और नाश कर दिया है। जब कोई मर्द मुझसे स्नेह से पेश आता है, तो मुझे यह वहम होने लगता है कि शायद वह भी मेरी दौलत के कारण ही मुझसे इस तरह से पेश आ रहा है। मुझे मर्दों पर विश्वास ही नहीं रहा-मर्दों पर क्या....मुझे तो अब अपने आप पर ही विश्वास नहीं रहा। अब तुम्हीं मुझे बताओ कि मुझे क्या करना चाहिए?'

'तुम गरीब हब्शी बच्चों की सहायता करनी शुरू कर दो। ये हब्शी लोग बहुत ही स्नेही होते हैं। प्यार का जवाब प्यार से देते हैं। तुम उनको यहां लाओ, शिक्षित करने का प्रयास करो-तुम्हें बहुत आनन्द प्राप्त होगा और जब तुम्हें प्यार के बदले प्यार मिलेगा, तो तुम्हारा खोया हुआ आत्मविश्वास अपने आपसे लौटने लगेगा। तब तुम सही दिशा में सोचने लगोगी। तुम्हारी पहली जरूरत आत्मविश्वास है, जो तुममें नहीं है।'

'तुम ठीक कहते हो।'

उसी समय मेरी दृष्टि विमान के कॉकपिट की ओर चली गई।....विमान चालक बिल पिडर उंगली के इशारे से मुझे अपने पास आने को कह रहा था। जब मैं उसके पास पहुंचा, तो उसने मुझे बताया कि अभी-अभी रेडियो सन्देश मिला है कि पुलिस आयुक्त पेरीगार्ड तुरन्त मुझसे भेंट करना चाहता है।

फ्रीपोर्ट हवाई अड्डे पर पहुंचने के बाद मैं घर जाने की बजाय सीधा पुलिस आयुक्त के कार्यालय चला आया। डेबी भी मेरे साथ थी। जब हम वहां पहुंचे, तो पेरीगार्ड अपने बरामदे में खड़ा था। मैंने डेबी से उसका परिचय कराते हुए कहा-'ल्यूकी की रवानगी के समय मिस चार्ल्स और इनके चचेरे भाई बिली चार्ल्स भी वहां पर उपस्थित थे।'

पेरीगार्ड कुछ समय तक विचारमग्न दृष्टि से डेबी के चेहरे को देखता रहा-'आप मेरे ऑफिस में आइए।' कहकर पेरीगार्ड हमारी अगुवाई करता हुआ हमें अपने कमरे में ले आया....तथा हम दोनों को सम्बोधित करते हुए बोला-'आप दोनों में खासी दोस्ती है?'

डेबी उसके इस अचानक प्रश्न पर चौंक-सी पड़ी और मेरी ओर देखने लगी।

'आप ऐसा ही समझ लीजिए।' मैंने पेरीगार्ड के प्रश्न का उत्तर देते हुए

कहा–'मिस चार्ल्स को तो मैं बहुत देर से नहीं जानता किन्तु इनके चचेरे भाई बिली चार्ल्स से मेरे बहुत पुराने सम्बन्ध हैं।'

कुछ क्षण के लिए, पेरीगार्ड कोई निर्णय नहीं कर पाया। फिर हम दोनों को अपने सामने बैठने का इशारा करते हुए बोला–'मैं कोई निर्णय नहीं कर पा रहा कि इस समय मिस चार्ल्स को यहां होना चाहिए अथवा नहीं, किन्तु आपको इस समय एक मित्र की आवश्यकता है।'

'आप जो ये कह रहे हैं कि मुझे इस समय एक मित्र की आवश्यकता है, तो इसका आशय है कि आपको उस दुर्घटना का कोई समाचार मिला है।'

पेरीगार्ड ने एक दीर्घ श्वास लेते हुए कहा–'एक मछुआरे को कैंट द्वीप के समुद्र तट पर आपकी लड़की का शव पड़ा हुआ मिला है।'

'कैट द्वीप! 'मैंने विस्मय से कहा–यह कैसे हो सकता है....मेरा ल्यूकी याट तो मियामी के लिए....यानी यहां से दक्षिण-पश्चिमी दिशा में रवाना हुआ था....जबकि कैट द्वीप यहां से दक्षिण पूर्व में दो सौ मील की दूरी पर स्थित है। उस मछुआरे को और आपको गलतफहमी हुई है, वह शव मेरी बेटी सूसन का नहीं हो सकता, किसी अन्य का होगा।'

'वह आप ही की बेटी का शव है, मिस्टर मेगन।' पेरीगार्ड ने कहा।

'मैं हरगिज नहीं मान सकता....मैं वह शव देखना चाहता हूं।'

'मैं आपको यह परामर्श नहीं दूंगा।' पेरीगार्ड ने सिर हिलाते हुए कहा–'आप बिल्कुल नहीं पहचान पाएंगे।'

'क्यों?'

'अब मुझे आपको यह भी समझाना पड़ेगा कि समुद्र के पानी में लाश की क्या दुर्दशा हो जाती है?'

'यदि मैं ही अपनी लड़की के शव को नहीं पहचान पाऊंगा, तो आपको कैसे निश्चय है कि वह उसी का शव है? सूसन के कैट द्वीप जाने का तो प्रश्न ही नहीं उठता।'

पेरीगार्ड ने अपने डेस्क के दराज से एक कार्ड निकालकर मेरे सामने रखते हुए कहा–'यह आपकी लड़की का डेन्टल रिकार्ड है। इसे हमने उसके स्कूल से प्राप्त किया है। आपके फैमिली डेन्टिस्ट डॉक्टर मिलर ने उस शव के दांतों एवं इस कार्ड की तुलना की है। वे बिल्कुल मेल खाते हैं। तत्पश्चात हमने एक अन्य दन्त चिकित्सक की राय ली थी–वह भी इसी

नतीजे पर पहुंचा है कि वह डेन्टल रिकार्ड और उस शव के दांत आपस में मेल खाते हैं....अतः इसमें सन्देह की कोई गुन्जाइश ही नहीं कि वह लाश आपकी बेटी की न हों।

यह सुनकर मेरी हालत कुछ अजीब-सी होने लगी, तो भी मैंने किसी तरह अपने आप पर अधिकार पाकर पेरीगार्ड से पूछा-'जूली और बाकियों का क्या पता चला है?'

'अभी तक कुछ भी नहीं।' पेरीगार्ड ने उत्तर देते हुए कहा-'जांच पड़ताल के दौरान हो सकता है कोई संकेत मिल जाए।'

'आप मुझे यह समझाइए कि मेरी बेटी का शव कैट द्वीप कैसे पहुंच गया। आप एवं मैं, हम दोनों ही फ्रीपोर्ट निवासी हैं और इस बात को भली-भांति जानते हैं कि जब भी हमारे समुद्र में कोई दुर्घटना होती है, तो जहाज, याट या नौका के भग्नावशेष उत्तर पूर्व दिशा में बह जाते हैं, जब कि कैट द्वीप दक्षिण पश्चिम दिशा में है।'

'इस बारे में मैं आपकी तसल्ली नहीं कर सकता-हां, यदि आप उस नाविक का कुछ हुलिया बता सकें तो उससे हमें यह केस हल करने में काफी सहायता मिलेगी।'

'जब मैंने उसे देखा ही नहीं....तो मैं भला क्या बता सकता हूं।'

पेरीगार्ड ने कहा-'हमने मैरिना पर काफी लोगों से पूछताछ की है, पर हमें कोई सुराग नहीं मिला। सबसे कठिन बात तो यह है कि हर मैरिना की आबादी अल्पकालिक होती है-आये, ठहरे और चले गए....आज यहां कल वहां। अतः मैरिना से कुछ पता नहीं चल सकता कि कौन लापता है, जिसको संदिग्ध समझा जा सके। इसके अलावा हमने पीटर ऐलबरी की जान-पहचान वालों से भी पूछताछ की है कि यदि उनमें से किसी ने उसे किसी अजनबी से बातचीत करते देखा हो, पर उसमें भी हमें कोई सफलता नहीं मिली।'

डेबी ने हस्तक्षेप करते हुए कहा-'हो सकता है कि वह नाविक अजनबी न हो-यहीं का रहने वाला हो।'

'वह एक अजनबी ही है।' पेरीगार्ड ने आत्मविश्वास से कहा-'जहां तक मेरा अनुमान है, वह एक अमरीकन नाविक है और समय-समय पर अपना निवास स्थान बदलता रहता है।'

'यदि ऐसा है तो उसका नाम अमरीका के गुमशुदा लोगों की सूची में होना चाहिए।' डेबी ने कहा।

'वह एक आवारागर्द नाविक है, मिस चार्ल्स।' पेरीगार्ड ने उत्तर देते हुए कहा-'और आवारागर्द का नाम गुमशुदा लोगों की सूची में नहीं होता। आवारागर्द लोग कभी भी एक जगह नहीं टिकते और यदि आपकी यह दलील मान भी ली जाये कि उसका हुलिया अमरीका के गुमशुदा लोगों की सूची में दर्ज होगा तो आप ही बताइए कि कौन-से शहर से उसके बारे में मालूम किया जाये। हमें न उसका नाम पता है, न घर का पता और न ही हम उसके हुलिये से वाकिफ है। पूछें तो किस शहर की पुलिस से और किसके बारे में?'

पेरीगार्ड मेरी और डेबी की हर दलील को इस तरह से रद्द किये जा रहा था, मानो हमारी कोई बात महत्व ही न रखती हो। इसके अलावा उसका रवैया कुछ ऐसा दबंग था कि मुझे उस पर क्रोध आने लगा। मैंने रुष्ट भाव से कहा-'अभी ज़ब मैंने आपसे यह पूछा था कि मेरी लड़की का शव कैट द्वीप कैसे पहुंच गया-तो आपने कहा था कि इस बारे में आप मेरी तसल्ली नहीं कर सकते-इसका मतलब है कि आपको इस विषय में तसल्ली है और आप जान-बूझकर मुझसे छिपा रहे हैं।'

'आप मुझे गलत समझ रहे हैं। मुझे बिल्कुल तसल्ली नहीं है और न ही आपसे पूछताछ करने में मुझे कोई आनन्द आ रहा है।'

'तो आप पहेलियां क्यों बुझा रहे हैं? इसका आशय है कि आपको मुझ पर सन्देह है कि मैंने ही अपना याट उड़वाया है?' मैंने क्रोध युक्त स्वर में कहा।

डेबी मेरे बाजू पर हाथ रखते हुए बोली-'धैर्य रखो।'

'धीरज क्या धरूं-आखिर हर चीज की कोई हद होती है। मेरे साथ दुखद घटना घटी है और यह महोदय एक नारकोटिक्स स्क्वाड के इन्स्पेक्टर को साथ लेकर मुझसे पूछताछ करने आए थे, मानो मैं मादक पदार्थों का धन्धा करता होऊं।'

फिर मैंने पेरीगार्ड को सम्बोधित करते हुए कहा-'यदि आपको अपने बारे में कोई गलतफहमी है कि आप चूंकि पुलिस उपायुक्त हैं और कुछ भी कर सकते हैं, तो आप बहुत भारी भूल में हैं। सरकारी हलकों में मेरा काफी

रसूख है और यदि आप मुझे परेशान करते रहे, तो मुझे सीधे आपके बॉस मिस्टर डीन से सम्पर्क स्थापित करना पड़ेगा और मैं आपको यकीन दिला सकता हूं कि आपको दिन में तारे दिखाई देने लगेंगे।'

पेरीगार्ड ने मेरे क्रोध का कोई नोटिस नहीं लिया और अति नम्र भाव से बोला–'मिस्टर मेगन, मैं आपको आश्वासन देना चाहता हूं कि पुलिस इस केस की तह तक पहुंचने के हर सम्भव प्रयास कर रही है। सरकार इस दुर्घटना से बहुत चिंतित है। हम पर पहले ही बहुत दबाव डाला जा रहा है। प्रधानमंत्री ने महान्यायवादी के लिए आदेश जारी किये हैं कि इस दुर्घटना का शीघ्र से शीघ्र पता लगाया जाये। अब अगर आप हम पर और दबाव डालेंगे, तो हमारे लिए और मुश्किल खड़ी हो जाएगी।'

'जब तक पुलिस पर दबाव नहीं पड़ता, वह कुछ करके ही नहीं देती।'

थोड़ा चुप रहने के पश्चात पेरीगार्ड ने कहा–'मैं आपके दुख को समझता हूं। यदि मैं आपकी जगह होता, तो मेरी भी यही हालत होती, पर यह मामला बहुत ही जटिल है। इसमें यदि तनिक-सी भी लापरवाही बरती गई, तो हम यह केस कभी भी हल नहीं कर पाएंगे। चूंकि आपको पुलिस के बारे में गलतफहमी होने लगी है, अतः मैं आपको कुछ-कुछ बता देता हूं कि आजकल बाहामा में क्या हो रहा है–बशर्ते कि आप इस बारे में अपना मुंह न खोलें।'

डेबी ने हस्तक्षेप करते हुए कहा–'यदि आप इनको कोई प्राइवेट बात बताना चाहते हैं तो मैं कमरे से बाहर चली जाती हूं।'

'नहीं, आप यहीं रुकिये।' पेरीगार्ड ने कहा–'संकटकाल के समय ही व्यक्ति को एक ऐसे मित्र की आवश्यकता होती है जिससे वह अपना दुःख दर्द बांट सके....और मेरा विचार है कि इस समय आप इनकी अच्छी मददगार साबित हो सकती हैं। आपसे भी मैं यह अनुरोध करूंगा कि आप भी इस बात को अपने आप तक ही सीमित रखें।'

'मेरी ओर से आप बिल्कुल निश्चिन्त रहिये।' डेबी ने पेरीगार्ड को आश्वासन देते हुए कहा।

तब पेरीगार्ड मुझे सम्बोधित करते हुए बोला–'मिस्टर मेगन, मैं आपके ल्यूकी याट के बारे में पूरी मालूमात कर चुका हूं। ल्यूकी एक बहुत ही अच्छा तथा सुव्यवस्थित याट था। उसमें अनेक प्रकार के आधुनिक यन्त्र

लगे हुए थे....ऐसे याट का यहां के शांत समुद्रों में गर्क हो जाना एक बहुत ही असाधारण-सी बात है। गत कुछ वर्षों से यह देखने में आ रहा है कि हर थोड़े अरसे के बाद ऐसी दुर्घटना घट जाती है-और यह चीज सरकार के लिए एक लगातार चिन्ता का विषय बनी हुई है।'

'आपका आशय है कि बाहामा के सागर में समुद्री डकैती की वारदातें हो रही हैं?' डेबी ने पेरीगार्ड से पूछा।

'मैं इसे समुद्र डकैती नहीं समझता-क्योंकि इन याटों में कोई खजाना या हीरे जवाहरात आदि तो होते नहीं जो कोई डाका डालेगा, डकैती का तो प्रश्न ही नहीं होता। हां, इसे याट जेकिंग का नाम जरूर दिया जा सकता है। मेरे विचार से हमारा वास्ता कुछ ऐसे लोगों से पड़ा है जो चरस, ब्राउन शूगर, कोकीन आदि जैसे मादक पदार्थों की तस्करी में लगे हैं। इन लोगों के पास अपने याट भी होते हैं, जिनको वे पकड़े जाने के डर से इस्तेमाल में नहीं लाते। वे किसी अन्य याट में अस्थायी रूप से नौकरी कर लेते हैं। जब वह याट मैरिना से दूर पहुंच जाता है, तो वे याट के यात्रियों की हत्या करके याट को उस जगह ले जाते हैं जहां से उन्हें यह माल लादना होता है। तत्पश्चात इस माल को गन्तव्य स्थान पर पहुंचाकर याट को पानी में गर्क कर देते हैं, और फिर उसी मैरिना पर वापस लौट आते हैं, जहां पर उनके अपने याट या स्ट्रीम बोट खड़े होते हैं। इस भांति वे कानून की दृष्टि से बचे रहते हैं। ऐसी घटनायें दिन-प्रतिदिन बढ़ती जा रही हैं-याट मैरिना से रवाना होता है और फिर पता नहीं चलता कि याट या उसके यात्रियों के साथ क्या हुआ और हम पुलिस वाले आज तक एक भी याट अपहरणकर्ता को पकड़ना तो दूर, उसकी निशानदेही तक नहीं कर सके।'

डेबी ने कहा-'तो इसका मतलब है कि आपको उस नाविक पर सन्देह है, जिसे पीटर ऐलबरी ने अनुबन्धित किया था?'

'हां।'

'अर्थात आपके विचार में वह नाविक अभी तक जीवित है?' डेबी ने पूछा।

'मिस चार्ल्स, यदि याट किसी साधारण दुर्घटना का शिकार हुआ है, तो वह नाविक भी मर गया होगा। किन्तु आप हालात का मुलाहजा फरमाइये. ...मिस्टर मैगन का याट यहां से मियामी के लिए रवाना हुआ, जो यहां से

दक्षिण-पश्चिम दिशा में है-और सूसन का शैव कैट द्वीप में पाया गया, जो उत्तर पूर्व दिशा में है। यानी याट के रवाना होने के कुछ ही देर बाद उसका अपहरण करके अपने नियन्त्रण में ले लिया गया। इससे जाहिर है कि अपहरण, यानी वह नाविक, अभी जीवित है। इसी कारण से मैंने आप दोनों से अनुरोध किया है कि आप अपने मुंह बन्द रखें क्योंकि अगर वह यहीं कहीं आस-पास में है, तो उसे बिल्कुल मालूम नहीं होना चाहिए कि पुलिस किसी अपहरणकर्ता की तलाश में है। फिर थोड़ी देर की खामोशी के बाद पेरीगार्ड ने कहा-'मेरी सबसे बड़ी मुश्किल तो यह है कि मुझे न उसका नाम पता है, न अता-पता और न ही उसका हुलिया। ऐसी सूरत में किसी अपराधी को खोज निकालना एक दुःसाध्य कार्य है।'

मैंने जोश में कहा-'आप उसे किसी तरह से खोज निकालिये-आप कहें तो मैं उसके जिन्दा पकड़ने के लिए मुंहमांगा इनाम मुकर्रर कर देता हूं।'

'आपने उसे पकड़ने के लिए इनाम की घोषणा कर दी, तो उसको ज्ञात हो जायेगा कि पुलिस उसकी तलाश में है। वह कभी भी नहीं पकड़ा जायेगा। आप हम पुलिस वालों पर बस एक कृपा कीजिये कि इस विषय में अपना मुंह बिल्कुल बन्द रखिये। मैं आपको समय-समय पर सूचित करता रहूंगा।' कहकर पेरीगार्ड ने हमें अपने ऑफिस से विदा कर दिया।

कुछ दिन पश्चात मेरे याट की दुर्घटना की जांच-पड़ताल शुरू हुई थी तथा दो-तीन दिन तक चलती रही थी। जांच-पड़ताल के अन्तिम दिन मुझे भी बुलाया गया था। डेबी भी मेरे साथ आई थी, बाद में यह निर्णय देकर कि याट पर सवार लोगों की मृत्यु अज्ञात कारणों से घटी थी, इस केस को बन्द कर दिया गया था।

जांच-पड़ताल के अन्त में पेरीगार्ड ने मुझे बताया था कि पुलिस इस केस को हत्याकांड समझकर इसकी छान-बीन जारी रखेगी तब मैंने पेरीगार्ड से पूछा था, क्या तुम्हें कोई सुराग मिला है?'

'मिस्टर मेगन, मुझे कोई सुराग तो नहीं मिला-बस मैं आपको इतना ही बता सकता हूं कि आपकी बेटी की मृत्यु पानी में डूबने की वजह से नहीं हुई थी।'

'यह आप कैसे कह सकते हैं?' मैंने पूछा।

'क्योंकि शव परीक्षा रिपोर्ट के अनुसार उसके फेफड़ों में समुद्री पानी नहीं था।'

'तो इससे क्या पता चलता है?'

'इससे यह पता चलता है कि पहले उनकी हत्या की गई थी और बाद में याट को पानी में गर्क किया गया था।'

'इससे क्या अन्तर पड़ता है? मेरी पत्नी भी मर गई और बेटी भी।'

'हमें बहुत अन्तर पड़ता है।' पेरीगार्ड ने उत्तर देते हुए कहा।

'वह क्या?' मैंने पूछा।

'वह यह कि अपहरणकर्ता ने तस्करी के उद्देश्य से नहीं बल्कि आपकी पत्नी एवं बेटी की हत्या करने के उद्देश्य से याट का अपहरण किया था.... अर्थात अपहरणकर्ता को आपसे किसी प्रकार की दुश्मनी है।'

पेरीगार्ड का अनुमान बहुत ही युक्तिपूर्ण था पर उसने मुझे अजीब-सी उलझन में डाल दिया था कि मेरा ऐसा कौन दुश्मन हो सकता है। मैं इन्हीं सोचों में डूबा हुआ घर पहुंच गया।

अगले दिन डेबी को होस्टन वापस जाना था। जब मैं उसे हवाई अड्डे छोड़ने जा रहा था, तो उसने रास्ते में एक दुकान के बाहर कार रुकवाई थी और कुछ लेने के लिए दुकान के अन्दर चली गई थी। जब वह दुकान से बाहर आई थी तो उसके हाथ में एक लिफाफा था। न उसने कुछ बताया और न ही मैंने उससे कुछ पूछा था कि लिफाफे में क्या है। तत्पश्चात एयरपोर्ट पर जब हम होस्टन रवाना होने वाले विमान की प्रतीक्षा कर रहे थे, तो डेबी ने वह लिफाफा मेरे हाथ में देते हुए कहा था-'टॉम, यह तुम्हारे लिए है।'

'इसमें क्या है?' मैंने पूछा।

डेबी ने उत्तर देते हुए कहा-'तुम्हें याद है जिस दिन जूली और सूसन यहां से रवाना हुई थीं, तो सूसन अपना कैमरा ले जाना भूल गई थी। मैंने जिज्ञासा से वह कैमरा खोल लिया था। उसमें फिल्म थी। मैं यह फिल्म डवलप करने के लिए दे आई थी। इस लिफाफे में उसी फिल्म के चित्र हैं।

मैं उन तस्वीरों को देखकर अपना दिल और नहीं दुखी नहीं करना चाहता था। सो मैंने डेबी से कहा-'तुम इनको अपने पास ही रख लो।'

'टॉम, तुम इन्हें देखो तो सही।' डेबी ने आग्रह करते हुए कहा।

मैंने लिफाफा खोला और एक-एक तस्वीर देखने लगा। अधिकांश चित्र याट के थे। कुछ सूसन के थे। सूसन की तस्वीरें देखकर मेरी आंखें नम हो गयी थीं और जूली की तस्वीरें देखकर मेरा दिल टुकड़े-टुकड़े हो रहा था। अगली तस्वीर पर मैंने कोई ध्यान नहीं दिया था तथा उसे लिफाफे में रखना ही चाहता था कि डेबी ने टोका-'इस तस्वीर को ध्यान से देखो।'

उस तस्वीर में पीटर ऐलबरी याट के पालों के पास खड़ा उनका निरीक्षण कर रहा था तथा एक आदमी नीचे से ऊपर डेक की ओर आ रहा था। मैंने डेबी से कहा-'कहीं यह वही नाविक तो नहीं है?'

'मेरा भी यही विचार है। तुम पेरीगार्ड को क्यों नहीं दिखा देते?'

'मैं इन तस्वीरों की कुछ बड़ी कापियां निकलवा कर पेरीगार्ड से बात करूंगा।'

उसी समय माइक्रोफोन पर डेबी की फ्लाइट की घोषणा होने लगी। डेबी को विदा करके मैं वह तस्वीर इन्लार्ज करने के लिए एक फोटोग्राफर को दे आया।

दो दिन पश्चात मुझे उस तस्वीर के इन्लार्जमेंट मिले। बड़ी हुई तस्वीर में उस नाविक का नाक-नक्शा छोटी तस्वीर की अपेक्षा काफी स्पष्ट था। उसका माथा चौड़ा, रंग सांवला और शरीर हष्ट-पुष्ट लगता था। मैं उसकी तस्वीर का अध्ययन कर रहा था कि मेरा इन्टरकॉम बजने लगा। मेरी सेक्रेटरी ने मुझे बताया कि सैम फोर्ड मुझसे भेंट करने आया है।

सैम फोर्ड एक बाहामियन हब्शी था और ल्यू प्राविडेन्स में हमारे 'सी गार्डन' होटल के मैरिना का मैनेजर था। एक कुशल मैनेजर होने के साथ-साथ वह एक बहुत अच्छा नाविक भी था। जब से मेरे ल्यूकी याट का अपहरण हुआ था और पेरीगार्ड ने मुझे बताया था कि याट अपहरण की घटनायें दिन-प्रतिदिन बढ़ती जा रही हैं, तब मैंने अपने मैरिनाओं पर सुरक्षा उपाय कड़े करने का निर्णय लिया था और इस समय सैम इसी विषय में मुझसे बातचीत करने आया था। हम इस विषय में काफी देर तक गुफ्तगू करते रहे थे। सैम ने मुझे यह परामर्श दिया था कि हर होटल के मैरिना को होटल प्रशासन से पृथक करके एक मैरिना विभाग बना दिया जाए और उसका दायित्व एक आदमी को सौंप दिया जाये। मुझे सैम का यह प्रस्ताव बहुत पसन्द आया था। मैंने सैम ही को मैरिना विभाग का मैनेजर नियुक्त

करने का निर्णय कर लिया। जब मैंने उसे यह बताया, तो खुशी से फूला नहीं समाया-तत्पश्चात जब वह रुख्सत होने वाला था, तो उसने मुझसे कहा-'तुम यह जैक कैलिस की तस्वीर को क्यों देख रहे थे?'

'जैक कैलिस कौन?' मैंने पूछा।

सैम ने तस्वीर की ओर इशारा करते हुए कहा-'यह तस्वीर जैक कैलिस की ही तो है।'

'तुम इसे जानते हो?'

'मैं इसे अच्छी तरह तो नहीं जानता, अलबत्ता मैंने इसे मैरिना में अकसर आते-जाते देखा है।'

मैंने वह तस्वीर सैम के सामने रखते हुए कहा-'तुमसे मुझे बहुत उपयोगी सूचना मिली है....तुम इस तस्वीर को तनिक ध्यान से देखो और इस व्यक्ति के बारे में तुम जो भी जानते हो, मुझे बताओ।'

सैम ने वह फोटो अपने हाथ में लेते हुए कहा-'यह तस्वीर साफ नहीं है, पर इसमें कोई सन्देह नहीं कि यह जैक कैलिस ही की तस्वीर है। जैक एक नाविक है। उसका अपना एक सत्ताईस फुटा याट है। याट फाइबर ग्लास का बना हुआ है तथा ब्रिटिश मेक का है। ज्यादातर वह खुद ही अपने याट को चलाता है।'

'वह अपने याट को रखता कहां है?' मैंने पूछा।

'कभी यहां कभी वहां, जहां वह खुद होता है-अपने याट को वहीं अपनी निगरानी में रखता है। वह एक कुशल नाविक है और अपने याट को हर पानी में स्थिर कर लेता है। उसने मुझे बताया था कि दो वर्ष पूर्व वह पनामा नहर से होता हुआ 'गलपात्रो' से न्यू प्रोविडेन्स आया था।'

'उसके याट का नाम क्या है?'

सैम ने माथा संकुचित करते हुए कहा-बड़ी अजीब-सी बात है कि उसने अपने याट का नाम बदल दिया था, जबकि नाविक लोग इस विषय में बहुत बहमी होते हैं। दो वर्ष पूर्व उसके याट का नाम 'सीग्लो' था। हाल ही में जब मैंने उसका याट देखा था, तो उस पर 'ग्रीन जेब' नाम अंकित था।'

'हो सकता है वह कोई और याट हो।'

'बिल्कुल वही याट था।' सैम ने दृढ़ता से उत्तर देते हुए कहा।

'तुमने उसे अन्तिम बार कब देखा था?'

'यही कोई तीन महीने पहले।

'कैलिस अपनी जीविका कैसे चलाता है?'

'इस विषय में मैं निश्चित रूप से कुछ नहीं कह सकता-अलबत्ता एक चीज मैंने नोट की थी कि जब भी उसे अपने याट के लिए हमारे मैरिना स्टोर से कोई सामान खरीदना होता था, तो वह नगद खरीदता था। उसने कभी उधार माल नहीं लिया जबकि अधिकतर नाविक लोग उधार माल लेते हैं।'

'क्या वह अमरीकन है?' मैंने पूछा।

'मुझे तो अमरीकन ही प्रतीत होता है।' सैम ने उत्तर देते हुए मुझसे पूछा-'तुम उसमें इतनी दिलचस्पी क्यों ले रहे हो?'

'मुझे उसमें बहुत दिलचस्पी है।' मैंने सैम से कहा-'अच्छा मुझे यह बताओ कि तुम उसके बारे में और क्या जानते हो?'

'इसके बारे में और यह जानता हूं कि वह अपने याट में कभी-कभार ही डीजल डलवाता है। अधिकतर वह अपने याट को बाद-बानों की सहायता से चलाता है। सारांश में वह एक बहुत ही अच्छा नाविक है। इसके अतिरिक्त मैं और कुछ नहीं जानता।'

'सैम, तुम उसके बारे में मुझे जितना भी बता सकते हो वह मेरे लिए बहुत ही उपयोगी सिद्ध होगा। तुम जरा अपने मस्तिष्क पर जोर डालो-शायद कुछ याद आ जाए।'

थोड़ा सोचने के बाद सैम ने कहा-'मैं व्यक्तिगत रूप से तो कुछ नहीं कह सकता, पर मैंने सुना है कि वह बहुत क्रोधी है। हमारे मैरिना पर तो कोई बात नहीं हुई पर लोग कहते हैं कि नासाऊ में उसका एक आदमी से झगड़ा हो गया था और उसने उसे चाकू मार दिया था। चाकू तो तुम जानते हो कि हर नाविक के पास होता है।'

'उसने चाकू मारा और पुलिस ने कोई कार्रवाई नहीं की?' मैंने पूछा।

'वह उनका आपसी मामला था....सो उन्होंने आपस में ही रफा-दफा कर लिया था। बात पुलिस तक गई ही नहीं थी।'

'तुम किसी ऐसे व्यक्ति को जानते हो जिसके साथ उसका उठना-बैठना हो?'

'नहीं।' सैम ने उत्तर देते हुए कहा-'मैंने उसे अकसर अकेले ही देखा था।'

'तीन महीने पूर्व जब वह यहां से रवाना हुआ था, तो उसने तुम्हें कुछ बताया था कि वह कहां जा रहा है?'

'नहीं।' सैम ने उत्तर दिया-'हां, एक बात याद आई.....पिछले महीने वह अचानक मुझे इन्टरनेशनल बाजार में मिला था....तब उसने मुझे बताया था कि मैं....फ्लोरिडा जा रहा हूं...।'

'तुम्हारे कहने का मतलब है कि एक महीना पहले वह यहां पर था?'

'मैंने एक महीना नहीं कहा-मैंने कहा है कि पिछले महीने उससे मेरी भेंट हुई थी.....अधिक से अधिक दो सप्ताह हुए होंगे।'

'वह यहां क्या करने आया था?'

'वो कार्टराईट से अपने याट की कुछ मरम्मत करवाने आया था।'

यह मालूम होते ही मैंने जो कार्टराईट को अपने ऑफिस बुलवा लिया।

वह मैरिना वर्कशाप का मैनेजर था।

कुछ देर पश्चात जब कार्टराईट मेरे ऑफिस में पहुंचा, तो मैंने जैक कैलिस की फोटो उसके सामने रखते हुए पूछा-'क्या दो सप्ताह पूर्व यह आदमी तुमसे अपने याट की मरम्मत करवाने आया था? इसका नाम जैक कैलिस है।'

'मिस्टर, मेगन, याट मरम्मत करवाने के लिए, तो हर रोज कोई न कोई आता ही रहता है। शक्ल और नाम किसको याद रहते हैं....हां, रिकार्ड देखकर कुछ पता चल सकता है।'

मैंने टेलीफोन जो के आगे सरकाते हुए कहा-'फोन से मालूम करके बताओ।'

जो ने अपने ऑफिस टेलीफोन करने के पश्चात मुझसे कहा-'वह एक ब्रिटिश मेक का याट ठीक करवाने आया था। याट का पेटा लाल रंग का था....।'

'लाल या हरा?' सैम ने बीच में बोलते हुए कहा।

'बिल्कुल लाल।' जो ने अपनी बात पूरी करते हुए कहा-'और उसके याट का नाम 'बाहामा मामा' था।'

'उसने फिर से अपने याट का नाम बदल लिया है।' सैम ने आश्चर्य से कहा।

मैंने सैम को चुप रहने का इशारा करते हुए जो से पूछा-'क्या वह याट अभी यहीं है?'

'मैं अभी पूछकर बताता हूं।' जो ने उत्तर देते हुए कहा और फिर अपने ऑफिस का नम्बर मिलाने लगा।

'मिस्टर मेगन, वह क्रिसमस के दिन यहां से चला गया था-यानी ल्यूकी याट के गायब होने के ऐन छः दिन पश्चात यहां से गया था। उसको किसी ने रवाना होते नहीं देखा था।'

मैंने सैम और जो को अपने ऑफिस के बाहरी कमरे में प्रतीक्षा करने को कहा और पुलिस आयुक्त पेरीगार्ड का नम्बर घुमाने लगा। कुछ देर पश्चात जब पेरीगार्ड का फोन मिला, तो मैंने उससे कहा-'मुझे उसका नाम और हुलिया पता चल गया है।'

'किसका नाम और हुलिया?' पेरीगार्ड ने पूछा।

'उसी नाविक का जो ल्यूकी याट पर गया था।'

'तुम बोल कहां से रहे हो?' पेरीगार्ड ने पूछा।

'अपने रॉयल पाम होटल के ऑफिस से।'

'तुम वहीं रुको...मैं दस मिनट में वहां पहुंच रहा हूं।' कह कर पेरीगार्ड ने फोन बन्द कर दिया।

कोई दस मिनट पश्चात जब पेरीगार्ड मेरे ऑफिस पहुंचा, तो उसने बड़ी तफसील से सैम एवं जो से पूछताछ की, पर उसे कुछ और पता नहीं चला। उन दोनों ने जो मुझे बताया था, वही पेरीगार्ड को बताया। इससे अधिक वे कुछ नहीं बता पाये थे। जब पेरीगार्ड जैक कैलिस की एक तस्वीर लेकर मेरे ऑफिस से चला गया, तो सैम ने मुझसे पूछा-'आखिर यह मामला क्या है?'

'तुम इसकी तफसील में मत जाओ। यह पुलिस केस है। हमारा कर्त्तव्य उनको सहयोग देना है...बाकी वह जानें और उनका काम।' कहकर मैंने सैम और जो को अपने ऑफिस से विदा कर दिया।

कुछ दिन और बीत गए...किन्तु जैक कैलिस का आगे कुछ पता नहीं चला। अलबत्ता इस दौरान बिली मेरे साथ साझेदारी को अन्तिम रूप देने के लिए वकीलों एवं लेखाकारों की एक टोली लेकर यहां पहुंच गया था। तीन दिन तक हमें सर खुजाने तक की फुर्सत नहीं मिली थी। तीसरे दिन अनुबन्ध-पत्र तैयार हुआ था, जिस पर मैंने एवं बिली ने हस्ताक्षर किए थे.

...और इस तरह से 'थीटा कॉरपोरेशन' वजूद में आई थी।

अनुबन्ध-पत्र पर हस्ताक्षर करने के पश्चात मैं एवं बिली रॉयल पाम होटल के बार में बैठे हुए ह्विस्की पी रहे थे कि बिली ने मुझसे कहा-'यार टॉम, तुमने यह डेबी को क्या चाबी भर दी है। उसे आजकल हर समय हब्शी बच्चों की देखभाल एवं उन्हें शिक्षित करने की धुन सवार रहती है। मेरे चाचा जैक चार्ल्स को तो यह भ्रम होने लगा है कि तुम एक क्रांतिकारी हो और उनकी बेटी को वामपन्थी बनाने पर तुले हो।'

'तुम्हारा क्या विचार है?' मैंने बिली से पूछा।

'मुझे तो इसमें कोई बुराई दिखाई नहीं देती...किसी अशिक्षित को शिक्षित करना...इससे बढ़कर और क्या भलाई हो सकती है।'

फिर मैंने बिली से पूछा-'क्या डेबी ने तुमसे किसी फोटो का भी कोई उल्लेख किया था?'

'कौन-सी फोटो?'

मैं मन ही मन में डेबी की प्रशंसा करने लगा कि डेबी ने मेरे निजी मामलों एवं पेरीगार्ड को दिए वचन का कि 'वह इस विषय में किसी से कोई उल्लेख नहीं करेगी' पूरा पालन किया है। तब मैंने जैक कैलिस की तस्वीर बिली को दिखाई और पूरा वृत्तांत उसके समक्ष कर दिया।

'तो इस बेरहम ने तुम्हारी पत्नी एवं बेटी की हत्या की थी?'

'यह बहुत ही जटिल मामला है, बिली...यदि वह जीवित है, तो इसमें कोई सन्देह नहीं कि उसी ने मेरी पत्नी एवं बेटी की हत्या की है, और यदि वह जीवित नहीं, तो यह प्रश्न उठता है कि उसका याट यहां से कौन ले गया और क्यों?'

बिली ने मेरी बात का उत्तर देने की बजाय, ध्यान से तस्वीर की ओर देखते हुए कहा-'यह तस्वीर अस्पष्ट-सी है...इसकी स्पष्ट कापी क्यों न निकलवाई जाए?'

'वह कैसे?'

'तुम तो जानते हो कि हम होस्टन-टेक्सास में रहते हैं...वहां पर अन्तरिक्ष केन्द्र है। वे जब अन्तरिक्ष में तस्वीर लेते हैं, तो वे बहुत ही धुंधली होती हैं। जमीन पर वापस पहुंचने के पश्चात वे इन तस्वीरों को कम्प्यूटरों की सहायता से दोबारा उभारते हैं। तो वे बिल्कुल स्पष्ट होती हैं। यदि अन्तरिक्ष

की तस्वीरें साफ उभर सकती हैं, तो यह फोटो भी स्पष्ट हो जानी चाहिए।'

'तो फिर तुम यह तस्वीर अपने साथ ले जाओ।' कहकर मैंने जैक कैलिस की एक तस्वीर बिली को दे दी।

तीन दिन पश्चात बिली यहां फ्रीपोर्ट से अपने घर के लिए रवाना हो गया। समय अपनी गति से बीतता रहा।

अपने होटलों की जिम्मेदारी के साथ-साथ अब थीटा कॉरपोरेशन का दायित्व भी मुझ पर था। थीटा कॉरपोरेशन एक भवन निर्माण कम्पनी थी। उसके विकास के लिए मैंने जैक फोरेस्टर को अनुबन्धित कर लिया था। जैक फोरेस्टर एक अनुभवी भवन निर्माता था। उसके काम सम्भालते ही काम में तेजी आ गई थी, जिसके कारण मैं हर समय व्यस्त रहता था। काम में जुटे रहने के कारण जूली एवं सूसन की यादों के साये धुंधले पड़ने लगे थे। इसके अलावा मैं सप्ताह में एक बार अपनी छोटी बेटी कैरीन से मिलने अबाको द्वीप चला जाया करता था। कैरीन ने अपने आपको हालात के मुताबिक ढाल लिया था और वहां अबाको में अपनी बुआ के पास प्रसन्न थी। सारांश में जिन्दगी एक बार फिर से अपनी डगर पर चलने लगी थी। गाहे-बगाहे में पेरीगार्ड से भी भेंट करता रहता था। इस दौरान कम्प्यूटर द्वारा उभारी गई कैलिस की तस्वीर भी मुझे मिल गई थी, जो मैंने पेरीगार्ड को दे दी थी। पेरीगार्ड यह तस्वीर देखकर चकित रह गया था। भरसक प्रयासों के बावजूद पुलिस को कैलिस का और कुछ नहीं पता चला था और पेरीगार्ड निराश-सा होता जा रहा था।

इसी तरह तीन महीने और व्यतीत हो गए। एक दिन मैं अपने ऑफिस में काम कर रहा था कि अचानक डेबी कमरे में आ धमकी। उसके साथ दो नौजवान हब्शी महिलाएं थीं। बिना दुआ सलाम के उनसे मेरा परिचय कराते हुए वह बोली-'यह कोरा ब्राऊन है और यह ऐन्डी विलियम्ज। ये दोनों अध्यापिकाएं हैं। हम अग्रिम पार्टी के रूप में यहां आए हैं। तत्पश्चात हम बीस हब्शी बच्चों को यहां लायेंगे और उनको यहां के वातावरण में परवान चढ़ाने का प्रयास करेंगे। अब तुम बताओ कि तुम मेरी इस योजना में क्या सहायता करोगे?'

डेबी ने एक ही सांस में सब कुछ कह डाला था। मैंने उसे बताया कि मैं कैसे उसकी सहायता करूंगा। जब वह सन्तुष्ट हो गई तो मैंने कोर एवं

ऐन्डी का वहीं होटल में ठहरने का प्रबन्ध किया और डेबी को साथ लेकर अपने घर चला आया। शाम को जब हम खाना खाने से पहले ह्विस्की पी रहे थे, तो डेबी ने मुझसे पूछा-'कैलिस का कोई सुराग मिला?'

'नहीं।' मैंने उत्तर देते हुए कहा-'वह तो ऐसा गायब हुआ है मानो उसे जमीन निगल गई हो।'

हम दोनों काफी समय तक इधर-उधर की बातें करते रहे थे, और डेबी बहुत ध्यान से मेरी बातें सुनती रही थी। जब कभी जूली या सूसन का जिक्र आता था, तो वह बहुत खूबसूरती से मेरी बात को टालकर कोई और चर्चा चला देती थी। डेबी प्राय: एक महीने तक मेरे पास ठहरी थी और इस दौरान हम एक-दूसरे को काफी समझने लगे थे। एक महीने के पश्चात वह वापस होस्टन चली गई थी।

समय बहुत तेजी से गुजरने लगा था। थीटा कॉरपोरेशन उन्नति की राह पर अग्रसर थी। मैंने एल्यूथरा द्वीप में अपना एक और होटल भी थीटा कॉरपोरेशन से बनवाया था। सात महीने पश्चात जब वह होटल बनकर तैयार हो गया, तो मैंने उसके उद्‌घाटन समारोह के लिए बाहामा द्वीप समूह के समस्त प्रतिष्ठित लोगों को आमंत्रित किया था। बिली, उसके पिता बिली सीनियर एवं उसके चाचा जैक चार्ल्स को मैंने मुख्य अतिथियों के रूप में आमंत्रित किया था। डेबी भी उनके साथ आई थी। उद्‌घाटन समारोह के पश्चात मैं और डेबी सारी रात डांस करते रहे थे।

अगले दिन जब बिली और उसके पिता एवं चाचा जैक चार्ल्स...यानी डेबी के पिता ने थीटा कॉरपोरेशन का पक्का चिट्ठा देखा तो बहुत प्रभावित हुए थे...और थीटा कॉरपोरेशन के काम से सन्तुष्ट होकर वापस लौट गए थे। डेबी अलबत्ता मेरे पास रुक गई थी। एक दिन जब मैंने डेबी के सामने विवाह का प्रस्ताव रखा, तो उसने कोई आपत्ति नहीं की बल्कि कहने लगी-'मैं तो सोचती थी, कि शायद तुम कभी कहोगे ही नहीं। अत: तीन सप्ताह पश्चात मैंने डेबी के साथ विवाह कर लिया और हम एक सुखद दाम्पत्य जीवन व्यतीत करने लगे। मैंने अपनी छोटी बेटी कैरीन को भी अपने पास बुला लिया था। दो महीने पश्चात जब डेबी ने मुझे यह समाचार सुनाया कि वह गर्भवती हो गई है, तो मैं विभोर हो उठा था....पर शायद ईश्वर को मेरी खुशी मन्जूर नहीं थी।

मेरे भाग्य चक्र ने एक अजीब ही पलटा खाया था। जो भी मेहमान मेरे होटल में आकर ठहरता, अपने घर होटल से जाता तो सही सलामत था किन्तु अपने गन्तव्य स्थान पर पहुंचते ही उसकी मृत्यु हो जाती थी।

लीजियोनेला न्यूमोफिला।

यह एक वाइरस है जिससे न्यूमोनिया हो जाता है। यह वाइरस अधिकतर होटलों के एयरकंडीशंड प्लांट्स में पाया जाता है और बहुत ही घातक होता है। इसकी विशेषता यह है कि जब यह एक व्यक्ति की शिराओं में प्रवेश करता है, तो उस व्यक्ति के तापमान में कोई अन्तर नहीं पड़ता और उसे कुछ अनुभव नहीं होता, किन्तु जलवायु तब्दील होते ही...यानी जब वह व्यक्ति होटल से वापस अपने शहर या किसी अन्य जगह जाता है तो इस वायरस का इतना जोर का हमला होता है कि संक्रमित व्यक्ति की मृत्यु हो जाती है।

पहले कई बार इस वाइरस का 1976 में उस समय पता चला था जब कुछ लोग एक सम्मेलन में भाग लेने के लिए फिलडेल्फिया के एक फाईव स्टार होटल में ठहरे हुए थे। उन्हें एक के बाद एक करके हर एक को न्यूमोनिया होने लगा था और अपने-अपने घरों तक वापस पहुंचते-पहुंचते काफी लोगों की मृत्यु हो गई थी। तत्पश्चात लोगों के मन में ऐसा भय बैठ गया था कि लोग होटलों में ठहरने से डरने लगे थे। इसका यह प्रभाव पड़ा था कि जब कभी यह समाचार फैल जाता कि फलां होटल में ठहरने से रोग लग जाने का भय है, तो लोग उस होटल के पास तक भी नहीं भटकते थे और इसमें होटल के मालिकों को बहुत भारी नुकसान होता था।

मेरे साथ भी हूबहू ऐसा ही हुआ था। यह बीमारी नासाऊ में मेरे पार्कवे होटल में शुरू हुई थी-और यह समाचार जंगल की आग की तरह फैल गया था कि पार्कवे होटल में ठहरने से न्यूमोनिया का रोग हो जाता है। मैं पार्कवे होटल के एयरकंडीशंड प्लांट को शुद्ध करवा रहा था कि मुझे समाचार मिला, यह बीमारी मेरे दूसरे होटल में भी फैल गई है तथा लोग बीमार होकर होटल छोड़ रहे हैं। तीन दिन पश्चात जब मैंने स्थिति का जायजा लिया, तो मुझे ज्ञात हुआ कि मेरे सब होटलों के मिलाकर 324 लोग इस वायरस से प्रभावित हुए हैं, जिनमें से 41 की मृत्यु हो गई है। उधर समाचार पत्रों वाले

बढ़ा-चढ़ाकर इन खबरों को छाप रहे थे। मेरे होटलों में जहां तिल धरने की जगह नहीं मिलती थी, वहां पर अब उल्लू बोलने लगे थे। मैं चौबीस घंटे घर से बाहर रहने लगा था-कभी इस द्वीप के होटल के एयरकंडीशंड प्लांट को ठीक करवाने, तो कभी उस द्वीप के। हर समय घर से बाहर रहने से डेबी को यह गलतफहमी होने लगी कि मैं उसकी अपेक्षा अपने बिजनेस को अधिक महत्व देता हूं। दो-एक बार हमारा झगड़ा भी हो गया। मैंने डेबी को बहुते समझाने का प्रयास किया किन्तु उसको यह भ्रम हो गया था कि मुझे उसकी कोई परवाह नहीं। नतीजा यह हुआ कि पहले तो वह मुझसे खिंची-खिंची-सी रहने लगी और फिर वह अपना अधिक समय होस्टन में अपने मायके में व्यतीत करने लगी। सप्ताह में एक-आध दिन के लिये यहां चली आती और मुझे व्यस्त देखकर फिर वापस लौट जाती।

मुझे अभी इन मुश्किलों से छुटकारा भी नहीं मिला था कि नासाऊ के इन्टरनेशनल बाजार में, जो पर्यटकों के लिये एक आकर्षण केन्द्र है, उसमें आग लग गई और वह जलकर राख हो गया।

समाचार पत्रों ने इस समाचार को इस ढंग से प्रस्तुत किया था मानो इस बाजार में जान-बूझकर आग लगाई गई हो।

बाहामा द्वीप समूह के होटलों में न्यूमोनिया की बीमारी फैलने एवं नासाऊ के इन्टरनेशनल बाजार में आग लगने का समाचार अभी शान्त भी नहीं हुआ था कि नासाऊ में आगजनी एवं छुरेबाजी की कुछ वारदातें हो गईं जिसमें कुछ गोरे मारे गए थे। इन घटनाओं के कारण बाहामा द्वीप समूह में दो महीने तक एक भी पर्यटक नहीं आया। इस दौरान मैंने अपने सब होटलों के एयरकंडीशंड प्लांट्स को कीटाणुओं से शोधित करवा दिया था।

अपने काम को पूरा करके जब मैं फ्रीपोर्ट अपने घर पहुंचा तो सबसे पहले डेबी के दर्शन हुए-वह अपना मुंह फुलाये बैठी थी।

अगले दिन जब मैं एवं डेबी आमने-सामने बैठे नाश्ता कर रहे थे, तो डेबी उस समय गुस्से में भरी बैठी थी।

बोली-'आज भी तुम्हें ऑफिस जाना होगा?'

मैंने प्याली में चाय डालते हुए कहा-'सोचा तो ऐसा ही था।'

'तुम्हारे तो दर्शन ही दुर्लभ हो गए हैं।'

'यदि मेरे दर्शन दुर्लभ हो गए हैं, तो बिस्तरे में किसके दर्शन करती हो?'

मेरे मुंह से ये शब्द निकलने थे कि डेबी एकदम फूट पड़ी और विषाक्त स्वर में बोली-'मैं तुम्हारी पत्नी हूं...वेश्या नहीं। मैंने एक आदमी के साथ गृहस्थी चलाने के लिए विवाह किया था-केवल उसकी यौन तृप्ति के लिए नहीं। तुम अपने आपको समझते क्या हो?'

मैंने तुरन्त खेद प्रकट करते हुए कहा-'मैं आज ऑफिस नहीं जाऊंगा। मैं तो तुमसे मजाक कर रहा था। सच बात तो यह है कि मैं इतना थका हुआ हूं कि एक सप्ताह आराम करना चाहता हूं और हो सका तो हम यह साप्ताहान्त फैमिली द्वीप में व्यतीत करेंगे।'

यह सुनकर डेबी शान्त-सी हो गई और बोली-'मैं तुम्हारे किसी होटल में नहीं ठहरूंगी....क्या पता मुझे भी न्यूमोनिया हो जाये और....।'

इसी समय टेलीफोन की घंटी बज उठी-यह टेलीफोन मेरी सेक्रेटरी जेन्सी ने किया था-'मिस्टर मेगन, आप तुरन्त रॉयल पाम होटल पहुंच जाइए। एक मुसीबत खड़ी हो गई है।'

'अब क्या मुसीबत आन पड़ी है?' मैंने थकी हुई आवाज में पूछा।

'मुसाफिरों के सामान में गड़बड़ी हो गई है और वह चिल्ला-चिल्लाकर हरजाना मांग रहे हैं।'

मैंने रिसीवर वापस चोंगे में रखते हुए डेबी से कहा-'मेरा होटल जाना बहुत आवश्यक हो गया है।'

'तुम्हारा मतलब है कि तुम फिर मुझे अकेला छोड़कर जा रहे हो।'

'मैं मजबूर हूं, डेबी।'

'नरक में जाओ तुम और तुम्हारी मजबूरी।' कहकर डेबी डाइनिंग रूम से बाहर निकल गई।

मैंने अपना कोट उठाया और होटल रवाना हो गया। होटल लॉबी में पर्यटकों ने लॉबी को घेरे में ले रखा था और इतना चीख-चिल्ला रहे थे कि कुछ सुनाई नहीं पड़ता था। मैं सीधा लॉबी मैनेजर, जेक फ्लेचर के कमरे में घुस आया। उसने मुझे बताया, इन पर्यटकों ने रॉयल पाम होटल में कमरे रिजर्व करवा रखे हैं और मेरे होटलों का यह नियम था कि जब भी कोई हमारे होटलों में ठहरने वाला पहले से रिजर्वेशन करवा लेता था और

हमें सूचित करवा देता था कि वह कौन-सी फ्लाइट से पहुंच रहा है, तो होटल का वाहन उसे हवाई अड्डे से लेने जाता था और उसका सामान आदि एयरपोर्ट से लाकर उसके कमरे में पहुंचा देते थे...यानी एक बार यहां पहुंचने पर हमारे होटल से ठहरने वालों को अपने सामान आदि को एयरपोर्ट से छुड़ाने और होटल तक लाने के लिए कुछ नहीं करना पड़ता था। हमने यह अतिरिक्त सेवा अपने मेहमानों की सुविधा के लिए उपलब्ध की थी...और आज यह सेवा हमारे लिये ही जान का बवाल बन गई थी।

हुआ यों था कि 208 पर्यटकों के एक समूह ने मेरे रॉयल पाम होटल में अपने लिए कमरे रिजर्व करवाये थे। नियमानुसार होटल की बस उन्हें हवाई अड्डे से होटल लाने के लिए गई थी। वे सब के सब फर्स्ट क्लास में आए थे और सामान इकट्ठा करने वाला क्लर्क फर्स्ट क्लास लाऊंज से उनका सामान इकट्ठा करने की बजाय इकोनॉमी क्लास से किसी अन्य समूह का सामान होटल ट्रक में लाद कर ले आया था तथा पर्यटक इस समय चिल्ला-चिल्लाकर कह रहे थे कि रॉयल पाम होटल वाले चोर और धोखेबाज हैं। वह अपनी जगह पर सच्चे थे क्योंकि उनके पास तन के कपड़ों और पैर के जूतों के अलावा और कुछ नहीं था। स्थिति बहुत ही हास्यजनक थी, किन्तु होटल की साख दांव पर लगी थी। मैंने पेरीगार्ड को फोन करके उसकी सहायता मांगी-पहले तो उसने इनकार कर दिया किन्तु जब मैंने उससे आग्रह किया तो उसने मुझे कहा कि मैं आधे घंटे पश्चात तुमसे सम्पर्क स्थापित करूंगा।

ठीक बीस मिनट पश्चात पेरीगार्ड रॉयल पाम होटल पहुंच गया और मुझसे कहने लगा-'तुम अपने मुसाफिरों से कहो-अपना-अपना सामान चेक करें।'

मैं यह सुनकर हैरान रह गया था। पेरीगार्ड उनका सामान ढुंढवाकर पुलिस ट्रक में रखवा लाया था। पेरीगार्ड ने मेरे लिए वह कर दिखाया था, जिसकी मुझे तनिक भी आशा नहीं थी। मुसाफिर अपना-अपना सामान पाकर शान्त हो गये थे और अपने कमरों में चले गये थे। मैं इस समस्या से निपटकर अपने ऑफिस में आकर बैठा ही था कि मेरा इन्टरकॉम बजने लगा। मेरी सेक्रेटरी जेन्सी ने मुझे बताया कि सैम फोर्ड तुरन्त मुझसे भेंट करना चाहता है। मैंने जेन्सी से उसे अन्दर भेजने को कहा।

सैम फोर्ड ने कमरे में प्रवेश करते ही मुझसे कहा–'टॉम, तुम्हें याद है तुमने एक बार एक आदमी के बारे में मुझसे तफसील से पूछा था?'

'किस आदमी के बारे में?'

'कैलिस....जैक कैलिस।'

इस बात को अब करीब एक वर्ष हो चुका था और मैं भूल–सा गया था। मैं चौंककर बोला–'क्यों क्या हुआ? तुमने उसे कहीं देखा है?'

'हां।'

'कहां पर?'

'ज्यूमेन्टो द्वीप में। अब उसने अपने याट का नाम 'माई फेयर लेडी' रख लिया है...और याट के पेटे पर नीला रंग करवा लिया है।'

मैंने कहा–'सैम, तुम्हें कैसे यकीन है कि यह उसी का याट है?'

'मैंने उसे पहचान लिया था।'

'वह कैसे?'

'क्योंकि कोई डेढ़ वर्ष पूर्व उसे अपने याट को स्थिर करने के लिए मोटे रस्से के कुण्डे की आवश्यकता पड़ी थी। उसका याट ब्रिटिश मेक का है और मेरे पास केवल अमरीकन याटों के कुण्डे थे। मैंने एक कुण्डा बनाकर उसके कुण्डे के साथ लगा दिया था। वह कुण्डा अब भी उसके साथ लगा हुआ है। उसी से मैं पहचान गया था कि यह उसी का याट है।'

'तुमने निकट जाकर देखा था?'

'यह कोई दो सौ गज के फासले से देखा था। मेरे विचार में उस समय वह अपने याट पर नहीं था, अन्यथा वह डेक पर आ गया होता...क्योंकि वह एक एकान्त जगह है और ऐसी जगह किसी को देखकर जिज्ञासा होने लगती है कि कोई क्या कर रहा है। मेरे मन में तो आई थी कि याट पर चला जाऊं, पर फिर मुझे याद आया कि तुमने मुझे ऐसा करने से मना किया था, कि कहीं वह चौकस न हो जाए–सो मैं याट के अन्दर नहीं गया था और ज्यूमेन्टो द्वीप से सीधा यहां लौट आया।'

'यह तो तुमने बहुत अच्छा किया–यह बात कब की है?'

'कल की–अधिक से अधिक तीस घंटे हुए होंगे।'

मैं मन ही मन में सोचने लगा कि वहां हवाई जहाज से पहुंचा जा सकता है–किन्तु ज्यूमेन्टो द्वीप के अन्दर पहुंचने के लिए स्टीम बोट की आवश्यकता

पड़ेगी...और कोई न कोई ऐसा स्टीम बोट वाला मिल ही जायेगा, जो सौ मील ले जाने लाने के लिए तैयार हो जाये।

मैंने सैम से पूछा-'क्या तुम अभी वापस चल सकते हो?'

'टॉम, इस समय तो मैं बहुत थका हुआ हूं, कैलिस के याट को वहां देखते ही मैं उल्टे पांव वापस लौट आया था। मैंने कल से अब तक आंख भी नहीं झपकाई है।'

'हम यहां से विमान में जायेंगे-तुम विमान में आराम कर लेना।' मैंने सैम को साथ चलने के लिए राजी करते हुए कहा।

सैम फोर्ड साथ चलने के लिए तैयार हो गया। जेक कैलिस को जिन्दा पकड़ने की मुझे ऐसी धुन सवार हुई थी कि डेबी मेरे जेहन से उतर गई थी। मैंने अपने विमान चालक बिल पिडर को विमान का टैंक भरवाने को कहा-और थोड़ी देर के पश्चात हम ज्यूमेन्टो की ओर रवाना हो गये। सैम फोर्ड आराम से सो गया था। मैं बिल पिडर के साथ कॉकपिट में बैठा था। कोई एक घंटे पश्चात जब हमारा विमान ज्यूमेन्टो द्वीप के ऊपर उड़ रहा था, तो मैंने सैम फोर्ड को जगा दिया और उससे पूछा कि उसने याट को कहां पर देखा था।

सैम मेरी दूरबीन लेकर समुद्र की ओर देखने लगा। तभी बिल पिडर ने कहा-'वह देखो...दूर एक याट खड़ा है।'

सैम फोर्ड ने दूरबीन से उसे देखते हुए कहा-'हां, वही है।'

मैंने टेलीस्कोपिक कैमरा उठाया और खिड़की के शीशे से लगा कर कैलिस के याट की तस्वीरें लेने लगा। बिल पिडर ने विमान को वहां से काफी फासले पर एक हवाई पट्टी पर उतार दिया...जहां पर हम उतरे थे वह मछुआरों की एक बस्ती थी। मछुआरों की स्टीम बोट्स वहीं पानी में खड़ी हुई थीं। मैंने सैम फोर्ड को किसी मछुए को राजी करने को कहा और सैम बस्ती के अन्दर चला गया।

थोड़ी देर पश्चात सैम एक नाविक को ले आया। उसकी स्टीम बोट ऊपर से बिल्कुल खुली थी। स्टीम बोट के अन्दर जगह-जगह पर मछलियां पकड़ने वाले जाल बिखरे पड़े थे और नाव से सड़ांध की बू आ रही थी। नाविक का नाम बेलिस था। उसने हमें बताया कि जहां हम जाना चाहते हैं, वह जगह यहां से बयालीस किलोमीटर की दूरी पर है और मेरी नाव सात

किलोमीटर प्रति घंटे की गति से तेज नहीं चलती। यानी वहां पहुंचने तक हमें छः घंटे लग जाएंगे और वापस पहुंचते-पहुंचते संध्या हो जायेगी। हमारे पास और कोई विकल्प नहीं था अतः हम चारों...यानी बिल पिडर, सैम, मैं एवं बेलिस स्टीम बोट पर सवार हो गए और कैलिस के याट की ओर रवाना हो गए। थोड़े समय पश्चात सैम ने मुझसे पूछा-'टॉम, पिछले वर्ष जब मैंने तुमसे कैलिस का जिक्र छेड़ा था, तो तुमने बाल की खाल उतारी थी-और जब मैंने तुमसे यह पूछा था कि कैलिस में इतनी दिलचस्पी क्यों है, तो तुम कोई उत्तर देने की बजाय मेरी बात को टाल गए थे। फिर तुमने पुलिस उपायुक्त पेरीगार्ड को बुला लिया था-और वह भी हमसे कैलिस के विषय में पूछताछ करता रहा था। आखिर मामला क्या है?'

थोड़े संकोच के पश्चात मैंने सैम के प्रश्न का उत्तर देते हुए कहा-

'सैम, बात यह है जब मेरा ल्यूकी याट मियामी जाते हुए समुद्र में गायब हुआ था, तो उस समय कैलिस मेरे याट पर था। पीटर ऐलबरी ने उसे अस्थायी रूप से अपनी सहायता के लिए रखा था।'

सैम यह सुनकर स्तब्ध रह गया-'तुम्हारे कहने का आशय है...।'

मैंने सैम को टोकते हुए कहा-'मेरे कहने का आशय तो उस समय मालूम होगा जब कैलिस और मेरा आमना-सामना होगा।'

सैम ने अपनी बात पूरी करते हुए कहा-'अगर ल्यूकी की दुर्घटना के समय कैलिस उस याट पर था, तो वह जीवित कैसे है? याट में तो सभी दुर्घटनाग्रस्त हो गए थे...इससे साफ जाहिर है कि कैलिस ने उनकी हत्या करने के पश्चात याट को समुद्र में गर्क कर दिया होगा, पर मुझे एक बात समझ नहीं आती कि इस मामले को साधारण दुर्घटना का रूप देकर क्यों दबाया गया था?'

'पेरीगार्ड ने जान-बूझकर इस मामले को दबाया था। उसे विश्वास है कि कैलिस एक तस्कर है और दूसरों के याट चुराकर चरस एवं कोकीन आदि की तस्करी करता है और फिर उन याटों को समुद्र में गर्क कर देता है ताकि कोई सबूत ही बाकी न बचे। पेरीगार्ड को यकीन था कि यदि कैलिस को संकेत मिल गया कि हमें उस पर शक है, तो वह बाहामा द्वीप समूह से हमेशा-हमेशा के लिए फरार हो जायेगा और पुलिस उसको कभी नहीं पकड़ पायेगी, अतः उसने इस केस को साधारण दुर्घटना का रूप देकर ठप्प

करवा दिया था...जबकि पुलिस अब उसकी खोज में है।'

हम दोनों कैलिस के विषय में बातें करते-करते वहां पहुंच गये जहां पर कैलिस का याट खड़ा था।

मैंने सैम से कहा-'तुम कैलिस से इस तरह से बात करना कि उसे कोई शक न हो, उसे यह न मालूम हो कि हम उसको पकड़ने के उद्देश्य से यहां आए हैं।'

'तुम चिन्ता मत करो।' सैम ने मुझे आश्वासन दिया।

कुछ देर पश्चात जब हमारी स्टीम बोट कैलिस के याट के बराबर पहुंच गई, तो सैम हांक लगाते हुए बोला-'अरे भाई कोई है?'

याट के अन्दर से आवाज आई-'क्या चाहिए?'

'हमारे पास पीने का पानी खत्म हो गया है यदि थोड़ा-सा पानी हमें दे दो तो बड़ी कृपा होगी।'

'अरे भाई हो सकता है तुम मुझे पहचानते हो। मेरा नाम सैम है...न्यू प्रोविडेन्स में मेरा अपना मैरिना है....याट चालक कुछ न कुछ खरीदने मेरे पास अकसर आते रहते हैं...हो सकता है तुम भी मेरे पास आये हो।'

'हां, मैं वहां जा चुका हूं। कहने के साथ कैलिस अपने के डेक पर चला आया, और सैम से पूछने लगा-तुम्हें पानी चाहिए?'

'बड़ी कृपा होगी...हमें बहुत प्यास लगी है।'

'मैं अभी लाया...तुम्हारे पास कोई सुराही आदि है?'

'हां।' कहकर सैम ने हाथ बढ़ाकर सुराही कैलिस के हाथ में थमा दी।

थोड़ी देर बाद जब कैलिस पानी भरी सुराही सैम को वापस पकड़ा रहा था तो सैम ने सुराही पकड़ने की बजाय एक हाथ से उसकी कलाई पकड़ ली और दूसरे हाथ से लोहे का एक कुण्डा कैलिस के पेट में जड़ दिया। कैलिस इस अचानक हमले के लिए तैयार नहीं था। उसके पैर लड़खड़ाने लगे थे उसी समय सैम स्टीम बोट से छलांग लगाकर कैलिस के याट पर चढ़ गया और उसकी कमर पर अपने घुटने रख दिये। उसे आगे से सैम ने पकड़ रखा और पीछे से मैंने...पर वह फिर भी हमारी पकड़ से मुक्त होने के लिए प्रयास किये जा रहा था। तभी सैम भी याट पर चढ़ आया और हम दोनों ने उसे मजबूती से पकड़ लिया। कैलिस लगातार हमारी गिरफ्त से आजाद होने के लिये यत्न किये जा रहा था। मैंने उसकी गर्दन पर एक

कराटे वाली चाप मारी और उसे बेहोश कर दिया। इसी दौरान सैम कहीं से रस्सी ढूंढ़ लाया और फिर हम दोनों ने उसके हाथ-पैर कस कर बांध दिये थे। तत्पश्चात हम उसे उठाकर नीचे याट के केबिन में ले आये। वह अभी भी बेहोश था। हम उसका यात्रा चार्ट देखने लगे कि शायद उससे पता चल जाये कि वह कौन-से दिन कहां पर था, पर उसमें कोई ऐसी चीज दर्ज नहीं थी जिससे हमें उसके विरुद्ध कोई प्रमाण मिल सकता। फिर मैंने उसका फर्स्ट एड बॉक्स खोल कर देखा। उसमें मारफीन के दो इन्जेक्शन थे, थोड़ी-सी चरस भी थी। मैंने उसके फर्स्ट एड बॉक्स को ज्यों का त्यों बन्द करके रख दिया। उधर सैम उसकी तलाशी लेने में लगा हुआ था। मैं उसके पास आकर खड़ा हुआ ही था कि कैलिस होश में आ गया।

'तुम लोग कौन हो?' उसने हमसे पूछा।

'मुझे तो तुम खूब पहचानते होगे कैलिस।' सैम ने उत्तर दिया।

सैम के मुंह से अपना नाम सुनकर कैलिस हैरत में पड़ गया और कहने लगा-'तुम लोग मेरे पीछे क्यों पड़ गए हो? यदि तुम्हारा उद्देश्य मेरे याट का अपहरण करना है, तो मैं तुम्हें यकीन दिला सकता हूं कि मेरे याट में कोई चीज ऐसी नहीं जो तुम लोगों के काम आ सके।'

'तुम याट अपहरण के बारे में क्या जानते हो?' मैंने कैलिस से पूछा।

'मुझे केवल इतना पता है कि यहां के समुद्रों में कभी-कभार याट अपहरण की वारदातें हो जाती हैं।' कैलिस ने मेरे प्रश्न का उत्तर देते हुये मुझसे पूछा-'आप यह तो बताइये कि आप कौन हैं?'

मैंने कैलिस के प्रश्न का उत्तर नहीं दिया और लगातार उसकी आंखों में देखता रहा।

सैम ने उससे पूछा-'क्या पीटर ऐलबरी नामक व्यक्ति से तुम्हारी कभी भेंट हुई है?'

कैलिस अपने सूखे होंठों पर जबान फेरता हुआ बोला-'पहले तुम लोग मुझे यह बताओ कि तुम कौन हो?'

सैम की बजाय मैंने कैलिस के प्रश्न का उत्तर दिया-'सैम को तुम आज से पहले भी मिल चुके हो। मेरा नाम टॉम मेगन है...और शायद तुमने यह नाम सुना ही होगा...बाहामा द्वीप समूह के अधिकांश लोग मेरे नाम से परिचित हैं।'

कैलिस मेरा नाम सुनकर घबरा-सा गया किन्तु अपने आप पर अधिकार पाते हुए बोला-'मैंने आपका नाम अथवा आपके बारे में आज तक कुछ नहीं सुना।'

'तुम झूठ बोलते हो...मेरा नाम तो क्या, तुम मेरे परिवार के दो सदस्यों से भी मिल चुके हो-मेरा मतलब है मेरी पत्नी से और मेरी बेटी से।' मैंने तेज स्वर में कहा।

'मेरा विचार है कि आपके दिमाग में नट-बोल्ट ढीले हो गये हैं?' कैलिस भी तेज स्वर में बोला।

'चलो तुम्हारी बात मान ली।' मैंने कैलिस से कहा-'तुम इस बात से तो इनकार नहीं कर सकते कि एक वर्ष पूर्व पीटर ऐलबरी ने ल्यूकी याट को फ्रीपोर्ट से मियामी ले जाने के लिये तुम्हें अस्थाई रूप में सहायक के तौर पर रखा था। जब याट यात्रा के लिये रवाना हुआ था, तो मेरी पत्नी एवं बेटी दोनों याट पर सवार थीं। मेरा याट रास्ते में ही गायब हो गया था और उसका कुछ पता नहीं चला था। कुछ दिनों बाद मेरी बेटी का शव मिला था। मुझे यह बताओ कि उस याट पर सवार बाकी के तीन लोग दुर्घटना का शिकार हो गये थे तो तुम कैसे बच निकले थे?

'मुझे समझ नहीं आता कि आप क्या बातें कर रहे हैं...न मैं आपकी पत्नी से परिचित हूं, न आपकी बेटी से और न ही किसी पीटर ऐलबरी नामक व्यक्ति से।' कैलिस ने सैम की ओर इशारा करते हुए कहा-'अलबत्ता इनसे जरूर परिचित हूं, क्योंकि इनके मैरिना पर मैंने अपना याट खड़ा किया था।'

सैम ने कैलिस से कहा-'हर याट चालक अपनी यात्रा का रिकार्ड रखता है कि वह कौन-से दिन कहां पर था। तुम यह बताओ कि गत वर्ष का तुम्हारा यात्रा रिकार्ड कहां पर है?'

'मैं गत वर्षों की यात्रा का रिकार्ड रखता ही नहीं। मेरे पास चालू वर्ष का पूरा यात्रा रिकार्ड है। वह आप चाहें तो देख सकते हैं।'

'तुम स्वयं ही अपनी मर्जी से सब कुछ बता दो, अन्यथा तुम्हारे हित में बहुत बुरा होगा।' मैंने कैलिस को डांटते हुए कहा।

'मुझे कुछ पता हो तो बताऊं...आप व्यर्थ में मुझ पर सन्देह कर रहे हैं।'

'अच्छा यह बताओ कि गत वर्ष क्रिसमस से कुछ दिन पहले तुम कहां पर थे?'

कैलिस ने अपने मस्तिष्क पर जोर डालने का अभिनय करते हुये कहा–'मैं फ्लोरिडा काईस में था।'

'तुम झूठ बोलते हो।' सैम ने कहा–'क्रिसमस से एक–दो रोज पहले तुम मुझे फ्रीपोर्ट के इन्टरनेशनल बाजार में मिले थे...और तुमने खुद मुझे बताया था कि मैं मियामी जा रहा हूं।'

'इतनी पुरानी बात किसको याद रहती है।' कैलिस ने अपने झूठ पर पर्दा डालने का प्रयास करते हुए कहा–'मैं फ्रीपोर्ट से मियामी गया था–वहां से मैं फ्लोरिडा...काईस चला आया था।'

मैंने कैलिस से पूछा–'तुम मियामी कैसे गये थे? ल्यूकी याट से?'

'बिल्कुल नहीं।' कैलिस ने दृढ़ता से उत्तर देते हुए कहा–'मैं अपने याट से मियामी गया था। मुझे तो यह भी ज्ञात नहीं कि आपका ल्यूकी याट है कैसा।'

'वह एक बावन फुटा आधुनिक याट है।'

'मैं तो आधुनिक याटों के पास तक नहीं फटकता। मुझे आजकल के याटों में तनिक भी रुचि नहीं। मुझे तो बस अपना यह याट ही अच्छा लगता है।'

'तुम अकसर अपने याट का नाम बदलते रहते हो, क्यों?'

कैलिस यह सुनकर गड़बड़ा-सा गया....फिर अपने आप पर अधिकार पाते हुए बोला–'मैंने आज तक अपने याट का नाम नहीं बदला।'

'तुम हर बात में झूठ बोल रहे हो...अब तक तुम चार बार अपने याट का नाम बदल चुके हो...और चारों बार ही तुमने अपने याट के पेटे का रंग बदला है–एक वर्ष पूर्व जब तुम्हारा याट फ्रीपोर्ट में रॉयल पाम होटल के मैरिना पर आकर रुका था, तो उस समय उसका नाम 'बाहामा मामा' था तथा उसका पेटा लाल रंग का था।'

'वह कोई और याट होगा।'

'तुम झूठ बोलते हो।' सैम ने क्रोध से बीच में बोलते हुए कहा–'मैंने तुम्हें याट के मस्तूल शिखर का कुण्डा बना कर दिया था...वह अब भी मस्तूल शिखर के साथ लगा हुआ है...तुम्हारे कहने का तो मतलब है कि मैं अपने हाथ से बनाई चीज भी नहीं पहचान सकता?'

कैलिस ने कोई उत्तर देने के बजाय अपने कन्धे उचका दिए...मैंने उससे

कहा–'देखो कैलिस, हमें भली–भांति ज्ञात है कि तुम कोकीन के तस्कर व्यापारी हो। तुम्हारी भलाई इसी में है कि तुम सच–सच बता दो, अन्यथा पुलिस तुम्हारी हड्डी–पसली बराबर करके तुमसे स्वीकार करवा लेगी।'

'मैं कोकीन का तस्कर व्यापारी हूं!' कैलिस ने विस्मय से कहा–'आपका दिमाग चल गया है–मैंने अपने जीवन में आज तक कोई चीज स्मग्ल नहीं की।'

मैंने कैलिस से पूछा–'तो तुम कैट द्वीप (वह द्वीप जहां पर टॉम मेगन की बेटी सूसन का शव मिला था) क्या करने गये थे?'

'मैं आपके किसी प्रश्न का उत्तर देने के लिए तैयार नहीं हूं।' कैलिस ने क्रोध का अभिनय करते हुए कहा–'जब आपको मेरी किसी बात पर विश्वास ही नहीं, तो आप मुझसे पूछ क्यों रहे हैं।'

'अब?' मैंने सैम से पूछा।

'अब!' सैम बोला–'इसे यहां से बस्ती ले चलते हैं...वहां इसे स्थानीय आयुक्त के हवाले कर देंगे। वह फिर फ्रीपोर्ट पुलिस से सम्पर्क स्थापित करके इसको उनकी तहवील में दे देगा, पर पौ फटने तक हमें यहीं रुकना पड़ेगा।'

'क्यों?' अन्धेरे में यात्रा करने से डर लगता है क्या...?' कैलिस ने सैम पर रिमार्क कसते हुए कहा।

सैम ने कैलिस की टिप्पणी की ओर कोई ध्यान नहीं दिया और मुझे सम्बोधित करते हुए बोला–'मैं बाहर डेक पर तुमसे कुछ बात करना चाहता हूं।'

मैं सैम के पीछे–पीछे डेक पर पहुंचा। वहां सैम ने मुझे बताया कि उसने कैलिस को समझा–बुझा लिया है और वह इस मामले में कोई बाधा नहीं डालेगा।

'यदि ऐसा है, तो हम इसी समय यहां से रवाना क्यों नहीं हो जाते।' मैं बोला।

'टॉम, कैलिस के सामने तो मैंने तुम्हें बताया नहीं, पर बात यह है कि मैंने उसके याट के इंजन को अस्थाई रूप से नकारा कर दिया है–क्योंकि वह एक बहुत ही कुशल नाविक है और मुझे भय था कि वह कहीं मौका लगते याट को चला न दे...तब हम कहीं के न रहते...हमें अन्धेरे में कुछ भी पता न चलता कि याट किधर जा रहा है। अतः मैंने उसका इंजन बेकार

कर दिया था। उसका याट यात्रा के योग्य नहीं है और उसे इस अन्धेरे में स्टीम बोट में ले जाना बहुत जोखिम भरा काम है।'

'उसके इंजन को ठीक करने में कितनी देर लग जाएगी?' मैंने सैम से पूछा।

'घंटा तो लग ही जाएगा-तब तक पौ भी फटने लगेगी।'

'तो ठीक है....फिर इन्तजार कर लेते हैं।'

'हे ईश्वर!' सैम के मुंह से निकला।

'क्यों? क्या हुआ?' मैंने सैम से पूछा।

'मैं अपना चाकू तो नीचे ही भूल आया।'

उसी समय एक सनसनाती हुई गोली हमारे पास से गुजर गई। मैं समझ गया कि कैलिस ने चाकू से अपने हाथ-पैरों पर बंधी रस्सी काट ली है अब वह मुक्त है। सैम ने मुझे एक ओर को खींच लिया तथा मेरा सर डेक के फर्श के साथ लगा दिया। तभी एक और गोली चलने की आवाज आई, पर हम दोनों बिना हरकत किए ज्यों के त्यों डेक पर लेटे रहे थे। तभी कैलिस डेक पर सर्च लाईट डालने लगा था। इससे पूर्व कि उसकी रोशनी मुझ पर पड़ती, मैंने पानी में छलांग लगा दी थी और पानी के तल पर तैरने के बजाय पानी के अन्दर तैरने लगा था। ये प्रशिक्षण मैंने पीटर ऐलबरी से हासिल किया था कि पानी के अन्दर-अन्दर कैसे तैरा जाता है। फिर मैं तैरता हुआ याट के तल के नीचे पहुंच गया था। वही मेरे लिए इस समय सुरक्षित जगह थी। मैं कुछ-कुछ देर बाद पानी के तल पर आकर ताजी हवा से श्वास लेकर पानी के अन्दर चला जाता था। थोड़ी देर बाद मुझे इंजन स्टार्ट होने की आवाज सुनाई दी थी। मैं समझ गया था कि यह बेलिस की स्टीम बोट के इंजन की आवाज है क्योंकि कैलिस के याट का इंजन सैम बेकार कर चुका था। मैं याट के नीचे पानी के अन्दर एक दायरे में घूमने लगा। तनिक देर पश्चात जब मुझे सैम की आवाज सुनाई दी तो मैं पानी के अन्दर तैरता हुआ उस ओर बढ़ने लगा जिस दिशा से आवाज आई थी। तब मैं पानी के अन्दर से बाहर निकला, तो देखा कि सैम भी पानी में तैर रहा था। मैंने सैम से पूछा-'क्या हुआ?'

'मेरे विचार में वह भाग निकला है।'

'भाग निकला है मगर कहां?'

'मेरे विचार में वह बेलिस की स्टीम बोट पर फरार हुआ है।'

'तुम्हें कैसे यकीन है कि कैलिस फरार हो गया है। हो सकता है कि बेलिस ही डर के मारे अपनी स्टीम बोट को लेकर भाग गया हो...और कैलिस ऊपर याट पर ही हो।'

'ऐसा नहीं है टॉम। कैलिस ने अपना याट स्टार्ट करने की कोशिश की थी...जब उससे याट स्टार्ट नहीं हो पाया, तो वह अपने याट से उतर कर बेलिस की स्टीम बोट पर पहुंच गया था।

'बेलिस की स्टीम बोट कहां है?'

'कैलिस अपने साथ ले गया है।'

'और बेलिस कहां है?'

'उसकी लाश पानी में तैर रही है।'

सुनकर मेरे मुंह से सिसकारी निकल गई।

पुलिस उपायुक्त पेरीगार्ड मुझ पर बिजली की तरह कड़क रहा था।

'कैलिस तुम्हारे हाथ लग गया और तुमने उसे अपने हाथ से जाने दिया।'

'मैंने उसे जान-बूझकर थोड़े ही जाने दिया था। हमारे पास कोई रास्ता ही नहीं था। उसके पास बन्दूक थी और हम निहत्थे थे।'

'तुम्हें यह परामर्श किसने दिया था कि तुम उसके पीछे जाओ...। तुमने मुझे क्यों नहीं सूचित किया था कि वह वहां पर है?'

'मुझे यह पता ही नहीं था कि वह स्वयं वहां पर है। मुझे तो सैम ने यह बताया था कि उसका याट वहां पर है। मैं सैम को साथ लेकर उसके याट की शिनाख्त के लिए वहां गया था।'

पेरीगार्ड ने मुझ पर गरजते हुए कहा-'मैंने तुमसे एक बार नहीं, कई बार कहा था कि तुम पुलिस का काम पुलिस पर छोड़ दो, पर तुम बाज नहीं आए। तुम्हारे व्यर्थ के दुस्साहस के कारण बेगुनाह बेलिस मारा गया। उसकी क्षतिपूर्ति कौन करेगा? बेलिस शादीशुदा था....उसकी पत्नी है, चार बच्चे हैं...उनका क्या होगा?'

'मैं उनका पूरा ध्यान रखूंगा।' मैंने बुदबुदाते हुए कहा।

'क्या ध्यान रखोगे?' पेरीगार्ड ने क्रोधयुक्त स्वर में कहा-'उनको नियमित

रूप से पैसा देते रहोगे, इससे क्या अन्तर पड़ेगा। तुम्हारे पैसे से मिसेज बेलिस को पति और बच्चों को बाप तो वापस नहीं मिलेगा। क्या तुम अनुमान लगा सकते हो कि मिसेज बेलिस किस कदर दुखी होंगी। क्या तुम्हारा पैसा उसका दुख-निवारण कर सकता है? जब तुम्हें जूली एवं सूसन की मृत्यु का समाचार मिला था, तो तुम्हारे पैसे ने मरहम का काम किया था?'

पेरीगार्ड लगातार मुझे लताड़े जा रहा था।

'मैं खेद प्रकट करने के सिवाय और क्या कर सकता हूं?'

'न तुम्हारा पैसा और न ही तुम्हारा खेद कोई समाधान कर सकते हैं। तुमने बैठे-बिठाये मेरे लिए एक समस्या उत्पन्न कर दी है। तुम्हारी इस हरकत से कैलिस को यकीन हो जायेगा कि वह एक संदिग्ध व्यक्ति है और पुलिस उसकी खोज में है और इस तलाश में यदि पुलिस के कुछ आदमी मारे गए, तो उनके परिवारों की देख-भाल कौन करेगा?'

'तुम मुझे काफी कह चुके हो। मैं तुमसे माफी मांग चुका हूं...और फिर माफी मांगता हूं, पर अब तुम मुझे और अधिक शर्मिन्दा मत करो।'

'तो ठीक है।' पेरीगार्ड ने गुर्राते हुए कहा-'तुम अपने होटल चलाओ-पैसा बनाओ, किन्तु पुलिस के काम में हस्तक्षेप करने का तुम्हें कोई अधिकार नहीं।' कहकर पेरीगार्ड ने मुझे अपने ऑफिस से बाहर कर दिया।

पेरीगार्ड ने मेरी ऐसी धज्जियां उड़ाई थीं कि मुझे अपने आप पर गुस्सा आ रहा था। वास्तव में दोष मेरा ही था। मुझे जब कैलिस के याट के बारे में पता चला था, तो मुझे तुरन्त पेरीगार्ड को सूचना देनी चाहिए थी। ऐसा मैंने नहीं किया था और इसी कारण मुझे पेरीगार्ड की बातें सुननी पड़ी थीं। मेरा मन बहुत मलीन था...कुछ देर पश्चात जब मैं ऑफिस पहुंचा, तो मुझे डेबी का ख्याल आया। मैंने घर का फोन मिलाया, तो मेरे गृह-प्रबन्धक ल्यूक बेली ने मुझे बताया कि डेबी घर पर नहीं है।

'तुम्हें कोई पता है कि वह कहां पर होगी?'

'वह आज सुबह ही होस्टन गई है।'

मैंने निराशा से फोन बन्द कर दिया और कुछ देर बाद अपने काम में व्यस्त हो गया। कुछ दिन यों ही गुजर गए। न पेरीगार्ड से कोई सूचना मिली थी और न ही डेबी का कोई समाचार मिला था। एक दिन मैं अपने ऑफिस में बैठा काम कर रहा था कि पेरीगार्ड ने मुझे फोन किया। उसने

मुझे और सैम को अपने कार्यालय में बुलाया था। जब हम वहां पहुंचे, तो आश्चर्यचकित रह गये...पेरीगार्ड ने कैलिस को तस्करी के इल्जाम में शामिल करके कस्टम विभाग के सहयोग से उसके याट को अपने अधिकार में ले लिया था। इस समय कैलिस का सत्ताइस फुटा याट सज्जा-रहित अवस्था में वहां खड़ा हुआ था। तत्पश्चात पेरीगार्ड हम दोनों से कड़े रूप से पूछताछ करता रहा था। जब उसकी पूछताछ समाप्त हो गई, तो मैंने उससे पूछा-'कैलिस का कुछ पता चला?'

'अभी कुछ पता-वता नहीं चला।' पेरीगार्ड ने इस भाव से उत्तर दिया था, मानो उसे पता हो भी, तो भी हमें न बताये।

'तुम्हारे विचार में वह कहां हो सकता है?' मैंने अति नम्रता से पूछा।

पेरीगार्ड ने रुखाई से उत्तर देते हुए कहा-'क्या पता कहां होगा। बेलिस की स्टीम बोट का अभी तक कोई पता नहीं चला। जहां तक मेरा अनुमान है उसकी स्टीम बोट को कैलिस ने जलमग्न कर दिया होगा। हाल में एकस्यूमा द्वीप से एक याट लापता होने का समाचार मिला है, मेरे विचार में कैलिस ने यह याट चुराया होगा और उसे लेकर कहीं गायब हो गया होगा। यह सब तुम्हारी वजह से हुआ है।'

मैं चुपचाप पेरीगार्ड के कार्यालय से बाहर निकल आया। जब मैं घर पहुंचा, तो डेबी होस्टन से वापस आ गई थी और लड़ने के लिए तैयार बैठी थी। न दुआ न सलाम, वह छूटते ही मुझसे जवाब-तलब करने लगी-

'तुम न तो घर में थे और न ही अपने ऑफिस में-तुम कहां पर थे? जब भी जरूरत होती है, तुम गायब होते हो।'

'मैं तुम्हारे लिए भी यही कह सकता हूं।' मैंने कटु भाव से उत्तर देते हुए कहा-'मुझे ज्यूमेन्टो में अपनी जान के लाले पड़ गए थे...मुझ पर गोली चलाई गई थी...तत्पश्चात जब मैं घर पहुंचा था, तो श्रीमती जी अपने मायके जा चुकी थीं।'

'तुम पर गोली चलाई गई थी!' डेबी ने अविश्वास से पूछा-'किसने तुम पर गोली चलाई थी?'

'एक कैलिस नामी व्यक्ति ने-उसके नाम से तो तुम परिचित होगी ही। उसने एक आदमी की वहां पर हत्या कर दी थी तथा मैं और सैम फोर्ड उसका निशाना बनने से बाल-बाल बचे थे।'

'यह सैम फोर्ड कौन है?' डेबी ने पूछा।

'बस यही तो सारी बात है।' मैंने डेबी के प्रश्न का उत्तर देते हुए कहा-'तुम्हें मुझ में या मेरे बिजनेस में तनिक भी दिलचस्पी होती तो तुम मुझसे यह न पूछतीं कि सैम फोर्ड कौन है-वह हमारे मैरिना विभाग का मैनेजर है।'

'तो इसका आशय है कि तुमने कैलिस को आखिर खोज निकाला।'

'उसे क्या खोज निकाला, उसे खोजकर हाथ से गंवा दिया-और इस प्रतिक्रिया में एक बेचारे माहीगीर की हत्या करवा दी। मुझे अपने आपसे घृणा होने लगी है। पेरीगार्ड तो अब मुझे कोई महत्व ही नहीं देता-बिल्कुल उसी भांति जैसे तुम मुझे कोई महत्व नहीं देतीं।'

'मैं यदि तुम्हें कोई महत्व नहीं देती, तो उसमें दोष किसका है।' डेबी ने सुलगते हुए स्वर में कहा-'तुमने ही कब मेरी परवाह की है जो मैं तुम्हारे पीछे-पीछे फिरूं। जब देखो, तुम घर से गायब होते हो। जब तुम्हें काम से ही फुर्सत नहीं मिल सकती थी तो तुमने मुझसे विवाह ही क्यों किया था?'

'डेबी, भगवान के लिए बुद्धि से काम लो। तुम हाल की मेरी समस्याओं से भली-भांति परिचित हो। एक का समाधान होता नहीं था कि दूसरी उत्पन्न हो जाती थी। मैं उनसे निपटता, या तुम्हारे आगे-पीछे मंडराता-अब एक और समस्या आन पड़ी है-इन्टरनेशनल बाजार में जो आग लगी थी, उस पर विचार करने के लिए पर्यटन मंत्रालय ने कल नासाऊ में हाटलियर्ज ऐसोसिएशन की एक बैठक बुलाई है। मुझे उसमें भाग लेने के लिए कल सबेरे नासाऊ जाना पड़ेगा।'

'मैंने होस्टन के समाचार पत्रों में यह खबर पढ़ी थी।' डेबी ने रुखाई से कहा-'पर तुम्हारा इससे क्या सम्बन्ध है? तुम वहां क्यों जाओगे?'

डेबी का रवैया बहुत ही लापरवाह था। वह भीतर ही भीतर धधक रही थी, मानो लड़ने का बहाना तलाश रही हो। सो मैंने उसे शान्त करने का प्रयास करते हुए कहा-'डेबी, मेरा वहां जाना अति आवश्यक है, क्योंकि मैं होटल बिजनेस में हूं। हाल की घटनाओं से हमारे बिजनेस पर बहुत प्रतिकूल प्रभाव पड़ा है...हमारा होटल बिजनेस पर्यटकों पर निर्भर है। इस गोष्ठी में यह विचार-विमर्श किया जाएगा कि ऐसे क्या उपाय किये जाएं कि आइन्दा ऐसी घटनाएं न घटें और पर्यटकों का विश्वास पूर्ववत् हो सके।'

डेबी ने कोई उत्तर नहीं दिया।

मैंने प्यार से समझाते हुए कहा–डेबी, मुझे अच्छी तरह से पता है कि मैं तुम्हें अपनी पूरी तवज्जो नहीं दे सका। मुझे उसका खेद है, पर तुम जरा शान्त मस्तिष्क से सोचो कि मुझे कैसी परिस्थितियों का सामना करना पड़ा है। एक बार मैं इन समस्याओं से निपट जाऊं फिर तुम्हें मेरी ओर से कोई शिकायत नहीं होगी।'

'तुम्हें कैसे यकीन है कि तुम इन समस्याओं से निपट जाओगे...हो सकता है इसके बाद कोई ऐसी समस्या उत्पन्न हो जाये जिस पर तुम्हें पूरा ध्यान देना पड़े। उसके बाद फिर कोई और मुश्किल खड़ी हो सकती है। यह तो चलता ही रहेगा।'

'ऐसा कभी नहीं होता, डेबी। हर चीज का अन्त होता है। अगर ये मुश्किलें शुरू हुई हैं, तो समाप्त भी अवश्य होंगी।'

डेबी ने असहमति से सिर हिलाते हुए कहा–'नहीं टॉम...ऐसे तो गाड़ी नहीं चल सकती। मुझे यहां से जाकर इस बारे में सोचना पड़ेगा और कोई हल निकालना पड़ेगा।'

'किसका हल निकालना पड़ेगा?'

'हम दोनों का और किसका।'

'डेबी, हमारे बीच कोई ऐसी जटिल समस्या तो है नहीं कि जिसका समाधान निकालना पड़े और यदि तुम्हें कुछ सोचना है, तो तुम यहां रहकर भी सोच सकती हो।'

'नहीं टॉम, मेरा मायके जाना ही बेहतर है। मैं वहीं पर अपना सोच-विचार करूंगी।'

मैंने एक दीर्घ निःश्वास लेते हुए कहा–'बेहतर तो यही होता कि तुम मेरा कहना मान लेतीं, पर अगर तुमने ठान ही ली है, तो मैं तुम्हें कैसे रोक सकता हूं।'

'तुम मुझे बिल्कुल नहीं रोक सकते।' कहकर डेबी कमरे से बाहर चली गई।

डेबी के कमरे से बाहर निकलते ही मुझे ख्याल आया कि जब मैंने डेबी को यह बताया था कि मैं बाल-बाल बचा हूं तो उसने झूठे मुंह से भी मुझसे यह नहीं पूछा था कि मुझे कहीं चोट तो नहीं आई। मेरा दिल बुझ-सा गया

था। तत्पश्चात मैंने कपड़े बदले और बिना खाना खाये सो गया।

अगले दिन सुबह मैं गोष्ठी में भाग लेने के लिए नासाऊ रवाना हो गया था। शाम को जब मैं घर लौटा था, तो डेबी जा चुकी थी और मेरे लिए एक पत्र छोड़ गई थी। पत्र में लिखा था-

प्रिय टॉम,

जैसा कि मैंने तुम्हें बताया था, मैं होस्टन जा रही हूं और बेबी होने तक वहीं रुकूंगी। इस दौरान मैं तुमसे कोई भेंट नहीं करना चाहती। अलबत्ता प्रसूति के समय यदि तुम आना चाहो, तो मुझे कोई आपत्ति नहीं होगी....लेकिन मैं फिर दोहरा दूं कि उससे पहले मैं तुमसे बिल्कुल नहीं मिलना चाहती।

मैं कैरीन को अपने साथ इसलिए नहीं ले जा रही कि एक तो उसका स्कूल है तथा उसकी सहेलियां यहां पर हैं और दूसरा यह कि वह तुम्हारी बेटी है-मेरा उस पर कोई अधिकार नहीं है।

मुझे अभी तक यह समझ नहीं लगी कि हमारे बीच अनबन कैसे हुई। खैर, मैं इस बारे में विस्तार से सोचूंगी और तुम भी विचारना। बड़ी अजीब बात है कि अनबन के बावजूद भी तुम मुझे अब भी अच्छे लगते हो और मुझे तुमसे उतना ही प्यार है जितना की पहले था।

ढेरों प्यार के साथ-डेबी

मैंने डेबी के पत्र को अपने बटुए में रखने से पहले कम से कम पांच बार पढ़ा होगा। तत्पश्चात मैं उसे पत्र लिखने बैठ गया था कि वह वापस चली आए, हालांकि मुझे पूर्ण विश्वास था कि वह वापस नहीं आएगी।

डेबी के जाने के एक सप्ताह पश्चात मैं अपने विमान चालक बिल पिडर को भी खो बैठा।

बिल पिडर कम्पनी के विमान से अमरीकन माहीगीरों के एक समूह को लांग द्वीप से स्टैला पेरिस ले जा रहा था। प्रोग्राम के अनुसार मुझे भी उसके साथ जाना था क्योंकि लांग द्वीप से आगे कुकिड द्वीप में मुझे 'थीटा कॉरपोरेशन' के लिए कुछ जमीन खरीदनी थी।

रवानगी की पूर्व संध्या को बाथरूम में मेरा पांव फिसल गया था, जिससे मेरे पैर में मोच आ गई थी-और इसके कारण मुझे अपना प्रोग्राम रद्द करना

पड़ा था। मैंने एकदम अन्तिम समय पर बिल पिडर को सूचित किया था कि मैं उसके साथ नहीं जा सकूंगा।

फ्रीपोर्ट से उड़ान भरने के पश्चात बिल पिडर लगातार कन्ट्रोल टॉवर से सम्पर्क बनाये हुए था। जब विमान एकस्यूमा द्वीप के ऊपर उड़ रहा था, तो यह सम्पर्क अचानक समाप्त हो गया था। हम समझ गये थे कि उसका विमान अकस्मात् किसी दुर्घटना का शिकार हो गया है। तत्पश्चात मैंने विमान को ढुंढवाने के बहुतेरे प्रयास किए थे किन्तु बिल पिडर का शव तो दरकिनार, हमें विमान का मलबा तक नहीं मिला था...उस विमान में जो चार अमरीकन सफर कर रहे थे, उनमें से दो इतने सोर्सफुल थे कि उनकी मृत्यु का समाचार मिलते ही अमरीकन समाचार पत्रों ने मेरे होटलों के विमान के बखिये उधेड़ दिए थे। मेरे होटलों की बहुत बदनामी हुई थी–मैं जब भी अपनी साख को उभारने का यत्न करता था...कोई न कोई ऐसी घटना घट जाती थी कि मेरी साख बढ़ने की बजाय और नीचे गिर जाती थी तथा हर हादसे में ऐसा होता था कि मेरा कोई मित्र अथवा स्वजन या तो दुर्घटना का शिकार हो जाता था या फिर मेरी सूरत से बेजार हो जाता था। एक सप्ताह पूर्व डेबी मुझे छोड़ गई थी...और अब बिल पिडर मुझसे हमेशा–हमेशा के लिए जुदा हो गया था।

बिल पिडर की मृत्यु से मुझे बहुत आघात पहुंचा था, क्योंकि कम्पनी का मुलाजिम होने के अलावा वह मेरा एक मित्र भी था।

बिल पिडर की अन्तिम धर्म–क्रिया में भाग लेने के पश्चात जब मैं चर्च से बाहर निकल रहा था तो मैंने अपने एक अन्य विमान चालक बॉबी बोवन से कहा–'मुझे तो कुछ समझ नहीं लगी कि यह हुआ कैसे...बिल पिडर कन्ट्रोल टावर से बिल्कुल ठीक–ठाक बात कर रहा था कि बात करते–करते वाक्य के मध्य में सम्पर्क समाप्त हो गया। यान चालन के इतिहास में आज तक ऐसा वाक्य सुनने में नहीं आया।'

बॉबी बोवन ने कन्धे उचकाते हुए कहा–'क्या कहा जा सकता है, टॉम। यह जानते समझते हुए भी कि यह एक असाधारण दुर्घटना है, हम कुछ नहीं कर सकते। हमारे पास कोई प्रमाण ही नहीं है...हम विमान का मलबा तक नहीं ढूंढ पाये।'

हम यही बातें कर रहे थे कि हमारी दृष्टि बिल पिडर की पत्नी मेग्ग

पिडर पर पड़ गई। वह अपने आंसू पोंछते हुए चर्च से बाहर निकल रही थी।

बॉबी ने कहा–'बिल एक बहुत ही स्नेही पति था। बिल एवं मेग्ग की आपस में बहुत बनती थी। मेग्ग बेचारी पर बहुत भारी गुजरेगी।'

'मेग्ग की पूरी देख-भाल की जायेगी।' मैंने बॉबी से कहा–'उसे पैसे आदि की कोई कमी नहीं होने दी जायेगी।'

'टॉम...पैसा उसके पति की कमी को तो पूरा नहीं कर सकता।'

बॉबी के इन शब्दों ने मेरे अन्तःकरण को भाले के समान भेद दिया था। कुछ रोज पूर्व पेरीगार्ड ने बेलिस की विधवा के बारे में भी ऐसे ही शब्द प्रयोग किए थे–और इस समय बॉबी ने भी वैसे ही शब्द मेरे सामने दोहराये थे। मैं लज्जा से पानी-पानी हो गया था।

बॉबी ने मेरे साथ-साथ चलते हुए कहा था–'टॉम, मुझे यकीन है कि बिल पिडर का विमान किसी साधारण दुर्घटना का शिकार नहीं हुआ....बल्कि उसे दुर्घटनाग्रस्त किया गया है।'

लेकिन मुझे, बॉबी बोवन दोनों को कोई सन्देह नहीं था कि बिल पिडर के विमान के साथ दुर्घटना घटाई गई थी।

लेकिन मैं, बॉबी बोवन या कोई अन्य यह कैसे अनुमान लगा सकता था कि यह दुर्घटना भी हत्या करने के उद्देश्य से घटाई गई थी।

अगले दिन बिली अचानक फ्रीपोर्ट पहुंच गया। जब वह पहुंचा था, तो मैं अपना सामान पैक कर रहा था।

'तुम कहीं बाहर जा रहे हो?' बिली ने मुझसे पूछा।

'ना।'

'तो फिर यह पैकिंग क्यों कर रहे हो?'

'मैं स्वयं को रॉयल पाम होटल में शिफ्ट कर रहा हूं।'

'वह क्यों?'

'घर से जी ऊब गया है।'

तत्पश्चात बिली ने कुछ नहीं पूछा और इधर-उधर की बातें करने लगा था। वह काफी आशंकित प्रतीत हो रहा था और मैं उसकी आशंका भांप गया था।

मैंने कहा–'बिली, इधर-उधर की मत हांको और मतलब की बात पर आओ...मुझे यह बताओ कि तुम अपने परिवार के दूत के रूप में आये हो..

.मेरा आशय है कि तुम्हें डेबी के सम्बन्ध में यहां भेजा गया है?'

यह सुनते ही बिली की सारी शंका दूर हो गई बोला–'यस टॉम, तुमने बिल्कुल सही अनुमान लगाया है और सच बात तो यह है कि यदि मेरे चाचा यानी आपके ससुर महोदय जैक चार्ल्स की तबियत ठीक होती, तो वह स्वयं ही तुमसे पूछताछ करने आते। पहले तो वह अपने बेटे फ्रेंक यानी आपके साले साहब को भेज रहे थे, पर उसे किसी आवश्यक काम से कैलिफोर्निया जाना पड़ गया था...सो इस काम के लिए मेरा चयन किया गया कि यहां आकर तुमसे मालूम करूं कि बात क्या है?'

मैंने बिली से पूछा–'पहले मुझे यह बताओ....क्या डेबी को पता है कि तुम उसके सन्दर्भ में यहां आये हो?'

'नहीं।' बिली ने उत्तर देते हुए कहा–'चाचा महोदय ने डेबी को बताये बिना मुझे यहां भेजा है। वह अपनी बेटी के बारे में जरूरत से कुछ ज्यादा ही चिन्तित हैं कि उनकी लाड़ली वापस मायके क्यों चली आई है। व्यक्तिगत रूप से पूछो तो मेरा यह विचार है कि तुम दोनों के मामले में किसी को भी हस्तक्षेप करने का कोई अधिकार नहीं, किन्तु...।'

मैंने बिली की बात पूरी करते हुए कहा–'किन्तु चार्ल्स परिवार बहुत दम्भी है और अपनी बेटियों के निजी जीवन में हस्तक्षेप करना अपना अधिकार समझता है।'

'टॉम, मैंने अपने चाचा को बहुत समझाया था कि तुम दोनों पति-पत्नी हो और हमें तुम्हारे आपसी मामलों में दखल देने का कोई अधिकार नहीं...पर चाचा महोदय किसी की सुनें तब ना।'

मैंने शान्त स्वर में बिली से पूछा–'तुम क्या जानना चाहते हो?'

'मैं कुछ नहीं जानना चाहता। तुम्हारे ससुर जैक महोदय और तुम्हारे साले साहब जनाब फ्रेंक यह जानने के इच्छुक हैं कि तुम दोनों के बीच ऐसी क्या बात हुई थी कि डेबी को मायके लौटना पड़ा।'

'उन्होंने अपनी बेटी से ही पूछ लिया होता।'

उसने अपने बाप और भाई को कोई जवाब नहीं दिया और मैंने उससे पूछने की कोई परवाह ही नहीं की। तुम ही बता दो कि क्या बात हुई थी?'

'कोई बात हुई हो तो बताऊं, बिली। डेबी यह चाहती है कि मैं अपना काम छोड़ चौबीसों घंटे उसके इर्द-गिर्द मंडराता रहूं। यह भला कैसे हो

सकता है। यहां से जाने से पहले भी उसने मुझ पर आरोप लगाया था कि मैं उसकी उपेक्षा करता हूं। उसे अपने अलावा और कुछ सूझता ही नहीं। जब मैंने डेबी को यह बताया था कि मैं बाल-बाल बचा हूं, तो उसने इतनी मुरव्वत भी नहीं की कि मुझसे झूठे मुंह भी पूछ लेती कि मुझे कहीं चोट तो नहीं आई। उसे तो बस हरदम अपनी ही पड़ी रहती है।'

'डेबी सर्वथा स्वार्थी है। इसमें कोई सन्देह नहीं। मैं तो कई बार उसके मुंह पर कह देता हूं कि तुम एक स्वार्थी व्यक्ति हो।'

'किसी के स्वभाव को कौन बदल सकता है, बिली।'

'वह तो ठीक है, पर यदि तुम चाहो, तो मैं डेबी से बात करके देखता हूं।'

'बिल्कुल नहीं, बिली। तुम डेबी के मामले में कोई दखल मत दो और अपने चाचा एवं चचेरे भाई को भी यही परामर्श दो कि डेबी को उसके हाल पर छोड़ दें।'

'मैंने तो पहले भी उनको यही सलाह दी थी। अब तुम्हारी ओर से भी कह दूंगा।'

तत्पश्चात मैं एवं बिली बिजनेस सम्बन्धित बातें करते रहे थे-बिली भी हाल की घटनाओं से बहुत चिन्तित था।

'यार, टॉम कुछ करो....कोई दिन ऐसा नहीं गुजरता कि बाहामा द्वीप के बारे में कोई बुरा समाचार अखबारों में छपता हो और जैक चाचा तो समाचार पढ़ते ही आकाश सर पर उठा लेता है। वह शुरू से ही बाहामा में सरमाया लगाने के हक में नहीं थे...और इन हाल की घटनाओं से तो उन्हें बहाना मिल गया है कि हमने अपना सरमाया जान-बूझकर बर्बाद किया है।'

मैंने बिली से कहा-'मेरे होटलों से तो जैक का कोई सम्बन्ध नहीं। तुम मुझे यह बताओ कि हमारे संयुक्त बिजनेस यानी थीटा कॉरपोरेशन में जैक का कितना सरमाया लगा हुआ है?'

'थीटा कॉरपोरेशन में जैक का अपना निजी सरमाया तो एक पैसा नहीं लगा हुआ, पर यह है कि 'थीटा कॉरपोरेशन' का 80 प्रतिशत स्वामित्व चार्ल्स कॉरपोरेशन के अधिकार में है...चार्ल्स कॉरपोरेशन एक पब्लिक लिमिटेड कम्पनी है...और जैक कम्पनी के शेयरधारियों को प्रभावित करके यह प्रस्ताव पारित करा सकता है कि थीटा कॉरपोरेशन चूंकि एक वित्तीय

जोखिम सिद्ध हो रही है, अतः उसमें चार्ल्स कॉरपोरेशन का लगा हुआ सरमाया वापस ले लिया जाए।'

मैंने बिली से कहा–'जैक ने यदि ऐसा कोई कदम उठाया तो मेरा दिवाला निकल जाएगा।'

'तभी तो मैंने तुमसे कहा कि कुछ ऐसा करो कि स्थिति काबू में आ जाए तथा बाहामा के बारे में बुरे समाचार छपने बन्द हो जाएं।'

'बिली, तुम ही बताओ कि मैं दैवी विपत्तियों की कैसे रोकथाम कर सकता हूं और बाहामा द्वीप पर अगर कोई विपदा पड़ेगी, तो समाचार पत्रों वाले तो ऐसे समाचार छापेंगे ही। दैवी विपदायें तो मेरे वश से बाहर हैं।'

'तुम स्वयं ही सोचो और बताओ कि मैं क्या करूं?'

'ईश्वर से प्रार्थना करो।'

मैं पहले ही विपत्तियों से घिरा हुआ था कि अब जैक चार्ल्स मेरे पीछे पड़ गया था।

न जाने मेरे साथ और क्या-क्या होने वाला था।

अगले दिन शनिवार था। लंच तक बिली यहीं ठहरा था। तत्पश्चात वह अपनी कॉरपोरेशन के किसी काम से मियामी रवाना हो गया था...उसे वहां से आगे न्यूयार्क जाना था।

उसके रवाना होते ही मैं अपने काम में लग गया था। उससे अगले दिन इतवार को भी मैं अपना पेपर वर्क करता रहा था। सोमवार वैसे ही व्यस्त रहने का दिन होता है। मैं सारा दिन कार्य में व्यस्त रहा था। शाम को मैं कैरीन से मिलने उसके कमरे में चला गया था। तत्पश्चात मैं होटल के रेस्तरां में भोजन करके अपने कमरे में चला आया था। फिर अपना लिबास तब्दील करके...बिस्तरे में लेटकर एक उपन्यास पढ़ने लगा था।

अभी मैंने उपन्यास के पांच-छः पृष्ठ ही पढ़े थे कि मेरे पास रखे टेलीफोन की घंटी बजने लगी।

'तुम मेगन बोल रहे हो?'

'हां। आप कौन बोल रहे हैं?'

'मैं जैक चार्ल्स बोल रहा हूं...। डेबी वहां तुम्हारे पास है?'

'नहीं तो। वह तो आपके पास होस्टन गई है। आप कहां से बोल रहे हैं?'

'होस्टन से।' कहने के साथ जैक चार्ल्स की आवाज मन्द-सी पड़ गई। तब मुझे उसके बुदबुदाने की आवाज सुनाई देने लगी...'वहां पर भी नहीं है।'

वह झूठ क्यों कहेगा...बिली...जैक चार्ल्स ने एक बार फिर भरपूर आवाज से पूछा-'क्या बिली जूनियर वहां पर है?'

'नहीं, वह शनिवार को लंच के पश्चात यहां से मियामी चला गया था। वहां से न्यूयार्क जाना था। यदि वह न्यूयार्क के लिए रवाना नहीं हुआ, तो वहीं मियामी में होगा।'

जैक चार्ल्स फिर बुदबुदाने लगा...मियामी...दोनों को विमान से...।

तब जैक चार्ल्स ने रौबदार आवाज में कहा-'टॉम, तुम अपना सामान बांध लो और यहां आने के लिए तैयार रहो।'

जैक चार्ल्स मुझे यों आदेश दे रहा था, मानो मैं उसका मुलाजिम होऊं। मैंने नाराजगी के भाव से कहा, 'वहां क्यों आऊं? कोई प्रलय आ गई है क्या?'

'मैं फोन पर और कोई बात नहीं करना चाहता।' जैक ने दूसरी ओर से कहा।

'जब तक आप मुझे कारण नहीं बताएंगे....।'

जैक चार्ल्स ने मेरी बात पूरी नहीं होने दी और बीच में टोकते हुए बोला-'डेम इट। तुम मुझसे बहस मत करो तथा जैसे मैं कहता हूं-वैसा करो..दो घंटे के अन्दर मेरा विमान फ्रीपोर्ट में होगा। तुम उसे रोके मत रखना और तुरन्त यहां चले आना और देखो, तुम्हें यहां कुछ दिन के लिए रुकना पड़ेगा। समझे!' कहकर जैक चार्ल्स ने फोन बन्द कर दिया।

मैंने घड़ी की ओर देखा...साढ़े नौ बजना चाहते थे।

जैक चार्ल्स की आवाज में इतना आग्रह था कि न जाना चाह कर भी मैं बिस्तरे से उठा और जाने के लिए सामान बांधने लगा। तत्पश्चात मैंने होटल की नर्स किटी को अपने कमरे में बुलाकर बताया कि मुझे किसी जरूरी काम से बाहर जाना पड़ रहा है, तुम कल कैरीन को उसकी बुआ के पास अबाको छोड़ आना। मैं विमान चालक बॉबी बोवन के नाम एक पत्र छोड़े जा रहा हूं...वह तुम्हें विमान से वहां पहुंचा देगा।

कैरीन को किटी के हवाले करके मैं अपनी कार से हवाई अड्डे चला

आया। कोई आधी रात बीते जैक चार्ल्स का विमान वहां पहुंचा। तब विमान की चीफ एयर हॉस्टेस मेरी अगुवाई करती हुई मुझे विमान के अन्दर ले गई। मैं विमान के अन्दर दाखिल हुआ ही था कि बिली मुझे देखते ही चिल्लाने लगा–'यार यह मामला क्या है तुम मुझे पूरी बात बताओ।'

फ्रीपोर्ट से होस्टन जाने के लिए मैक्सिको की खाड़ी पार करनी पड़ती है...और यह करीब एक हजार मील का सफर है। हमारा विमान 500 मील प्रति घंटे की रफ्तार से उड़ रहा था। बिली का मूड एकदम उखड़ा हुआ था। उसे भी नींद से जगाकर तुरन्त होस्टन पहुंचने के लिए कहा गया था।

'मुझे गुस्सा इस बात पर आ रहा है।' बिली ने कहा–'कि यह पहली बार है कि मैं विमान में यात्रा कर रहा हूं...और मुझे यह भी ज्ञात नहीं कि मैं यात्रा क्यों कर रहा हूं। न जाने जैक चाचा को हुआ क्या है?'

मैंने आहिस्ता से कहा–'मेरा ख्याल है कि इस यात्रा का डेबी से कुछ ताल्लुक है।'

'डेबी से! वह कैसे?' बिली ने आश्चर्य से पूछा।

'क्योंकि जब जैक का फोन आया था, तो उसने छूटते ही मुझसे यह पूछा था–क्या डेबी तुम्हारे पास है?'

'जैक को तो ज्ञात है कि डेबी फ्रीपोर्ट से होस्टन जा चुकी है।'

'क्या पता, तरंग में आकर वह कहीं और चली गई हो और जैक यह समझा हो कि वह मेरे पास आई है।'

'ऐसी भी क्या तरंग कि बिना बताये जब जी में आया मुंह उठाकर चल दिये। जैक चाचा के लाड़-प्यार ने डेबी का दिमाग खराब कर दिया है। अबकी बार मैं उसे ऐसा आड़े हाथों लूंगा कि जीवन पर्यन्त याद रखेगी।' कहकर बिली खामोश हो गया।

होस्टन हवाई अड्डे पर जब हम उतरे, तो कार पहले से हमारे इन्तजार में खड़ी थी। थोड़ी देर पश्चात जब हम चार्ल्स हाउस पहुंचे, तो चार्ल्स परिवार के सदस्य एक मेज के इर्द-गिर्द बैठे हुए थे और किसी विषय पर गम्भीरता से विचार-विमर्श कर रहे थे। विचार-विमर्शकों में एक भी महिला नहीं थी। ऐसा प्रतीत हो रहा था, मानो चार्ल्स परिवार एक पठानी कबीला हो....जिसमें महिलाओं को किसी बात में भाग लेने या राय देने का कोई अधिकार नहीं होता। मेज के सिरे पर जैक चार्ल्स तशरीफ फरमा रहे थे। उनकी एक ओर

उनके भाई बिली सीनियर-यानी बिली के पिता विराजमान थे और दूसरी ओर उनके फर्जन्द.....यानी मेरा साला फ्रेंक बैठा था। वह मुझे यों घूर-घूरकर देख रहा था, मानो उसका वश चले, तो मुझे कच्चा चबा जाए।

हमें देखते ही वे सबके सब तनिक देर के लिए खामोश हो गये थे। बिली ने दुआ सलाम करने के पश्चात यह जानना चाहा कि हमें किस कारण से यहां बुलाया गया है, तो सभी एक साथ बोलने लगे थे, जिससे कुछ समझ नहीं पड़ी थी। तब जैक चार्ल्स ने एक कबीले के सरदार की भांति सबको खामोश करा दिया था और मुझसे बात करने लगा था।

'टॉम, तुम्हें मालूम है कि डेबी के साथ क्या घटना घटी है?' जैक चार्ल्स ने इस भाव से मुझसे यह प्रश्न किया था कि मैं यह समझ नहीं पाया कि वह मुझसे कुछ पूछ रहे हैं, अथवा मुझे कुछ बताना चाहते हैं।

मैंने कहा-'मुझे डेबी के बारे में कैसे मालूम हो सकता है। उसने मुझसे ताल्लुक ही नहीं रखा।'

'देखो डैडी!' मेरे साले फ्रेंक ने हस्तक्षेप करते हुए कहा-'यह अपने मुंह से स्वीकार कर रहा है कि इसका डेबी से कोई ताल्लुक नहीं।'

'यही तो मैं जानना चाहता हूं-ऐसा क्या कारण था कि डेबी अपनी मर्जी करने पर मजबूर हो गई थी....?' फ्रेंक ने कहा।

इससे पूर्व कि मैं कोई उत्तर देता, बिली ने फ्रेंक को डांटते हुए कहा-

'तुम अपनी जबान को लगाम दो। सरासर तुम्हारी बहन का कसूर है। यदि टॉम के साथ निर्वाह नहीं कर सकती, तो किसी के साथ भी नहीं कर सकती। जब तुम्हारी बहन को यह निश्चय हो गया कि टॉम उसकी गुलामी नहीं करने वाला, तो वह उसे छोड़ कर यहां चली आई। इसमें टॉम का क्या दोष है?'

'शान्त रहो बिली।' बिली सीनियर ने अपने बेटे को शान्त करते हुए कहा।

'मैंने जो कहना था कह दिया-टॉम को दोषी ठहराने का किसी को कोई अधिकार नहीं। दोष-सरासर डेबी का है।'

मैंने बिली सीनियर से कहा-'यदि आप यही जानना चाहते हैं कि हम दोनों के बीच किस बात पर अनबन हुई थी, तो पहले आप डेबी से ही क्यों नहीं पूछते।'

बिली सीनियर ने दीर्घ निःश्वास लेते हुए कहा-'यही तो मुश्किल है.... बेटे। वह यहां पर होती....तो हम उससे पूछते।'

'तो इसका आशय है कि डेबी यहां से भी चली गई।' बिली ने अपने चाचा जैक चार्ल्स को सम्बोधित करते हुए कहा-'वाह! यह भी खूब रही.... आपकी लाडली मनमानी करती रहे...और आप लोगों की रात की नींद हराम करते रहो....क्या यही बताने के लिए आपने मुझे नींद से उठा कर मियामी से यहां बुलाया है?'

जैक चार्ल्स ने खिन्न स्वर में अपने भाई से कहा-'अब तुम ही इन्हें बताओ बिली सीनियर।'

बिली सीनियर ने मेरी ओर देखते हुए धीरे-धीरे कहा-'पहले तो हमें यकीन ही नहीं हुआ था कि ऐसा हो सकता है पर अब जबकि तुम सही-सलामत यहां पहुंच गए हो तो सन्देह की कोई गुंजाइश ही नहीं कि डेबी का अपहरण कर लिया गया है।'

यह सुनते ही मेरी हालत खराब होने लगी। मुझे हर चीज घूमती हुई दिखाई देने लगी। फिर मैंने किसी तरह अपने आप पर अधिकार पाकर बिली सीनियर से पूछा-किसने अपहरण किया है?'

उत्तर बिली सीनियर की बजाय फ्रेंक ने दिया-'अपहरणकर्ता अपना नाम पता छोड़कर नहीं जाते।'

बिली ने पूछा-'यह कब की बात है?'

'शनिवार संध्या की या इतवार सुबह की और अब सोमवार की रात की पौ फटने वाली है....यानी मंगलवार होने को आया है।' बिली सीनियर ने उत्तर देते हुए कहा।

'डेबी को अन्तिम बार किसने देखा था?'

'शनिवार संध्या की या इतवार सुबह की और अब सोमवार की रात की पौ फटने वाली है....यानी मंगलवार होने को आया है।' बिली सीनियर ने उत्तर देते हुए कहा।

'डेबी को अन्तिम बार किसने देखा था?' बिली ने अपने पिता से पूछा।

'जो की पत्नी लिण्डा ने।'

तब जो ने ब्यौरा देते हुए कहा-'शनिवार की दोपहर पूर्व लिण्डा एवं डेबी दोनों इकट्ठी शापिंग करने गई थीं। तत्पश्चात दोपहर को दोनों ने इकट्ठे लंच किया था।'

'उसके बाद?' बिली ने पूछा।

जो ने कन्धे उचकाते हुए कहा–'उसके बाद कुछ नहीं। लिण्डा वापस घर आ गई थी।'

'लिण्डा ने तुम्हें यह नहीं बताया कि डेबी का दोपहर पश्चात का प्रोग्राम था?'

'डेबी ने उसे अपना प्रोग्राम बताया ही नहीं था।'

मेरे और बिली के कुछ पल्ले नहीं पड़ रहा था।

बिली ने पूछा–'आपको यह कैसे पता चला कि डैबी का अपहरण कर लिया गया है।'

'क्योंकि अपहर्ताओं ने हमें सूचना दी थी।' फ्रेंक ने कहा।

बिली सीनियर ने ब्यौरा देते हुए बताया–'कल दोपहर जैक के नाम एक पत्र आया था। जैक ने वह पत्र मुझे दिखाया था। पहले तो हमें विश्वास नहीं हुआ....हम समझे कि कोई हमें बेवकूफ बना रहा है किन्तु जब डेबी कहीं दिखाई नहीं दी, तो हमें व्यग्रता होने लगी।'

'डेबी ठहरी कहां थी?'

'मेरे घर।' जैक चार्ल्स ने उलाहने भरी दृष्टि से मेरी ओर देखते हुए कहा–'मेरी बेटी जब से वापस आई थी, हर समय उदास रहती थी।'

मैंने जैक चार्ल्स को सम्बोधित करते हुए कहा, 'आपके कहने के अनुसार डेबी अन्तिम बार शनिवार दोपहर को देखी गई थी और आपको सोमवार तक पता नहीं चला कि वह लापता है। आप मुझे यह बताइए कि आपने उसका बिस्तरा देखा था कि वह सोता हुआ लगता था या उस पर बेड कवर बिछा हुआ था। उससे आपको साफ पता चल जाता कि डेबी घर आई थी या नहीं।'

'थोड़ा धैर्य रखो टॉम।' बिली सीनियर ने कहा–'हम यह समझे थे कि वह कहीं तुम्हारे पास वापस न चली गई हो।'

'उस सूरत में वह कोई सन्देश छोड़ जाती।' मैंने कहा–'डेबी हठी-सी तो है, किन्तु गैर-जिम्मेदार नहीं....जब मेरे यहां से आई थी, तो मेरे नाम पत्र छोड़कर आई थी कि मैं मायके जा रही हूं। आप लोगों ने उसके कपड़ों की अलमारी ही देखी होती कि उसके सभी कपड़े मौजूद हैं या नहीं। अगर उसके कुछ कपड़े नहीं होते तो आपका यह सोचना उचित था कि शायद वह मेरे पास वापस चली गई हो।'

फ्रेंक ने कहा–'वह जब से यहां आई थी, तब से दूर–दूर सी रहती थी। उसके कपड़ों से क्या पता चल सकता था कि कौन से हैं और कौन से नहीं। तुम तो व्यर्थ की बातों में समय नष्ट कर रहे हो।'

मैंने फ्रेंक की बात की ओर कोई ध्यान न देते हुए जैक चार्ल्स से पूछा–'आप मुझे यह बताइए कि आपने अभी तक पुलिस को सूचित किया या नहीं?'

मेरे इस प्रश्न पर सबने मौन साध लिया। जैक चार्ल्स ने तो मेरे चेहरे से अपनी नजरें ही परे कर ली थीं। आखिर बिली सीनियर ने मौन तोड़ते हुए कहा–'बात यह है टॉम कि अपहरण एक फेडरल अपराध है यानी यह सीधा अमरीकी सरकार के अधिकार क्षेत्र में आता है, यदि यह प्रांतीय अपराध होता, यानी टेक्सास पुलिस के अधिकारी क्षेत्र में होता, तो हमने कब की रिपोर्ट कर दी होती और पुलिस जी–जान से अपहरणकर्ता की खोज में लग गई होती और किसी को कानों–कान खबर तक न होती–क्योंकि टेक्सास में हमारा बहुत रसूख है....एक प्रकार से हम टेक्सास के मालिक हैं, पर चूंकि यह अपराध सेन्टर की देख–रेख में है, अतः इसकी जांच–पड़ताल केवल एफ. बी. आई. ही कर सकती है तथा एक बार कोई मामला एफ. बी. आई. के पास चला जाए, तो समाचार पत्रों में उसकी बहुत चर्चा होती है। इससे अपराधी को पता चल जाता है कि उसकी खोज की जा रही है। इस चीज को मद्देनजर रखते हुए हमने यह रिपोर्ट दर्ज नहीं कराई....क्योंकि ज्यों ही डेबी के अपहरणकर्ता को यह पता चलेगा कि हमने पुलिस की सहायता ली है त्यों ही वह डेबी की हत्या कर देगा। पुलिस में रिपोर्ट करके तो हम अपनी लड़की गंवा बैठेंगे।'

मैंने कहा–'तो इसका मतलब है कि आपने अभी तक कोई कार्यवाही नहीं की।

'ना।' बिली सीनियर ने उत्तर दिया।

बिली ने अपनी राय देते हुए कहा–'इसका एक ही उपचार है कि डेबी के अपहरणकर्ता को मुंहमांगी रकम दे दी जाए, वह अपने आप डेबी को रिहा कर देगा।'

'काश! ऐसा हो सकता।' बिली ने अपने पिता से पूछा।

बिली सीनियर ने मेरी ओर इशारा करते हुए कहा–'उसे यह चाहिए....वह

टॉम के एवज में डेबी को रिहा करेगा।'

'टॉम के एवज में डेबी को रिहा करेगा!' बिली ने आश्चर्य से अपने पिता के शब्द दोहराते हुए कहा।

'हां।'

'वह क्यों?'

'इसका उत्तर तो वही दे सकता है बिली।'

'मैं यह मानने के लिए तैयार नहीं।'

'आप लोग इन्हें वह पत्र क्यों नहीं दिखा देते?' फ्रेंक ने कहा।

जैक, चार्ल्स ने अपनी जेब से एक तह हुआ पत्र निकाला तथा मेरे सामने रख दिया। बिली मेरे पीछे आकर खड़ा हो गया और हम दोनों वह पत्र पढ़ने लगे

डियर मिस्टर चार्ल्स,

आपको विश्वास तो नहीं होगा किन्तु यह बिल्कुल सच है कि आपकी पुत्री डेबोरहा मेगन (डेबी) हमारे अधिकार में है-अर्थात हम उसे अपहृत कर लाए हैं। यह जानते हुए कि आप अपनी बेटी को सही सलामत वापस चाहेंगे, हम आपके सामने अपनी शर्ते पेश करते हैं। इन शर्तों पर किसी प्रकार की बातचीत नहीं की जा सकती-

'आपको अपने दामाद, टॉमस मेगन को किसी तरह यहां होस्टन बुलाना होगा। उसे आप किस बहाने से यहां बुलाएंगे, उससे हमारा कोई सम्बन्ध नहीं। अलबत्ता होस्टन में उसकी पहुंच की सूचना हमें अपने सूत्रों से मिल जाएगी।

आपकी बेटी की सुरक्षा एवं सलामती की कीमत यह है कि टॉमस मेगन को सही सलामत हमारे हवाले कर दें। तत्पश्चात आपकी बेटी तुरन्त आपको लौटा दी जाएगी। टॉमस मेगन ने यहां पहुंचते ही आदान-प्रदान का ब्यौरा आपके पास भेज दिया जाएगा।

साथ ही हम आपको यह बतला दें कि पुलिस को कोई सूचना देना आपकी बेटी के हित में खतरनाक सिद्ध होगा। उसकी जिम्मेदारी आप पर होगी।'

जब हम यह पत्र पढ़ चुके तो फ्रेंक ने कहा-'टेक्सास का हर गुण्डा यह जानता है कि हमारे परिवार की किसी स्त्री का अपहरण करके वह लाखों

बटोर सकता है, किन्तु यहां के किसी गुण्डे में इतनी जुर्रत नहीं कि वह हमारी स्त्रियों पर मैली नजर डाल सके, पर ये गुण्डे तो अजीब गुण्डे हैं...... इन्होंने हमारी लड़की का अपहरण किया और उन्हें कोई पैसा नहीं चाहिए-वे डेबी के बदले टॉमस को अपने कब्जे में लेना चाहते हैं।' तनिक चुप रहने के पश्चात फ्रेंक ने मेरी ओर देखते हुए कहा-'तुममें ऐसी....क्या विशेषता है कि एक अपहरणकर्ता हमारे पैसे के मुकाबले तुमको ज्यादा तरजीह देता है?'

'तुम फिजूल की बातें मत करो।' बिली ने फ्रेंक को डांटते हुए कहा।

'यह तो टॉम पर निर्भर है कि वह इस मामले से कोई सम्बन्ध रखना चाहता है या नहीं।'

'यदि टॉम अपनी पत्नी के संकट काल में उसकी सहायता नहीं कर सकता, तो इसे अपने आपको मर्द कहलाने का कोई हक ही नहीं। फ्रेंक ने क्रोध से कहा।

बिली मेरा पक्ष लेते हुए बोला-'तुम अपनी बताओ कि यदि तुम्हारी पत्नी तुम्हें छोड़ गई होती और जब उस पर कोई ऐसी विपत्ति आन पड़ती, तो तुम उसके लिए क्या करते?'

यह सुनते ही फ्रेंक का रंग फक्क-सा हो गया। मैं समझ गया कि फ्रेंक और उसकी पत्नी की आपस में नाइत्तफाकी है।

बिली सीनियर जो काफी समय से चुप बैठे थे, उन्होंने मुझे सम्बोधित करते हुए कहा-'टॉम, फ्रेंक ने बिल्कुल ठीक कहा है कि आखिर तुममें ऐसी क्या विशेषता है कि अपहरणकर्ता तुम्हें अपने अधिकार में लेने के लिए हमारी लड़की का अपहरण करे...तथा हमारे सामने यह शर्त रखे कि वह केवल तुम्हारे बदले में ही हमारी लड़की को रिहा करेगा।'

मैंने कहा-'इसका मैं क्या उत्तर दे सकता हूं। मेरे विषय में आप लोग भली-भांति जानते हैं कि मैं क्या हूं, कौन हूं, मेरी कितनी सम्पत्ति है।

'आपने प्राइवेट गुप्तचरों से दो बार मेरी जांच-पड़ताल भी करवाई थी। पहली बार मुझसे साझेदारी करने से पूर्व और दूसरी बार जब मैंने डेबी से विवाह किया था। मेरे बारे में ऐसी तो कोई बात नहीं...जो मैं जानता होऊं और आप न जानते हों।'

बिली ने मुस्कराते हुए कहा-'तुम्हें कैसे ज्ञात हुआ था कि हमने प्राइवेट गुप्तचरों से तुम्हारी जांच-पड़ताल करवाई थी?'

'मेरे होटलों में ठहर कर लोग मेरे मुलाजिमों से मेरे बारे में पूछताछ करें और मुझे पता न चले! यदि ऐसा होने लगा तो मैं अपने होटल चला चुका। तुम चाहो तो मैं तुम्हें उन गुप्तचरों का भी पूरा ब्यौरा दे सकता हूं।'

'खैर छोड़ो इन बातों को।' बिली ने नम्र भाव से कहा-'तुम इस समस्या पर गौर से ध्यान करो...हमारे सामने दो मुद्दे हैं...एक यह कि डेबी तुम्हें छोड़कर यहां चली आई और तत्पश्चात् उसका यहां से अपहरण कर लिया गया। तुम्हारे विचार में इन दो मुद्दों में यानी डेबी के तुम्हें छोड़कर यहां आने और फिर उसके अपहरण करने-इन दोनों में क्या सम्बन्ध हो सकता है?'

'मेरे विचार में तो इन दोनों में कोई सम्बन्ध नहीं।' मुझे प्राप्त करने के लिए डेबी का अपहरण करना-मेरी समझ से बिल्कुल बाहर की बात है।'

'क्या हाल में तुम्हारे साथ कोई असाधारण घटना घटी थी?' फ्रेंक ने पूछा।

'हां।' मेरी बजाय बिली ने फ्रेंक के प्रश्न का उत्तर देते हुए मुझसे कहा-'तुम फ्रेंक को कैलिस वाला किस्सा बताओ।'

मैंने पूरा वृत्तांत फ्रेंक के सम्मुख बयान कर दिया।

फ्रेंक ने मुझसे पूछा-'यह कैलिस अभी तक नहीं पकड़ा गया?'

'नहीं।'

'वही इस मुसीबत की जड़ है।'

'कैलिस का डेबी के अपहरण से क्या सम्बन्ध हो सकता है?' मैंने मेज पर पड़े हुए अपहरणकर्ता के पत्र की ओर इशारा करते हुए कहा-'मैं कैलिस से मिल चुका हूं...वह इतना पढ़ा-लिखा नहीं है कि ऐसा पत्र लिख सके।'

बिली सीनियर ने हस्तक्षेप करते हुए मुझसे कहा-'तुमने अभी तक मेरे प्रश्न का उत्तर नहीं दिया कि तुममें ऐसी क्या विशेषता है कि अपहरणकर्ता तुम्हारे बदले में ही डेबी को..रिहा करेंगे।'

'मैंने आपसे कहा ना कि मैं इस बारे में कुछ नहीं कह सकता और न ही इसका कोई महत्व है। महत्व तो इस बात का है...कि डेबी की रिहाई के लिए क्या कदम उठाया जाए।'

'यही तो मैं तुमसे जानना चाहता हूं...।' फ्रेंक ने मुझसे कहा।

'मैं आदान-प्रदान के लिए राजी हूं। आप मुझे उनके हवाले कर दीजिए. ..डेबी रिहा हो जाएगी। डेबी को रिहा करवाने का और कोई रास्ता नहीं।'

मेरी बात सुनकर कुछ क्षण के लिए सबको जैसे लकवा-सा मार गया। तब जैक चार्ल्स ने मौन तोड़ते हुए कहा-'टॉम, मैं तुम्हें अब तक गलत समझता रहा था...मैं अपनी गलती के लिए तुमसे क्षमा मांगता हूं।'

मैंने कहा-'यह सब कुछ तो बाद में भी कहा-सुना जा सकता है। अब तो आप लोग यह योजना बनाइए कि इस आदान-प्रदान को कैसे अमल में लाया जा सकता है?'

बिली सीनियर ने हस्तक्षेप करते हुए कहा-'हम दामाद को गंवा कर बेटी हासिल नहीं करना चाहते। कल को तुम्हें कुछ हो गया तो हमारी बेटी विधवा हो जाएगी तथा यह बात जीवन पर्यन्त हमारे अन्तःकरण को कचोटती रहेगी कि हमने अपनी बेटी को हासिल करने के लिए अपने दामाद को मौत के मुंह का निवाला बना दिया था। हमारा उद्देश्य तो यह है कि हमें डेबी भी मिल जाए और तुम्हारा भी बाल-बांका न हो। तुम्हें उनके हवाले करने से पहले हम तुम्हारे शरीर के अंग पर मिनी ट्रांसमीटर लगा देंगे, ताकि तुम उनके अधिकार में रहो, तो हमें पूरी सूचना मिलती रहे कि तुम कहां पर हो तथा वह अपहरणकर्ता कौन लोग हैं। एक बार हमें उनका पता लग जाए-फिर हम अपने आप उनसे सुलट लेंगे।'

'पर यह होगा कैसे?'

जैक चार्ल्स ने आदर भरी दृष्टि से मेरी ओर देखते हुए कहा-'हमारा सुरक्षा विभाग किस मर्ज की दवा है! वह इस संकट काल के समय हमारे काम नहीं आयेंगे, तो हमें उनका क्या फायदा! तुम इस विषय में बिल्कुल निश्चिन्त रहो।'

बिली सीनियर ने अपने बड़े भाई जैक चार्ल्स को परामर्श देते हुए कहा-'बात जितने कम लोगों को मालूम हो उतना ही डेबी के हित में अच्छा है। मेरे विचार में तो अब आप भी जाकर आराम करें। सुबह मैं और फ्रेंक पूरी बात आपके सम्मुख कर देंगे।'

सुबह के चार बजना चाहते थे। जैक चार्ल्स पहले ही बहुत थके हुए थे अतः वह वहां से चले गए। उनके जाने के पश्चात बिली सीनियर ने फ्रेंक और जो के अलावा बाकी सबको भी वहां से भेज दिया। अब मैं, बिली, बिली सीनियर, जो तथा फ्रेंक बाकी रह गए थे।

मैंने बिली से कहा-'अपहरणकर्ताओं को ये कैसे ज्ञात होगा कि तुम

लोग डेबी को हासिल करने के लिए मुझे उनके हवाले करने के लिए तैयार हो।'

उत्तर बिली के बजाय बिली सीनियर ने दिया-'तभी तो हमने जो को यहां रोका हुआ है। इसकी पत्नी लिण्डा बहुत ही कौतूहली है। जब तक यह उसे बता नहीं देता कि आज की बैठक में हमने क्या निर्णय लिया है, वह इसके कान खाती रहेगी। हम जो को बता देंगे कि यह लिण्डा के कान में इस बात की भनक डाल दे कि हम आदान-प्रदान के लिए सहमत हैं। लिण्डा को बस पता लगने की देर है कि समझ लो कि होस्टन में खबर फैल गई।

'अपहरणकर्ताओं को अपने आप ही पता चल जाएगा कि हम डेबी के बदले टॉम को उनके हवाले करने के लिए तैयार हैं।'

बिली सीनियर ने जो को सम्बोधित करते हुए कहा-'तुम सुरक्षा उपायों के विषय में हम सबसे बेहतर जानते हो। तुम बताओ कि हम अपनी इस योजना को किस ढंग से अमल में लायें कि टॉम को उनके हवाले करने के पश्चात हमें हर क्षण मालूम रहे कि वह क्या करते हैं, ताकि हम लोग उनको बुरे के घर तक पहुंचा सकें।'

जो ने मेरी ओर देखते हुए कहा-'मुझे तुम्हारे तन के कपड़ों की यानी बनियान, अण्डरवियर, कमीज, पतलून, एवं जुराबों आदि की जरूरत पड़ेगी। मैं इनमें छोटे-छोटे यन्त्र फिट कर दूंगा, जो हमारे ट्रांसमीटर से जुड़े होंगे। जब तुम उनके नियन्त्रण में होगे तो इन यन्त्रों द्वारा हमें हर समय पता चलता रहेगा कि तुम कहां पर हो, तुम्हारे साथ क्या बातचीत की जा रही है तथा उनका तुम्हें कहीं ले जाने का प्रोग्राम है, वगैर वगैर।'

फिर तब जो ने बिली सीनियर को सम्बोधित करते हुए कहा-'इसके अलावा मुझे कुछ कारों, हैलीकाप्टरों एवं एक अजनबी तेज गति वाली स्टीम बोट की भी आवश्यकता पड़ेगी...क्योंकि हो सकता है वे लोग टॉम को अपने अधिकार में लेने के पश्चात किसी और जगह या किसी और द्वीप पर ले जाना चाहें।'

फ्रेंक ने हस्तक्षेप करते हुए कहा-'स्टीम बोट की बजाय तुम चाहो तो मेरा छोटा याट ले सकते हो...वह बहुत तेज भागता है।'

'बिल्कुल नहीं।' जो ने आपत्ति करते हुए कहा-'मैं चार्ल्स कॉरपोरेशन की कोई चीज इस्तेमाल नहीं करना चाहता। हमारी हर चीज पहचान ली

जाएगी। इससे उनको....सन्देह हो जाएगा कि हम उनका पीछा कर रहे हैं। हम हर चीज बाहर से किराये पर लेंगे।'

'हम यही बातें कर रहे थे कि टेलीफोन की घंटी बजने लगी। जो ने टेलीफोन सुनकर हमें बताया कि सुरक्षा विभाग वाले कह रहे हैं कि अभी-अभी एक आदमी जैक चार्ल्स के नाम एक बन्द लिफाफा देकर गया है।'

बिली ने जो से कहा-'तुम वह लिफाफा ऊपर मंगवा लो।'

बिली सीनियर विचारमग्न भाव से बोले-'हमें अपनी सिक्यूरिटी की भी निगरानी करनी पड़ेगी।'

बिली ने अपनी राय देते हुए कहा-'हम यह मामला किसी प्राइवेट गुप्तचर एजेन्सी को सौंप दें तो बेहतर होगा।'

फ्रेंक बोला-'मुझे तो अपने सुरक्षा विभाग पर भी शक होने लगा है कि कहीं इनमें से ही किसी की उनके साथ सांठ-गांठ न हो।'

बिली सीनियर ने फ्रेंक के साथ सहमति प्रकट करते हुए कहा, 'मुझे भी कुछ ऐसा ही प्रतीत होता है। उन्होंने अपने पत्र में लिखा है कि हमें अपने सूत्रों से टॉम के यहां पहुंचने का पता चल जाएगा। टॉम को पहुंचे अभी दो घंटे भी नहीं हुए कि वह जैक के नाम दूसरा पत्र भी छोड़ गए हैं। इससे साफ जाहिर है कि उनको यहीं से किसी ने सूचित किया है।'

बिली सीनियर ने जो से कहा-'ऐसा करो जो कि सुरक्षा विभाग की पूरी स्क्रीनिंग कर डालो। जिस पर तुम्हें तनिक-सा भी सन्देह हो, उसकी छुट्टी कर दो।'

तभी दरवाजा खुलने की आवाज सुनाई दी। जो अपनी जगह से उठा और दरवाजा खोलकर आने वाले से वह पत्र ले आया जो डेबी के अपहरणकर्ताओं ने थोड़ी देर पहले जैक चार्ल्स के नाम भेजा था। उन्होंने पत्र में निर्देश दिए थे कि बृहस्पतिवार की संध्या को मुझे किस समय और किस स्थान पर अकेला छोड़ा जाए-साथ ही उन्होंने यह लिखा था कि जब उन्हें निश्चय हो जाएगा कि आस-पास हमारा कोई आदमी नहीं है तो वे मुझे अपनी...हिरासत में ले लेंगे तथा उसके दस मिनट पश्चात ही डेबी को रिहा कर देंगे।'

फ्रेंक ने कहा-'आज मंगल की सुबह है और उन्होंने बृहस्पतिवार की संध्या को टॉम को हिरासत में लेने को लिखा है-इसका मतलब है कि हमारे पास पूरे तीन दिन हैं। हम इस दौरान पूरी तैयारी कर सकते हैं।'

बिली सीनियर ने थके-से स्वर में कहा-'इस समय सुबह के पांच बजे हैं। तीन-चार घंटे आराम कर लें तो बेहतर है। सुबह ताजा दम होकर इस पर विचार-विमर्श करेंगे।' कहकर बिली सीनियर कमरे से बाहर चले गए।

बिली ने मुझसे कहा-'चलो टॉम, तुम मेरे घर चलो। तुम वहीं आराम करना।'

होस्टन की आबोहवा इतनी नम थी कि सुबह जब मैं उठा तो कपड़े शरीर के साथ चिपक रहे थे। कुछ गर्मी के कारण तथा कुछ उमस के कारण शरीर बोझिल-सा हो रहा था। नहा-धोकर मैं डाइनिंगरूम में चला आया। वहां पर बिली एवं उसकी पत्नी बारबरा पहले ही मौजूद थे। बारबरा मेज पर नाश्ता लगाने में व्यस्त थी। वह थोड़ी-थोड़ी देर बाद कनखियों से मेरे चेहरे की ओर देख लेती थी, मानो यह अनुमान लगाने की चेष्टा कर रही हो कि मैं अपने ससुर के घर क्यों नहीं ठहरा। नाश्ते पर यूं ही इधर-उधर की बातें होती रही थीं। बारबरा ने अपने रवैये से तनिक भी प्रकट नहीं होने दिया था कि वह मेरी एवं डेबी की अनबन के बारे जानती हो। नाश्ता समाप्त होते ही बिली मुझे अपने अध्ययन-कक्ष में ले आया। वहां से उसने अपने ऑफिस में अपनी सेक्रेटरी को फोन किया-

'ऐनि, मैं टैक्सास एविएशन के हेरी पीअरसन तथा गल्फ फिशिंग कॉरपोरेशन के चार्ली अलवारिज से तुरन्त भेंट करना चाहता हूं। तुम उनसे समय नियत कर दो....और उनसे कह दो कि वे मुझे मेरे ऑफिस में मिलने के बजाए होस्टन क्लब में मिलें।'

फोन करने के बाद बिली ने मुझसे कहा-'हेरी पीअरसन हेलीकॉप्टर किराये पर देता है तथा चार्ली अलवारिज की अपनी स्टीम बोट्स हैं। मुझे इन दोनों को बताना पड़ेगा कि हम ये चीजें उनसे किराये पर क्यों ले रहे हैं अन्यथा उन्हें शक हो जायेगा....क्योंकि वे जानते हैं कि हमारे अपने हेलीकॉप्टर और स्टीम बोट्स हैं। बहरहाल मैं उनको समझा दूंगा कि वह अपना मुंह बन्द रखें।'

'जैसा तुम उचित समझो।' मैंने कहा-'मेरी जान तो अब तुम्हारी मुट्ठी में है।'

‘तुम चिन्ता मत करो। चलो अब बाजार चलें और तुम्हारे नाप के कुछ कपड़े आदि खरीद लाएं, ताकि जो उनमें अपने यन्त्र फिट कर सके।’

मैं एवं बिली बाजार रवाना हो गये। दो-तीन पोशाक, जुराबें, जूते खरीदने के बाद हम दोनों बिली के ऑफिस चले आए। ऑफिस पहुंचते ही बिली की सेक्रेटरी ऐनि ने उसे बताया कि पीअरसन एवं अलवारिज उसे ग्यारह बजे होस्टल क्लब में मिलेंगे।

‘ऐनि, तुम जो से कहो कि मेरे कमरे में चला आये।’ कहकर बिली अन्दर अपने ऑफिस के कमरे में चला आया। अपनी कुर्सी पर बैठते ही उसने अपने पिता का नम्बर मिलाया-‘डैडी हम पहुंच गए हैं।’ अचानक बिली के चेहरे का रंग पीला पड़ गया।

‘हे ईश्वर! हां ठीक है आप जाइए।’

‘खैर तो है बिली।’ मैंने पूछा।

बिली ने रिसीवर वापस रखते हुए कहा-‘जैक अंकल को एक घण्टा पहले दिल का दौरा पड़ गया है। उन्हें अस्पताल ले जाया जा रहा है। डैडी और फ्रेंक दोनों उनके साथ जा रहे हैं।’

‘यह सब समय की बात हैं। मैंने कहा-‘न डेबी का अपहरण होता, न उन्हें यह दौरा पड़ता।’

बिली ने सहमति में सिर हिलाते हुए कहा-‘अब मुझे, तुम्हें और जो को ही सब कुछ करना पड़ेगा।’

तभी जो वहां पहुंच गया। बिली ने उसे जैक के बारे में बताते हुए कहा-‘अब हम तीनों को यह काम सिरे चढ़ाना होगा। हम टॉम के लिबास खरीद लाये हैं। तुम उनमें अपने यन्त्र आदि लगाओ।’

‘वह तो मैं लगाऊंगा ही, पर मुझे यह चिन्ता हो रही है कि यदि अपहरणकर्ताओं ने इस डर से कि टॉम कहीं अपने कपड़ों में पहचाना न जाये, उसके कपड़े उतरवा कर टॉम को किसी और किस्म का लिबास पहनवा दिया, तो उस सूरत में हमें कैसे पता चलेगा कि वे टॉम के साथ क्या करने वाले हैं।’

‘इसका तो कोई समाधान नहीं।’ बिली ने चिन्तित स्वर में कहा।

‘यदि टॉम सहमत हो जाए, तो है।’

‘क्या?’

जो ने अपनी जेब से एक बहुत लम्बा-सा कैप्सूल निकालते हुए कहा-

'उनकी हिरासत में जाने से पहले टॉम को यह कैप्सूल निगलना होगा।

'यह है क्या बला? बिली ने जो से पूछा।

'इसे ट्रांसपोडर कहते हैं....इसे निगलने से पहले एक खास तरीके से दिशा-सूचित ट्रांसमीटर के साथ संयुक्त कर दिया जाता है। इसके निगलने के पश्चात यदि आदमी चुप रहे, तो ट्रांसमीटर की सुई अपनी जगह पर रहती है, किन्तु ज्यों ही वह व्यक्ति बोलने लगेगा, ट्रांसमीटर की सुई हिलने लगेगी और यह बता देगी कि यह व्यक्ति किस दिशा से और कितने फासले पर है। अब तुम ही बताओ कि अगर किसी को ढूंढ़ना हो और उसकी दिशा एवं फासले का पता चल जाए, तो बाकी क्या रह गया।'

'तुम यह लाए कहां से हो?' बिली ने दिलचस्पी के साथ पूछा।

'मैंने सी. आई. ए. वालों से मांगा है।'

'यह कितनी देर तक क्रियाशील रहता है?'

'अड़तालीस घंटे तक।' जो ने उत्तर दिया।

बिली को तसल्ली होने लगी थी। बोला-'जो, मैं हैलीकॉप्टर एवं स्टीम बोट का प्रबन्ध करने जाता हूं। तुम ऐसा करो कि टॉम को साथ ले आओ और इसके कपड़ों में वह यन्त्र आदि लगा दो। इतनी देर में मैं भी वापस आ जाऊंगा। फिर हम अगले कदम के बारे में सोचेंगे।' कहकर बिली होस्टन क्लब के लिए रवाना हो गया-मैं जो के साथ चला आया। जो मुझे सुरक्षा-विभाग के इलेक्ट्रॉनिक विशेषज्ञ रेमन राड्रिग्ज के पास ले गया।

'आपके दांत असली हैं या नकली?' राड्रिग्ज ने मुझसे पूछा।

'बिल्कुल असली हैं।'

'आपके दांत नकली होते तो बहुत अच्छा होता, खैर। राड्रिग्ज ने अपनी मेज की दराज से एक खोल निकालते हुए कहा-'आप इस खोल को अपने दांतों पर चढ़ा लीजिये....न आपको कुछ महसूस होगा और न ही देखने वालों को कोई अन्तर दिखाई देगा। इस खोल में सामने के दांतों वाले भाग में दो अदृश्य माइक्रोफोन लगे हुए हैं। वे बहुत ही संवेदनशील हैं। आप जो भी बोलेंगे, वह इन माइक्रोफोनों द्वारा दो मील की दूरी तक ट्रांसमिट हो जाएगा और अगर कोई आपसे बात कर रहा होगा तथा आपका मुंह तनिक भी खुला होगा, तो वह माइक्रोफोन उसके शब्दों को भी पकड़ लेंगे और ट्रांसमिट कर

देंगे। यह अपने दुश्मन के लिए बहुत ही खतरनाक यन्त्र है।'

'हमें इनकी कार को भी बग करना है।' जो ने राड्रिग्ज से कहा।

'वह भी हो जाएगी।' फिर राड्रिग्ज ने मुझसे पूछा-'आप बग का मतलब तो समझते हैं ना।'

'नहीं।'

बग एक ऐसे छोटे-से इलेक्ट्रॉनिक यन्त्र को कहते हैं जो किसी व्यक्ति या वस्तु के साथ लगा दिया जाता है। तत्पश्चात यह बग उस व्यक्ति या वस्तु की हर नकलो-हरकत को उस जगह रिले करता रहता है जहां से वह जुड़ा होता है।

राड्रिग्ज ने एक सिगरेट का पैकेट खोलकर मेज पर रख दिया तथा कोने की दो सिगरेटों को लक्ष्य करते हुए बोला-'इन सिगरेटों को जब आप सुलगायेंगे तो उनसे चिनगारियां निकलेंगी। ये चिनगारियां भी यही ट्रांसमिट करेंगी कि आप किस दिशा में और कितने फासले पर हैं। तत्पश्चात राड्रिग्ज ने साधारण-सा टाइपिन मुझे देते हुए कहा-'इसे आप अपनी टाई पर लगा लेना-यह आपकी किसी व्यक्ति के साथ हुई बातचीत को रिकार्ड करके वहां ट्रांसमिट करने के लिए है।'

फिर राड्रिग्ज ने मुझे बेल्ट देते हुए समझाया कि इसके बक्कल में एक बहुत ही शक्तिशाली बग लगा हुआ है, जो आप और आपके पास खड़े व्यक्तियों की हर नकलो-हरकत को रिले करता रहेगा।'

'अब आप इनके बारे में भी समझ लीजिए।' राड्रिग्ज ने मुझे दो छोटी-सी चीजें देते हुए कहा-'ये भी बग हैं, जो आपके जूतों की एड़ी में फिट किये जाएंगे। हर बार जब आप चलने के लिये कदम उठायेंगे, तो आपको तो फिर भी कुछ महसूस नहीं होगा किन्तु हमें यहां पर 'बीप-बीप' की आवाज सुनाई देने लगेगी। यदि कोई आपको धकेल कर आगे ले जा रहा होगा, तो ये बग 'बीप-बीप' की बजाय 'बी-बी' की आवाज रिले करने लगेंगे और अगर आपके कदम निश्चल होंगे, तो इनमें से कोई आवाज रिले नहीं होगी।'

'सारांश में यह कि हमें यहां बैठे-बैठे पता चला जाएगा कि आप चल रहे हैं, या आपको धकेल कर ले जाया जा रहा है, अथवा आप खड़े हैं। अलबत्ता सबसे जरूरी याद रखने वाली बात यह है कि यदि आप किसी

वाहन से सफर कर रहे होंगे, तो गति में होते हुए भी आपके पैर स्थिर होंगे। ऐसी अवस्था में आप गला खराब होने का अभिनय करते हुए अपने दाएं घुटने को दबाकर खांसना शुरू कर देना। नकली खांसी खांसने से घुटने पर दबाव पड़ता है। इसका सीधा पैर से सम्बन्ध होता है। आप अपने घुटने को हाथ से तनिक-सा भी दबायेंगे तो आपके जूते की एड़ी में लगा 'बग' क्रियाशील हो जाएगा और ट्रांसमिट करने लगेगा। यदि आप एक बार खांसेंगे, तो हम यह समझेंगे कि आपको कार में ले जाया जा रहा है।

दो बार खांसने का मतलब होगा कि आप नौका या स्टीम बोट में सवार हैं, यदि आप तीन बार खांसेंगे, तो हम यह समझेंगे कि आप विमान से सफर कर रहे हैं। एक बार किसी वाहन में सवार होने के पश्चात इस क्रिया को दोहराते रहना। इन चीजों के अलावा हम आपके कोट एवं पतलून की लाइनिंग के भीतर भी पतले ऐन्टीना लगा देंगे....उनके द्वारा हमें आपकी हर नकली....हरकत की सूचना मिलती रहेगी।'

'मुझे यह सब समझा कर राड्रिग्ज किसी को जरूरी फोन करने के लिए अपने ऑफिस के भीतरी कमरे में चला गया।

राड्रिग्ज के जाते ही जो ने मुझसे कहा-'राड्रिग्ज बहुत ही चतुर व्यक्ति है। मैं इससे दो बार शर्त हार चुका हूं....एक बार मुझसे कहने लगा कि मैं तीन छोटी कीलों, एक तांबे के तार तथा एक बैट्री सेल से माइक्रोफोन तैयार कर सकता हूं। मैं समझा कि वह शेखी बघार रहा है। मैंने शर्त लगा ली और तीनों चीजें लाकर इसके हवाले कर दीं। इस खुदा के बन्दे ने पांच मिनट के अन्दर माइक्रोफोन बना दिया तथा मैं शर्त हार गया। फिर एक दिन न जाने क्या सूझी कि मैं जब मानूंगा कि तुम बैट्री सेल के बिना माइक्रोफोन बनाकर दिखाओ। बोलो.....सौ लेने या दो सौ देने। मैंने कहा-मुझे मंजूर है। कहने लगा....तुम थोड़े-से सिक्के, एक ब्लाटिंग पेपर और थोड़ा-सा सिरका ला दो। मैंने ये सब चीजें लाकर दे दीं। मुझे यकीन था कि राड्रिग्ज बैट्री के बिना माइक्रोफोन नहीं बना सकता। इस भले मानस ने दस मिनट के अन्दर ही माइक्रोफोन बना दिया। उसमें से आवाज हल्की-हल्की-सी उभर रही थी। मैं नहीं माना तो कहने लगा कि मैं इसे एक तार से मिलाकर, तार का दूसरा सिरा नीचे लटका देता हूं। तुम पांच मंजिल नीचे चले जाओ और उस सिरे को मुंह के पास लाकर आहिस्ता-आहिस्ता बोलो। तत्पश्चात तुम ऊपर

आओगे, तो मैं तुम्हें बता दूंगा कि तुमने क्या कहा था। मैंने ऐसे ही किया। तुम मानोगे नहीं टॉम कि जब मैं ऊपर आया तो राड्रिग्ज ने वही शब्द दोहरा कर मुझे सुना दिये थे...जो मैंने पांच मंजिल नीचे से बोले थे।'

'मुझे तो राड्रिग्ज बहुत भला व्यक्ति लगा है।' मैंने जो से कहा।

'भला भी है और स्नेही भी।'

'यहां आने से पहले क्या करता था?'

'सी. आई. ए. में था तभी तो इतना चतुर है।'

काफी समय से मैंने सिगरेट नहीं पिया था। सिगरेट का पैकेट सामने देखकर मुझे तलब होने लगी थी। यह वह पैकेट था जो राड्रिग्ज मुझे देकर गया था और जिसकी दो सिगरेटों में बग लगे हुए थे। इन्हें मैं इस्तेमाल नहीं कर सकता था। जो को सिगरेट पीने की आदत नहीं थी। मैंने जो से अनुमति ली और वापस ऊपर जाने लगा। मैं एक पैकेट खोल कर सिगरेट सुलगाना ही चाहता था कि न जाने कैसे एक आदमी से मेरी टक्कर हो गई-'क्यों दिखाई नहीं देता क्या?' उसने रुष्ट भाव से कहा। मैंने उसकी ओर कोई ध्यान नहीं दिया और सॉरी कहकर लिफ्ट की ओर बढ़ गया। लिफ्ट का प्रवेश द्वार बन्द था। मैं वहीं खड़े होकर प्रतीक्षा करने लगा। पांच मिनट तक लिफ्ट नहीं आई। मैं समय बिताने के लिए सिगरेट के पैकेट को उलट-पलट कर देखने लगा। मुझे पता ही नहीं चला कि लिफ्ट कब पहुंची थी।

'आपकी तबीयत तो ठीक है?' लिफ्ट चालक ने मेरी ओर घूरते हुए पूछा।

'मैं ठीक हूं।' मैंने बड़ी मुश्किल से उत्तर दिया। मुझे अचानक न जाने क्या हो गया था कि मेरी टांगें कांपने लगी थीं। ज्यों ही मैं लड़खड़ाता हुआ लिफ्ट की ओर बढ़ा लिफ्ट चालक ने मेरी ओर आकर मेरा बाजू थाम लिया और मुझे सहारा देकर लिफ्ट के अन्दर ले आया। मुझे हर चीज तैरती हुई प्रतीत हो रही थी। टांगें बिल्कुल जवाब दे गई थीं। मैं एक गिरते हुए पेड़ की भांति लरजता हुआ आगे की ओर गिरने लगा। बोलना चाहकर भी मेरे मुंह से कोई आवाज नहीं निकल रही थी।

मुझे अच्छी तरह से याद है कि उसके बाद किसी ने मुझे सीधा करके लिफ्ट के फर्श पर लिटा दिया था। मेरी आंखें खुली थीं, कान चौकस थे। लोग टिप्पणियां कर रहे थे। एक कह रहा था-भला-चंगा खड़ा था, अचानक

इसे क्या हो गया? दूसरा कह रहा था पिये हुए होगा। तीसरा कह रहा था.. ..क्या आदमी है, इस समय भी चढ़ा रखी है।

मेरा मस्तिष्क सही काम कर रहा था। मैं उनको बताना चाहता था कि मैंने पी नहीं रखी, मुझे कुछ हो गया है, पर मेरी जबान ही साथ नहीं दे रही थी।

तब मुझे एक आदमी की आवाज सुनाई दी थी....उसने कहा था....मैं डाक्टर हूं....आप लोग जरा परे हटिए....मुझे देखने दीजिए। यह कहकर वह मेरे ऊपर झुक गया था। और मेरी नब्ज देखने लगा था। उसने मेरे सीने पर हाथ रखकर कहा था-इसे तो दिल का दौरा पड़ गया है। इसे तुरन्त अस्पताल ले जाना होगा....मेरी कार बाहर खड़ी है। आप लोग इसे कार तक पहुंचाने में जरा मेरी मदद कर दीजिए।

तत्पश्चात दो-तीन आदमी मुझे उठाकर बाहर ले आए थे। मेरा मस्तिष्क बराबर काम कर रहा था। मैं चिल्ला-चिल्लाकर कहना चाहता था कि मुझे कोई दिल का दौरा नहीं पड़ा है और कोई डॉक्टर-वॉक्टर की नहीं है, पर मेरे मुंह से कोई शब्द ही नहीं निकल पा रहा था। मेरी जबान मेरा साथ नहीं दे रही थी। न ही मुझसे हिला-डुला जा रहा था। मेरे शरीर की ऐसी हालत हो गई थी मानो मेरे अंग-अंग पर फालिज मार गया हो। तत्पश्चात मुझे बाहर लाकर एक बड़ी-सी कार की पिछली सीट पर लिटा दिया गया था और कार रवाना हो गई थी। उसके बाद अगली सीट पर बैठा हुआ आदमी पीछे मेरे पास था और उसने मेरा शिथिल बाजू अपने हाथ में लेकर मुझे इन्जेक्शन लगा दिया था। सुई लगने भर की देर थी कि मुझे नींद ने आ घेरा था-मेरा अपहरण कर लिया गया था।

जब मेरी आंख खुली तो, अंधेरा था। मैं अपनी पीठ के सहारे चारपाई पर लेटा हुआ था और अन्धेरे में घूरे जा रहा था। जब मैं इधर-उधर हिला-डुला, तो मुझे अनुभव हुआ कि मैं नंगा हूं-मेरे नीचे गद्दा है, मेरे शरीर के ऊपर एक चादर है तथा मेरी बाई जांघ में हल्का-हल्का सा दर्द हो रहा है। मैंने एक ओर को देखा-तो मुझे हल्की-सी रोशनी दिखाई दी। वह रोशनी सामने खिड़की से आ रही थी। मैंने अपने ऊपर की चादर हटाई और बिस्तरे

से निकल कर उस खिड़की के पास आकर खड़ा हो गया। खिड़की पर मोटा-सा पर्दा लटका हुआ था। मैंने परदा एक तरफ करके खिड़की खोल दी। खिड़की की चौखट में लोहे की सलाखें लगी थीं। बाहर से मेंढकों के टरटराने की आवाज आ रही थी। थोड़ी देर तक मैं खिड़की के पास खड़ा हुआ बाहर देखता रहा था कि मुझे ठंड लगने लगी थी तथा मैं खिड़की बन्द करके फिर अपने बिस्तरे पर आकर लेट गया था। इतनी उठक-बैठक से ही मुझे....थकावट महसूस होने लगी थी....मैंने चादर तानी-और फिर से सो गया।

जब मैं दोबारा उठा, तो सूर्योदय हो चुका था और मैं स्वयं को अब कुछ बेहतर महसूस कर रहा था। एक ओर को कॉफी एवं चाय की अलग-अलग केतलियां पड़ी थीं। वाश-बेसिन के पास धुला हुआ तौलिया तथा साबुन की एक नई टिकिया रखी थी। एक दूसरी मेज पर तह की हुई जीन्स और टी शर्ट पड़ी हुई थी।

मैंने पहले नाश्ता किया और उसके बाद नहा-धोकर जीन्स एवं टी शर्ट पहन कर तैयार होकर बैठ गया। पहले तो मेरे मन में आया कि क्यों न दरवाजा खटखटाना शुरू कर दूं और अपने बन्दीकर्ताओं से पूछूं कि उन्होंने किस उद्देश्य से मेरा अपहरण किया है पर मेरी अक्ल ने मेरा साथ दिया और मैं शान्त होकर बिस्तरे पर बैठ गया।

मैं मन ही मन में उन पत्रों के विषय में सोचने लगा, जो इन लोगों ने जैक चार्ल्स को भेजे थे। पहले पत्र का उद्देश्य तो मुझे किसी भांति होस्टन बुलाना था, किन्तु दूसरे पत्र का उद्देश्य चार्ल्स परिवार की आंखों में धूल झोंकना था। दूसरा पत्र इस ढंग से लिखा गया था कि पढ़ने वाले को एक बार यह....यकीन हो जाए कि मुझे अधिकार में लेते ही वह डेबी को रिहा कर देंगे। वह सरासर उनकी चाल थी। वास्तव में उन्होंने चार्ल्स परिवार को बेवकूफ बनाया था।

मुझे यकीन था कि बिली और बिली सीनियर इतने क्रोधित हो रहे होंगे कि उन्होंने आकाश-पाताल एक कर रखा होगा। पहले उनकी बेटी का अपहरण किया गया था। और उसके तीन दिन बाद, उनकी आंखों में धूल झोंककर उनको बेवकूफ बनाया गया था। यह तो निश्चित था कि वे इन अपहरणकर्ताओं को ढूंढ निकालेंगे, पर तब तक तो कुछ भी हो सकता था।

अकस्मात् मुझे डेबी का विचार आया कि वह भी यहीं पर होगी अथवा

उसे इन लोगों ने किसी और जगह रखा हुआ है.....और सबसे पहले तो यह मालूम करने की जरूरत थी कि यह कौन-सी जगह है। मैं एक बार फिर खिड़की के पास खड़ा होकर बाहर देखने लगा। वहां से दूर-दूर तक पेड़ ही पेड़ दिखाई देते थे। खिड़की की सलाखें इस कदर मोटी थीं कि उनको तोड़-मरोड़कर बाहर निकल भागने का कोई चांस ही नहीं था।

मैं इन्हीं विचारों में खोया हुआ था कि मुझे दरवाजा खुलने की आवाज सुनाई दी। मैंने दरवाजे की ओर देखा तो एक आदमी अन्दर आ रहा था। उसके हाथ में बन्दूक थी। बन्दूक उसने मेरे सीने की ओर लक्ष्य कर रखी थी। वह आदमी दरवाजे से एक तरफ हटकर खड़ा हो गया और मुझे सम्बोधित करते हुए बोला-'बिस्तरे पर जाकर बैठो।'

मैं बिस्तरे पर आकर बैठा ही था कि एक और आदमी कमरे में दाखिल हुआ। उसने एक बिजनेस सूट पहन रखा था....तथा अपनी चाल-ढाल से ऐसा प्रतीत होता था, मानो कोई बिजनेस इग्जीक्यूटिव हो।

'गुड मॉर्निंग मिस्टर मेगन, मेरा विचार है आपकी रात आराम से कटी होगी।'

मैंने उसके प्रश्न की ओर कोई ध्यान नहीं दिया और उससे कहा-

'तुम यह बताओ कि मेरी पत्नी कहां है?

'वह भी पता पड़ ही जायेगा।' उसने बन्दूकधारी की ओर इशारा करते हुए कहा-'यदि तुमने कोई होशियारी दिखाने की कोशिश की तो यह आदमी एक ही गोली में तुम्हारा काम तमाम कर देगा।'

'तुम अपनी धमकियां अपने पास रखो तथा मेरी बात का जवाब दो कि मेरी पत्नी कहां है?'

'वह बिल्कुल सुरक्षित है। तुम उसके बारे में कोई चिन्ता मत करो।' उसने मुझे यकीन दिलाते हुए कहा।

'यहीं पर है?' मैंने पूछा।

'हां।'

'जब तक मैं उसे अपनी आंखों से न देख लूं, मुझे तुम्हारी बात पर विश्वास नहीं होगा।'

'मिस्टर मेगन, मुझ पर विश्वास करने के अलावा आपके पास और चारा ही क्या है? बहरहाल मैं आपसे चन्द एक सवाल कर लूं....फिर आप

दोनों की भेंट करवा दूंगा। मैं आपसे यह पूछना चाहता हूं हमने आप पर एक अजीब चीज इस्तेमाल की थी...उसका आप पर कोई अप्रिय प्रभाव तो नहीं पड़ा?'

'अभी तक तो मैं ठीक-ठाक हूं।'

उसने अपनी जेब से एक कारतूस जैसी चीज निकालकर मुझे दिखाते हुए कहा-यह कमाल इसका है। शरीर के किसी भाग का स्पर्श होते ही इसमें से एक बारीक-सी सुई बाहर निकल आती है और शरीर के अन्दर नर्व गैस इन्जेक्ट कर देती है। शिराओं में प्रवेश करते ही नर्व गैस अंग-अंग को कुछ देर के लिए सुन्न कर देती है, कुछ करना चाहकर भी आदमी कुछ नहीं कर सकता....ऐसा ही हमने आपके साथ किया था-जब आप सिगरेट खरीदने के पश्चात वापस लिफ्ट की ओर जा रहे थे, जो एक आदमी आपसे टकराया था-उसने यह कारतूस आपकी एक जांघ से लगा दिया था-फिर कुछ देर पश्चात आपकी हालत खराब होने लगी थी। तत्पश्चात क्या हुआ, वह आप जानते ही हैं।'

'मुझे यह सब बताने का फायदा?' मैंने पूछा।

'मैंने आपको यह इसलिए बताया है कि हमारी हिरासत में आने के पश्चात हमारे चंगुल से बच निकलने के लिए आपने जो योजना बनाई थी, वह बहुत ही कारगर थी, किन्तु वह धरी की धरी रह गई। अब आप यहां पर कोई ऐसी कारगुजारी मत करना कि आपका जीवन ही जोखिम में पड़ जाये।'

'यह तो बताइये कि आप आखिर हैं कौन?'

'उससे क्या अन्तर पड़ता है, मिस्टर मेगन। अगर आप मुझे पुकारने या सम्बोधित करने लिए मेरा नाम जानना चाहते हैं, तो आप मुझे रॉबिन्सन कह सकते है।'

'तो मिस्टर रॉबिन्सन, आप मुझे यह बताइये कि मुझे यहां क्यों लाया गया है?'

'आप थोड़ा-सा धैर्य रखिये। शनैः शनैः सब मालूम हो जायेगा-मैंने सोचा था कि आपसे फौरन सवाल-जवाब करूंगा, पर अब मैंने अपना इरादा बदल दिया है।'

'तुम्हारे इरादे गये भाड़ में। मैं तो सबसे पहले अपनी पत्नी से मिलना चाहता हूं।'

'आप उससे अवश्य मिलेंगे और एकान्त में मिलेंगे। आप दोनों को एक-दूसरे से कई ऐसी बातों की जानकारी मिलेगी जिनके विषय में आप दोनों अभी तक बिल्कुल बेखबर थे।'

'तुम बेकार की मत हाँकों रॉबिन्सन पहले मुझे मेरी पत्नी से मिलाओ।'

रॉबिन्सन ने मेरे चेहरे का अध्ययन करते हुए कहा, 'आपको रौब डालना खूब आता है खैर, बात आपकी मान ली।' कहकर रॉबिन्सन कमरे से बाहर चला गया। उसके पीछे-पीछे बन्दूकधारी भी कमरे से बाहर निकल गया और बाहर से दरवाजा बन्द कर दिया।

उनके बाहर निकलते ही मैं उन दोनों के बारे में सोचने लगा कि वे कौन लोग हो सकते हैं। बन्दूकधारी तो स्थानीय टेक्सकन प्रतीत होता था, लेकिन रॉबिन्सन के बारे में कुछ समझ नहीं आ रहा था। यह बहुत ही सभ्य था....उसकी चाल-ढाल, पहनावा, बातचीत करने की शैली वगैरह शत-प्रतिशत अंग्रेजी थी। वह बिल्कुल अंग्रेज प्रतीत होता था, किन्तु उसके उच्चारणों से बाहामियन झलक थी-मैं कोई अनुमान नहीं लगा सका कि राबिन्सन किस मूल का है।

अनायास मेरी दृष्टि छत की ओर चली गई। छत में कड़ियां लगी हुई थीं, जिससे जाहिर होता था कि यह कोई गांव है। मैं छत की ओर देख रहा था कि मुझे दरवाजे की कुण्डी खुलने की आवाज सुनाई दी। मैं चौकस होकर बिस्तरे पर बैठ गया। तभी दरवाजा खुला और किसी ने डेबी को अन्दर धकेल दिया। वह गिरते-गिरते बची थी। मुझे कमरे में देखकर वह हैरत में पड़ गई-'तुम यहां कैसे, टॉम?'

मैंने उसे बाहुपाश में लेते हुए कहा-'इन लोगों ने तुम्हारे घरवालों के सामने यह शर्त रखी थी कि मुझे किसी बहाने होस्टन बुलाकर इनके हवाले कर दिया जाये, तो ये तुम्हें रिहा कर देंगे, पर इससे पूर्व कि मुझे इनके हवाले किया जाता, इन लोगों ने मुझे अगवा कर लिया।'

डेबी लगातार सिसकियां भरे जा रही थी।

'मेरे घरवाले कैसे हैं?' डेबी ने सिसकियों के बीच पूछा।

'सब ठीक हैं, पर तुम्हारे विषय में बहुत चिन्तित हैं।' मैंने डेबी को यह नहीं बताया कि उसके पिता को दिल का दौरा पड़ गया था। जब डेबी कुछ शान्त हुई, तो मैंने उससे पूछा-'यह बताओ डेबी कि इन लोगों ने तुम्हें कैसे अगवा किया था?'

'मुझे कुछ पता नहीं....मैं एक दुकान के बाहर खिड़की में सजी चीजें देख रही थी-फिर मुझे पता नहीं क्या हुआ....तत्पश्चात जब मेरी आंख खुली, तो मैं यहां पर थी।'

'यह कौन-सी जगह है, डेबी?'

'मुझे कुछ पता नहीं, पर है समुद्र के पास।'

'इन लोगों ने तुम्हें अपहृत करने का कारण बताया है?'

'नहीं, वह बहुधा तुम्हारे बारे में ही पूछताछ करता रहता है।

'किस प्रकार के प्रश्न करता है?'

'यही कि टॉम क्या करता है। वह कहां-कहां गया था। मैंने उसे बता दिया कि मैं कुछ नहीं जानती....मैं उसे छोड़ आई हूं, पर उसे मेरी बात पर विश्वास नहीं होता। वह फिर वही सवाल करने लगता है।'

उसकी बातें करते-करते डेबी के शरीर में कंपकंपी-सी होने लगी।

'टॉम, यह आदमी है कौन? मुझे तो यह समझ नहीं आता कि हमारे साथ हो क्या रहा है?'

'कुछ समझ नहीं आता, डेबी। तुम यह बताओ कि इन लोगों ने तुम्हारे साथ कोई दुर्व्यवहार तो नहीं किया?'

'दुर्व्यवहार तो नहीं किया टॉम, किन्तु ऐसी गन्दी निगाहों से वह मेरी ओर देखता है कि मन करता है कि उसकी आंखें नोंच लूं।'

'वे कुल मिलाकर कितने लोग हैं?'

'मैंने तो चार को देखा है।'

'उसके समेत जो अपना नाम रॉबिन्सन बताता है या उसके अलावा?'

'उसके समेत ही.... वही रॉबिन्सन तो तुम्हारे बारे में पूछताछ करता है। बाकी सब तो खामोश खड़े रहते हैं।'

'वह क्या पूछताछ करता है? वह मेरे बारे में कोई विशेष बात जानना चाहता है क्या?'

डेबी ने अपने माथे पर बल डालते हुए कहा-'वह इस तरह से घुमा-फिराकर प्रश्न करता है कि जिससे मैं यह अनुमान न लगा सकूं कि वह तुम्हारे बारे में क्या जानना चाहता है? उसने मुझसे पूछा था कि तुमने पुलिस को क्या-क्या बताया है? फिर कहने लगा कि तुम्हारा पुलिस उपायुक्त पेरीगार्ड के साथ बहुत उठना-बैठना है तथा तुमने उसे बहुत कुछ बताया

है। मैंने उससे कहा कि मैं इस बारे में कुछ भी नहीं जानती कि मेरे पति एवं पेरीगार्ड के बीच क्या बातें होती हैं....मेरी तो पेरीगार्ड से भेंट भी सिर्फ एक ही बार हुई है और वह भी शादी से पहले, पर उसे यकीन ही नहीं होता।' फिर डेबी ने तनिक रुकते हुए कहा-'उसने मुझसे पूछा था कि मैं तुम्हें छोड़कर कब आई थी? मैंने उसे बता दिया। इस पर वह कहने लगा कि इसका आशय है कि जिस दिन तुम्हारे पति ने कैलिस को खोज निकाला था, उसके अगले दिन ही तुम उसके पास से चली आई थीं।'

यह सुनते ही मेरे कान खड़े हो गये। मैंने डेबी से पूछा-'क्या उसने कैलिस का नाम लिया था?'

'हां बिल्कुल। मैं तो समझी थी कि अब वह कैलिस के बारे में पूछताछ करेगा, पर वह हमारे विवाह के बारे में पूछताछ करने लगा था। मैंने उसे बता दिया। फिर उसने मुझसे पूछा था कि तुम जूली को जानती थीं?'

'तुमने इसका क्या उत्तर दिया था?' मैंने अधीरता से डेबी से पूछा।

'मैंने उसे सच बात बता दी थी कि जूली से मेरा केवल परिचय-भर था लेकिन मैं उसे अच्छी तरह से नहीं जानती थी।'

'तुम्हारे इस उत्तर पर उसने क्या प्रतिक्रिया व्यक्त की थी?'

'कोई खास नहीं....फिर उसने इस बारे में और कुछ नहीं पूछा था। तुम मुझे यह बताओ टॉम कि क्या इसका नाम वाकई रॉबिन्सन है?'

'मुझे तो शक है....मुझे तो इसमें भी सन्देह है कि वह अंग्रेज है।'

मेरे मस्तिष्क में यह प्रश्न उठ रहा था कि रॉबिन्सन एवं कैलिस के बीच क्या सबन्ध हो सकता है? यह रॉबिन्सन कहीं ड्रग सिंडीकेट का बॉस तो नहीं? और यदि ऐसा है भी, तो उसने मेरा और डेबी का अपहरण क्यों किया?

डेबी ने कहा-'मुझे तो वह एक आंख भी नहीं भाता। डर तो मुझे इन सबसे लगता है, पर उसे देखकर तो मुझ पर एक अजीब प्रकार का खौफ हावी हो जाता है।'

'जरा तफसील से बताओ।'

'टॉम, बाकी के तो आवारा से प्रतीत होते हैं जो हर औरत को आंखें फाड़-फाड़कर देखते हैं, पर यह रॉबिन्सन तो मेरी ओर यों देखता है, मानो मैं कोई औरत नहीं हूं, बल्कि कोई वस्तु हूं....आखिर तुमने ऐसा क्या किया है कि हमारा इन लोगों से वास्ता पड़ गया।'

'धीरज रखो डार्लिंग।' मैंने डेबी को सांत्वना देते हुए कहा-'समय पर सब ठीक हो जाएगा।'

डेबी कुछ शान्त-सी हो गई-तब मेरे सीने पर अपना सिर रखते हुए बोली-'तुमने बहुत दिनों बाद मुझे इतने प्यार से पुकारा है।'

'इसमें कसूर किसका है डेबी?'

'सरासर-तुम्हारा। तुम हर समय अपने काम में लगे रहते थे-तुमने मेरी ओर ध्यान ही नहीं दिया-घर आये, खाना खाया, मुझे अपने साथ लिटाया और सो गये। तुमने कभी मेरे साथ दो प्यार भरी बातें भी की थी?'

'मैं मुश्किलों से गुजर रहा था-तुमने कभी पूछने की कोशिश भी तो नहीं की थी कि मुझ पर क्या बीत रही है....मैं घर में पग रखता था कि तुम तानों से मेरा स्वागत करने लगती थीं।'

'चलो मेरी ही गलती सही।' डेबी ने कहा-'मैं आइन्दा तुम्हें अपनी ओर से शिकायत का मौका नहीं दूंगी।'

'आइन्दा की आइन्दा देखी जायेगी।' मैंने कहा।

'आइन्दा क्यों देखी जायेगी? तुम अभी देखो।' कहकर डेबी ने अपनी स्कर्ट ब्लाउज उतार दिए और मुझे धक्का देकर बिस्तर पर लिटा दिया। विवाह के पश्चात आज पहली बार हम सही मायने में एक-दूसरे को प्यार कर रहे थे।

समय बीतने का हमें कोई अहसास ही नहीं हुआ। हम दोनों में से किसी के पास घड़ी नहीं थी कि हमें समय का पता चल सकता, किन्तु सूर्य की रोशनी से ऐसा प्रतीत होता था कि डेबी को मेरे कमरे में आये करीब तीन घंटे हो चुके होंगे। मैं एवं डेबी शिथिल अवस्था में एक-दूसरे के गले में बांहें डाले बिस्तरे में लेटे हुए थे कि मुझे दरवाजे की कुण्डी खुलने की आवाज सुनाई दी। हम दोनों उठकर बिस्तरे पर बैठ गये। थोड़ी देर बाद दरवाजा खुला और वही पहले वाला बन्दूकधारी हम दोनों की ओर बन्दूक ताने हुये कमरे में दाखिल हुआ....मैं दरवाजे से हटकर एक तरफ को खड़ा हो गया। उसके पीछे-पीछे रॉबिन्सन कमरे में घुस आया...इस बार उसके साथ एक और शस्त्रधारी था। उसके हाथ में पिस्तौल थी।

रॉबिन्सन ने हम दोनों के चेहरे का जायजा लेते हुए डेबी से कहा-'मिस

मेगन, मेरा ख्याल है कि आपने अपने पति को उन मुद्दों के बारे में बता दिया होगा, जो मैंने आपके साथ उठाये थे।'

'न तो डेबी को तुम्हारे मुद्दे पता हैं और न ही मुझे, हमें तो अभी तक यह भी समझ नहीं आया कि तुम जानना क्या चाहते हो?' मैंने रुष्ट भाव से कहा-'तुम बिल्कुल व्यर्थ की बातें करते हो।'

'खैर! इस बारे में बाद में बात करेंगे।' रॉबिन्सन ने कहा-'पहले तो मुझे मिसेज मेगन को इनके कमरे में वापस भेजना है।'

डेबी मेरी ओर यों देखने लगी मानो मुझसे यह विनती कर रही हो कि मैं उसे किसी तरह अपने आपसे अलग न होने दूं, पर इसका कोई रास्ता ही नहीं था। अतः मैंने उसे प्यार से कहा-'तुम अपने कमरे में जाओ और शान्त रहो।'

तत्पश्चात वह पिस्तौलधारी डेबी को अपने साथ ले गया।

तभी रॉबिन्सन ने मुझसे पूछा-'पहले आपके लिए खाने का प्रबन्ध कर दूं फिर बातें करेंगे।' यह कहकर रॉबिन्सन अपनी जगह से उठा और दरवाजे के पास जाकर किसी को इशारा किया। तनिक देर पश्चात एक प्रौढ़ा खाने से परोसी हुई एक थाली ले आई और मेरे सामने मेज पर रख दी।

मैंने एक ओर रखे हुए घड़े की ओर इशारा करते हुए कहा-'मुझे पानी भी चाहिए।'

'हां-हां क्यों नहीं?' रॉबिन्सन ने बन्दूकधारी से कहा-'लिराय, इनके लिए पानी लाओ।'

लिराय ने उस प्रौढ़ा से कहा-'बेगल घड़े में पानी भर लाओ।'

मैंने मन ही मन कहा-चलो, और कुछ नहीं तो इन दो के नाम तो पता चले।

तभी रॉबिन्सन ने मुझसे कहा-'आप तो पकवान खाने के आदी होंगे, पर हमारे पास तो यही रूखा-सूखा है-और ना ही हमारे पास चम्मच, छुरी, कांटों का प्रबन्ध है। अतः आपको हाथ से ही भोजन करना पड़ेगा।'

'तुम यह बेकार की बातें छोड़ो.....तथा अपने मतलब पर आओ।'

'आप भोजन तो करो।' रॉबिन्सन ने कहा-'बातें करने के लिए काफी समय है। मैं जरा और सोच लूं कि मुझे आपसे क्या-क्या मालूम करना है।'

इतनी देर में बेगल पानी का घड़ा भर लाई और एक ओर को रखकर

बाहर चली गई। उसके पीछे-पीछे रॉबिन्सन भी बाहर चला गया।

उसके जाने के पश्चात मैंने खाना खाया और हाथ धोकर फिर से बिस्तरे पर लेट गया।

करीब दो घंटे पश्चात रॉबिन्सन अपने बॉडीगार्ड लिराय के साथ फिर कमरे में पहुंच गया। नियमानुसार लिराय दरवाजे के पास खड़ा हो गया था तथा रॉबिन्सन दरवाजा बन्द करके मेरे निकट आ बैठ गया।

'मिस्टर मैगन, मुझे आपकी वैवाहिक समस्याओं से पूरी सहानूभूति है, किन्तु आप दोनों के व्यवहार से जान पड़ता है कि आप इनका समाधान कर लेंगे।'

'मैं समझा नहीं।' मैंने कहा।

'मैंने आपका और आपकी पत्नी का संवाद सुना है।'

'तो इसका आशय है कि तुम्हें अन्य लोगों की प्राइवेट बातें सुनने की भी लत है।'

'हां। मैंने आप दोनों का प्रेम विहार भी वीडियो किया है। यदि उस समय म्यूजिक बज रहा होता, तो क्या मजा आता।'

'बहुत बेहूदे व्यक्ति हो तुम।'

'न-न-न। जब बन्दूक सीने पर तनी हो तो जिसके हाथ में बन्दूक हो, उसको गाली नहीं दिया करते....चलो अब मतलब की बात करें। आप और आपकी पत्नी के संवाद के टेप से मैंने नोट किया है कि जब आपकी पत्नी ने कैलिस का उल्लेख किया था तो आपने असाधारण दिलचस्पी जाहिर की थी। मैं यह जानने के लिए उत्सुक हूं कि आपने कैलिस को कैसे खोज निकाला था? क्या आप मेरे इस प्रश्न का उत्तर देने का कष्ट करेंगे?'

मैंने उसके प्रश्न का कोई उत्तर नहीं दिया और उसकी आंखों में आंखें डालकर देखता रहा।

'आप मेरी ओर देखने की बजाय मेरे प्रश्न का उत्तर दीजिए....आप और आपकी पत्नी का फायदा इसी में है कि मेरे साथ सहयोग बरतें।'

'यदि तुम मुझे यह बता दोगे कि कैलिस ने मेरे परिवार की हत्या क्यों की थी, तो मैं तुम्हारे प्रश्न का उत्तर दे दूंगा।'

रॉबिन्सन ने विचारमग्न भाव से मेरी ओर देखते हुए कहा-'उसने आपके परिवार की हत्या इसलिए की थी क्योंकि वह सर्वथा बुद्धिहीन है। वह किस

हद तक बुद्धिहीन है, यह तो मुझे अब पता चलने लगा है। वास्तव में मेरे लिए यह जानना बहुत आवश्यक हो गया है कि उसने क्या-क्या हिमाकतें की हैं....और वही एकमात्र कारण है कि इस समय आप यहां पर हैं।'

रॉबिन्सन कुर्सी सरकाकर मेरे पास चला आया तथा अपनी बात जारी रखते हुए बोला-'मिस्टर मेगन, कैलिस को अपने याट द्वारा बाहामा से मियामी पहुंचना था। उसे एक खास तारीख तक वहां पहुंचना था, पर ऐन समय पर उसके याट में कोई खराबी हो गई थी। तभी मैरिना पर उसे पता चला कि अगले दिन किसी का याट मियामी के लिए जलयात्रा करने वाला है तथा याट के कप्तान को एक नाविक की आवश्यकता है। कैलिस ने उस याट के कप्तान को अपनी सेवाएं पेश कर दीं। अब आपको समझ....लगी?'

'यहां तक तो समझ लग गई। आगे?' मैंने रॉबिन्सन से पूछा।

'आगे यह कि कैलिस के पास कोई बहुत जरूरी चीज थी। वह क्या चीज थी, उससे आपको कोई मतलब नहीं जैसा कि मैंने आपको बताया कि वह परले दर्जे का बेवकूफ है-उसकी मूर्खता के कारण याट के कप्तान को पता चल गया कि उसके पास क्या चीज है। अपने रहस्योद्‌घाटन के खौफ से कैलिस ने अपने चाकू से याट के कप्तान की हत्या कर दी। उसका विचार था कि वह कप्तान की लाश को समुद्र में फेंक देगा और बात आई गई हो जाएगी, किन्तु दुर्भाग्य से याट पर सवार लड़की ने कैलिस को कप्तान की हत्या करते देख लिया था। अपने अपराध पर परदा डालने के लिए कैलिस ने उस लड़की की भी हत्या कर दी-और तत्पश्चात उसकी मां की भी। मिस्टर मेगन, कैलिस की इस हिमाकत ने मेरी पूरी योजना ठप्प करके रख दी थी। मैं जानता हूं कि आपके याट को समुद्र में गर्क करने के लिए मुझे कितनी मुसीबत उठानी पड़ी थी।'

'पहले तो मैंने तुम्हें गाली ही दी थी कि तुम उल्लू के पट्ठे हो, किन्तु अब मुझे यह कहने में जरा भी संकोच, नहीं कि तुम परले दर्जे के हरामजादे हो और जो तुम कह रहे हो कि कैलिस के पास कोई चीज थी, जिसका मुझसे कोई सम्बन्ध नहीं तो मैं जानता हूं कि वह क्या चीज थी....वह कोकीन थी।'

रॉबिन्सन ने अविचलित स्वर में कहा-'मैं हरामजादा हूं या कैलिस के साथ कोकीन थी, यह बात अलग है। मैंने आपके प्रश्न का उत्तर दे दिया

है....अब आप मेरे प्रश्न का उत्तर दीजिए कि आपने उस बेवकूफ कैलिस को कैसे ढूंढ निकाला था?'

मेरे पास कोई ऐसा कारण नहीं था कि उसके प्रश्न का उत्तर न देता। साथ ही मेरे अन्दर कंपकंपी-सी छूटने लगी थी क्योंकि रॉबिन्सन ने मेरे परिवार की हत्या का यों बयान किया था-मानो उसके लिए तीन व्यक्तियों की हत्या का....कोई अर्थ ही न हो।

आखिर मैंने उसके प्रश्न का उत्तर देते हुए कहा-'मेरे पास कैलिस की फोटो थी।'

'आपको उसकी फोटो कैसे मिल गई?'

मैंने रॉबिन्सन को बताया कि मेरी लड़की सूसन को फोटोग्राफी का बहुत शौक था। मियामी रवाना होने से एक दिन पहले उसने याट की तस्वीरें ली थीं। रवानगी के समय वह अपना कैमरा साथ ले जाना भूल गई थी। मैंने कैमरे से फिल्म निकलवा कर उसके चित्र उभरवा लिए थे...उनमें कैलिस का भी एक चित्र था। इस तरह से उसकी फोटो मेरे हाथ लगी थी।

'तो कैलिस का चित्र आपने पुलिस के हवाले कर दिया...होगा?' रॉबिन्सन ने मुझसे पूछा।

मैंने उत्तर देते हुए कहा-'बाहामा द्वीप समूह के हर पुलिस स्टेशन में उसकी फोटो लगी हुई है।'

'इसका तो मुझे बिलकुल ज्ञान नहीं था। खैर! आप कैलिस को खोजने ज्यूमेन्टो द्वीप गए थे-आपको कैसे पता चला था कि....कैलिस वहां पर है?'

'उसके याट से।'

'पर उसके याट का नाम और रंग आदि तो बदले...हुए थे।'

'इतनी अच्छी तरह से नहीं कि पहचाना न जा सकता हो।'

रॉबिन्सन ने मुझे बताया-'आपसे बच निकलने के बाद वह सीधा मेरे पास पहुंचा था और कहने लगा था कि आपको मेरी तमाम योजनाओं की पूरी जानकारी है।'

'जब मैं यही नहीं जानता कि तुम कौन हो, तो मुझे तुम्हारी योजनाओं की जानकारी कैसे हो सकती है।' मैंने कहा।

'यही मैंने सोचा था, किन्तु कैलिस ने कुछ ऐसी मार्के की बातें बताई थीं कि मैं दुविधा में पड़ गया था। उसने मुझसे एक ऐसी बात बताई थी, जिसका

मेरे सिवाय और किसी को कोई पता नहीं था और वह बिल्कुल सच बात थी।'

'कैलिस ने तुमसे यह कहा था-कि मैंने उसे बातें बताई हैं?'

'कैलिस ने मुझसे यह नहीं कहा था कि तुमने उसे यह बातें बताई हैं, पर जब आप किसी फोर्ड नामी व्यक्ति से वार्त्तालाप कर रहे थे, तो कैलिस कान लगाए सुन रहा था। कैलिस से वह सब सुन कर मैं इस कदर घबरा गया था कि मैंने आपकी हत्या के आदेश जारी कर दिए थे, यह आपका सौभाग्य था कि आप बच गए....जिस विमान में आपका मित्र एवं आपका विमान, चालक, बिल पिडर, चार अमरीकी माहीगीरों को स्टेला डेविस द्वीप ले जा रहा था, उस विमान में आपको भी सफर करना था...मैंने उस विमान में एक टाइम बम रखवा दिया था...पर अचानक पैर में मोच आ जाने के कारण आपने अपना प्रोग्राम रद्द कर दिया-तथा उस विमान में सवार नहीं हुए थे...अतः आप बच गये तथा वह...विमान बम फटते ही राडार के पर्दे से अचानक गायब होकर दुर्घटनाग्रस्त हो गया।'

'तो इसका आशय है कि तुमने ही मेरे विमान को दुर्घटनाग्रस्त करवा कर पांच और लोगों की भी हत्या की थी?'

'आदमी कितना ही सन्तुलित क्यों न हो, मिस्टर मेगन, यदा-कदा घबराहट में ऐसा ही हो जाता है। बहरहाल, तत्पश्चात जब मैं अपने होशो-हवास में आया, तो मैंने सोचा कि बेहतर यह होगा कि आपके भाग्य का निर्णय करने से पहले आपसे पूछताछ की जाए। बाहामा में ऐसा करना असम्भव था-क्योंकि पेरीगार्ड हर समय आपके आगे-पीछे लगा रहता था। अतः मैंने यह फैसला किया कि आपको अपनी मर्जी के स्थान पर लाकर आपसे पूछताछ की जाए। इसी कारण आप इस समय यहां पर तशरीफ फरमा रहे हैं। अब आप मुझे यह बताइए कि आपने पेरीगार्ड को क्या-क्या बताया है? मेरे लिए यह जानना परमावश्यक है क्योंकि इससे मेरे आइन्दा के कार्यक्रमों पर बहुत प्रभाव पड़ेगा।'

'मुझे तो तुम्हारी बातें बिल्कुल समझ नहीं आ रहीं।'

'आप तनिक सोचिए, अपने मस्तिष्क पर जोर डालिए। शनैः-शनैः आपको याद आ जाएगा कि आपने पेरीगार्ड को क्या-क्या बताया है।' कहकर रॉबिन्सन अपनी जगह से उठा और लिराय को चौकस करता हुआ कमरे से बाहर निकल गया।

करीब पांच मिनट पश्चात वह पिस्तौलधारी कमरे में आया और लिराय कमरे से बाहर चला गया...और उसकी जगह वह...पिस्तौलधारी अपनी पिस्तौल मेरी ओर तान कर खड़ा हो गया।

थोड़ी देर बार रॉबिन्सन फिर मेरे कमरे में लौट आया।

बोला–'आप खिड़की के पास चले आइए और देखिए मैं आपको कैसा दृश्य दिखाता हूं।'

मैंने वहीं बिस्तरे पर बैठे-बैठे कहा–'ये तमाशे रहने दो, तुम बस मुझ पर एक कृपा करो...मेरी पत्नी को रिहा कर दो।'

'अभी नहीं।' रॉबिन्सन ने उत्तर दिया–'पहले आप यह दृश्य देखिये।'

विवशतापूर्वक मैं खिड़की के निकट आकर खड़ा हो गया और खिड़की से बाहर की तरफ देखने लगा। पिस्तौलधारी मेरे पीछे आकर खड़ा हो गया था। बाहर कोई विशेष चीज दिखाई नहीं पड़ रही थी...वही पेड़ तथा सूर्य का प्रकाश। रोजमर्रा की देखी-भाली चीजें।

तनिक देर बाद लिराय एक और आदमी के साथ एक तरफ से आता हुआ दिखाई दिया। वे दोनों हंस-हंस कर बातें कर रहे थे।'

'कैलिस!' मेरे मुंह से निकला।

'हां, वह कैलिस ही है।' रॉबिन्सन ने हंसकर उत्तर देते हुए कहा।

लिराय के हाथ में अभी भी वह बन्दूक थी। वह अपने जूते के तसमे बांधने के लिए नीचे झुक गया, उसने कैलिस को आगे चलने को कहा।

कैलिस कोई दस फुट ही आगे गया होगा कि लिराय ने पीछे से उसकी पीठ में दो गोलियां दाग दीं। कैलिस धड़ाम से आगे जा गिरा।

'देखो।' रॉबिन्सन ने मुझसे कहा–'तुम्हारे परिवार के हत्यारे को मौत के घाट उतार दिया गया है।'

यह सब इतना अचानक हुआ था कि मैं स्तब्ध रह गया था। कैलिस की खून में लिथड़ी हुई लाश जमीन पर पड़ी थी। तभी लिराय लाश के पास आया, उसे पैर से हिला-डुलाकर देखा। जब उसे निश्चय हो गया कि कैलिस ठंडा हो चुका है, तो उसने अपनी बन्दूक में दोबारा गोलियां भरीं-और फिर जिस रास्ते से आया था, उसी रास्ते से वापस चला गया।

'कैलिस की हत्या केवल आपकी वजह से नहीं की गई।' रॉबिन्सन ने मुझसे कहा–'वास्तव में बात यह है कि यह बेवकूफ अब मेरे लिए एक

खतरनाक बोझ बन गया था...आप ही बताइए कि जिस व्यक्ति का मुझसे सम्बन्ध हो तथा जिसकी फोटो हर पुलिस स्टेशन में लगी हो, उससे बढ़कर मेरे लिए और क्या खतरा हो सकता है।' तनिक संकोच के पश्चात रॉबिन्सन ने अपनी बात जारी रखते हुए कहा–'एक प्रकार से इस प्रदर्शन से आपको भी फायदा होगा–मेरे कहने का आशय है मुझे सहयोग न देने की स्थिति में आपके साथ भी ऐसा किया जा सकता है।'

मैंने कैलिस के शव की ओर देखते हुए कहा–'मेरे विचार से तुम बिल्कुल पागल हो।'

'मैं पागल नहीं, मिस्टर मेगन...मैं सावधान हूं। खैर, जो मैं आपसे जानना चाहता हूं, वह आपको मुझे बताना ही पड़ेगा...मेरी योजनाओं का आपको कैसे पता चला था तथा मेरे विषय में आपने पेरीगार्ड को क्या-क्या बताया है?'

'मैंने तुम्हारे बारे में पेरीगार्ड को कुछ नहीं बताया है, केवल कैलिस के विषय में बताया था।' मैंने रॉबिन्सन के प्रश्न का उत्तर देते हुए कहा–'तुम एक पागल हो...एक पागल के बारे में कोई किसी को क्या बताएगा तथा कौन उसकी सुनेगा।'

'तुम्हारा विचार है कि मुझे आपकी बातों पर विश्वास हो जाएगा–बिल्कुल नहीं। समझ में नहीं आता कि आपके साथ किस तरह से पेश आया जाए। यदि मैं आपको कुण्ठित चाकू से उत्पीड़ित करना शुरू कर दूं, तो हो सकता है आप और जिद्द पकड़ लें, और कुछ न बतायें। दूसरी ओर यह भी हो सकता है कि आपको वाकई कुछ पता न हो और मैं आपको उत्पीड़ित करके अपना-समय व्यर्थ करूं। अगर आपकी पत्नी आपको कुण्ठित चाकू से उत्पीड़ित होते देख ले तो उसका भी कोई फायदा नहीं...क्योंकि मुझे विश्वास है कि वह वाकई कुछ नहीं जानती, बल्कि हो सकता कि आपको उत्पीड़ित होते देखकर वह मेरे सन्देह की पुष्टि करने के लिए कोई ऐसा झूठ बोल दे कि मैं गलती कर बैठूं। अब मेरे लिए एक ही विकल्प बचा है।'

यह सुनकर मेरी जीभ तालू से लग गई। मुझे पता था कि इसके आगे रॉबिन्सन क्या कहेगा।

'वह विकल्प यह है।' रॉबिन्सन ने अपनी बात आगे बढ़ाते हुए कहा–

'कि आपकी बजाय आपकी मिसेज को कुण्ठित चाकू से उत्पीड़ित

किया जाए तो बेहतर होगा। स्त्रियों की त्वचा पहले ही कोमल होती है और फिर मिसेज मेगन तो लाडों की पत्नी हैं-कुण्ठित चाकू का एक कट लगते ही चीतकार उठेंगी। उनकी चीख-पुकार आपसे सहन नहीं होगी....फिर आप अपने आप बता देंगे कि आपने मेरे एवं मेरी योजनाओं के बारे में पेरीगार्ड को क्या-क्या बताया है। आपसे मालूम करने का बस यही एक रास्ता है।'

मैं रॉबिन्सन पर झपटना ही चाहता था कि पिस्तौलधारी ने अपनी पिस्तौल मेरे माथे की ओर लक्ष्य करते हुए कहा-'खबरदार जो अपनी जगह से हिले।'

विवशतापूर्वक मुझे हटना पड़ा, पर मेरे क्रोध की कोई इन्तहां नहीं थी।

'कुत्ते, तू एक नम्बर का हरामी का पिल्ला है।' मैंने रॉबिन्सन को गाली देते हुए कहा। लेकिन मेरी गालियों का रॉबिन्सन पर कोई प्रभाव नहीं पड़ा।

'आप व्यर्थ में मेरा इतना सम्मान कर रहे हैं। मैंने जो आपसे कहा है, आप रात-भर उस पर गौर कीजिए-सुबह तक आप अपने आप कोई न कोई हल निकाल लेंगे और आपसे रुख्सत लेने से पहले मैं आपके हजूर में यह अर्ज करना चाहता हूं कि आज रात हम आपको डिनर पेश नहीं कर सकेंगे-यह आपके लिए और भी अच्छा है क्योंकि भूखे पेट....मनुष्य बेहतर सोचता है। बाकी की पूछताछ मैं आपसे कल करूंगा।' कहकर रॉबिन्सन कमरे से बाहर चला गया। उसके पीछे-पीछे उसका बाडीगार्ड भी बाहर निकल गया और कमरे को बाहर से बन्द कर दिया।

मैं ऐसी मुश्किल में फंसा था कि उससे निकलने का कोई रास्ता नजर नहीं आ रहा था।

मेरी हिम्मत पस्त होती जा रही थी।

रॉबिन्सन और उसके बाडीगार्ड के चले जाने के पश्चात मैंने अपने होशो-हवास दुरुस्त किये और डेबी एवं अपने आपको इन लोगों के चंगुल से बचाने की योजना बनाने लगा।

अकस्मात् मुझे स्मरण हुआ कि रॉबिन्सन को मेरी हर नकलोहरकत का ज्ञान रहता है...यहां तक कि उसने मेरा और डेबी का प्रेम विहार भी रिकार्ड किया था...इसका आशय है कि उसने कमरे को बग कर रखा है। मैंने कमरे के चारों ओर दृष्टि डाली और अनुमान लगाने लगा कि वह बग कहां हो

सकता है। सहसा छत की दो कड़ियों के बीच मुझे एक सुराख दिखाई दिया। मैंने अपनी चारपाई को दीवार के सहारे खड़ा किया और उस पर चढ़ कर छत की कड़ी को पकड़कर लटक गया। तत्पश्चात मैं कड़ी को पकड़े-पकड़े उस जगह पर पहुंच गया जहां पर वह सुराख था। एक हाथ से कड़ी को पकड़े दूसरे हाथ से मैंने उस सुराख के अन्दर अपनी उंगलियां डाल दीं। एक छोटी-सी चीज मेरी उंगलियों से छू गई। मैंने थोड़ा-सा जोर लगाकर उसे बाहर खींच लिया। वह तारों समेत मेरे हाथ से फिसलकर जमीन पर गिर गई। यह वहीं बग था जिससे मेरी नकलो-हरकत रिकार्ड होती रही थी। तत्पश्चात मैं हाथों के सहारे। जहां पर मैंने चारपाई खड़ी की थी। मैं नीचे उतर आया और चारपाई को उसकी जगह पर डालकर उस पर गद्दा बिछा दिया। अब मुझे यह तसल्ली थी कि मैं कमरे में जो भी करूंगा उसके बारे में रॉबिन्सन को कुछ भी मालूम नहीं होगा।

तब मैं यह सोचने लगा कि रॉबिन्सन का बाडीगार्ड किस तरह से कमरे में दाखिल होकर दरवाजे से जरा हटकर एक ओर को खड़ा होता है और तत्पश्चात रॉबिन्सन कमरे में प्रवेश करता है। इससे मुझे यह संकेत मिला कि रॉबिन्सन या तो हथियार चलाना नहीं जानता या उसका निशाना ठीक नहीं बैठता और न ही मैंने उसके पास कोई हथियार देखा था। इसका मतलब था कि रॉबिन्सन का बाडीगार्ड मेरे लिए लिए सबसे बड़ी रुकावट था। बाडीगार्ड के पास हर समय बन्दूक होती थी और मेरे पास एक छोटा-सा तिनका भी नहीं था।

मैं आराम से बिस्तरे पर लेट गया और कमरे की समीक्षा करने लगा। अचानक मेरी नजर पानी के घड़े घर चली गई। मुझे ख्याल आया कि पानी समेत ज्यादा नहीं तो घड़े का वजन दस किलो तो होगा ही...और अगर नहीं तो घड़े का वजन सही ढंग से उठाकर किसी के सर पर मारा जाये तो उसकी खोपड़ी निश्चित ही फूट जायेगी...किन्तु मुश्किल यह थी कि बन्दूक की लिबलिबी दबाने में एक पल भी नहीं लगता जबकि पानी भरा घड़ा उठाने में कुछ समय लग ही जाता है।

मैं यही हल ढूंढ रहा था कि मेरी नजर खिड़ी के पर्दे पर पड़ गई। पर्दा बहुत ही गाढ़े कपड़े का बना हुआ था। मैंने पर्दे को खिड़की से उतार लिया और अपनी चारपाई पर बैठकर डबल रोटी पर मक्खन लगाने वाली छुरी

से-जिसके दोनों किनारे चपटे होते हैं...पर्दे की लम्बी-लम्बी कतरनें काटने लगा। यह मक्खन लगाने वाली चपटी छुरी सुबह के नाश्ते की ट्रे में आई थी। कतरने काटने के बाद मैंने उनको आपस में जोड़कर एक मोटी रस्सी बनाई। रस्सी का एक सिरा मैंने घड़े के मुंह के गिर्दे कसकर बांध दिया और दूसरा सिरा छत में लगे एक कुण्डे से निकालकर अपनी चारपाई के पाये से बांध दिया। अब पानी से भरा घड़ा ऐन उस जगह लटक रहा था। जहां रॉबिन्सन का बॉडीगार्ड खड़ा होता था। रस्सी का दूसरा सिरा छोड़ते ही पानी भरा घड़ा बॉडीगार्ड के सर पर जा गिरता।

यह सेट करने के पश्चात मैंने वाश-बेसिन को दीवार से अलग किया और उसको फर्श से टकरा-टकरा कर उसके तीन-चार टुकड़े कर दिये। फिर मैंने एक नोकदार टुकड़ा उठाया और उसको बिस्तर पर रखकर इस तरह से उसके आगे बैठ गया कि कमरे में दाखिल होने वाले को गुमान तक ना हो कि मेरे पीछे कोई चीज पड़ी है। साथ ही मैंने डबल रोटी पर मक्खन लगाने वाली छुरी अपनी जांघ के नीचे छिपा कर रख ली....और उसकी प्रतीक्षा करने लगा।

पौ फटी ही थी कि बाहर से कमरे की कुण्डी खुलने की आवाज सुनाई दी। मैं चौकस होकर बैठ गया। तभी एक आदमी अन्दर दाखिल हुआ। यह लिराय नहीं था....कोई और था....और इसके हाथ में बन्दूक थी। वह भी लिराय की भांति दरवाजे से तनिक हटकर खड़ा हो गया तथा अपनी बन्दूक मेरी ओर तान ली। उसके सर के ऊपर पानी का घड़ा लटका हुआ था, किन्तु उसने कोई ध्यान नहीं दिया था। उसके पीछे ही रॉबिन्सन पहुंच गया था, पर वह कमरे के अन्दर नहीं आया। उसने वहीं दरवाजे के पास खड़े-खड़े मुझसे पूछा, 'क्या अब आप बताने का कष्ट करेंगे कि आपने मेरे बारे में पेरीगार्ड को क्या-क्या बताया?'

'तुम्हारे दिमाग में खलल है। मेरे पास उसका कोई उपचार नहीं।'

'ठीक है, मैं अब आपसे कोई बहस नहीं करना चाहता....काफी कर चुका हूं।' मुझसे यह बात रॉबिन्सन ने अपने बॉडीगार्ड को सम्बोधित करते हुए कहा-'अर्ल, यदि यह महोदय कोई हुज्जत करें तो तुम इनकी हत्या करने के बजाय इनकी दोनों टांगों में गोली मारकर इनको घायल कर देना।' कहकर रॉबिन्सन वहां से चला गया।

उसके वहां से जाते ही बॉडीगार्ड ने कमरे का दरवाजा अन्दर से बन्द कर दिया और दरवाजे के साथ लगकर खड़ा हो गया। उसके ऐसा करने से मेरा समूचा प्लान बिगड़ता हुआ नजर आ रहा था, क्योंकि वह घड़े के नीचे से परे हट गया था।

मैंने उसे बातों में लगाने का प्रयास करते हुए कहा–'क्या नाम है तुम्हारा?'

'अर्ल।'

मैंने बिस्तरे पर सरकते हुये उससे कहा–'यह तुम्हें कितनी तनख्वाह देता है?'

'तुम्हें इससे मतलब?'

'मेरे कहने का मतलब है कि मैं तुम्हें इससे अधिक दे सकता हूं....।' कहने के साथ ही मैंने अपनी चारपाई तनिक आगे सरका दी।

'तुम ज्यों के त्यों बैठे रहो मिस्टर, नहीं तो मैं तुम्हें गोली मार दूंगा।' कहकर अर्ल दरवाजे से हटकर उस जगह पर आकर खड़ा हो गया जहां पर पहले खड़ा था।

मैंने मन ही मन प्रसन्न होते हुए कहा–'मैंने तो तुमसे नजदीक से बात करने के लिए चारपाई आगे बढ़ाई थी। मैं तो तुमसे केवल इतना कहना चाहता हूं कि मैं तुम्हें उससे कहीं अधिक दे सकता हूं। इस विषय में बात कर लेते हैं।'

'नहीं।'

मैं किसी भांति अर्ल का ध्यान बंटाना चाहता था क्योंकि रस्सी का दूसरा सिरा चारपाई के पाये के पास था और पाये तक मेरा हाथ नहीं पहुंच पा रहा था और यदि मैं उसके सामने एक ओर को नीचे झुकता, तो इसे हुज्जत समझ कर वह मुझे गोली मार देता।

मैंने किसी तरह अपना हाथ रस्सी की ओर बढ़ाया ही था कि मुझे बाहर से चीख की आवाज सुनाई दी। यह चीख डेबी की थी।

मैं अपने बिस्तरे से उठना ही चाहता था कि अर्ल ने बन्दूक की लिबलिबी पर हाथ रखते हुए कहा–'जहां हो वहीं बैठे रहो।'

'यह चीख किसकी थी?' मैंने अर्ल से पूछा।

'लिराय किसी के साथ मजाक कर रहा है। उसके बाद तेरी बारी है।'

तभी डेबी की एक और चीत्कार सुनाई दी। मेरा दिल दहल उठा।

'यह कौन चीत्कार रहा है?' मैंने रस्सी का सिरा अपनी उंगलियों से पकड़ते हुए अर्ल से पूछा।

अर्ल ने मेरे प्रश्न का उत्तर देने के बजाय मुझसे कहा-'तुम जरा अपने दोनों हाथ सामने करो।'

'जरूर।' कहकर मैं अपने दोनों हाथ उसके सामने करता हुआ विद्युत गति से उसकी टांगों पर झपट पड़ा। उसी समय मुझे बन्दूक से गोली चलने की आवाज सुनाई दी थी। वह गोली मेरे ऊपर से गुजरती हुई बिस्तर पर जा लगी। तभी मैंने रस्सी का दूसरा सिरा अपने हाथ से छोड़ दिया....और खुद जमीन पर कलाबाजी खाते हुए अर्ल की टांगों से परे हट गया था। उसी क्षण दस किलो का पानी से भरा घड़ा उसके सर पर आ गिरा। घड़े के बोझ से उसकी खोपड़ी यूं फूटी थी जैसे चम्मच मारने से अण्डा फूट जाता है।

समूचा कमरा अर्ल के खून से भर उठा। तभी मुझे डेबी की एक और चीत्कार सुनाई दी। मैंने अर्ल की बन्दूक उठाई और दरवाजे को खोलकर दौड़ता हुआ बाहर निकल आया....मैं एक आदमी से टकरा गया जिसको अब से पहले मैंने यहां पर नहीं देखा था। वह विस्मय से मेरी ओर देखने लगा। अभी उसने अपने दाहिने हाथ में पकड़ी हुई पिस्तौल मेरी ओर लक्ष्य की ही थी कि मैंने डबल रोटी पर मक्खन लगाने वाली छुरी उसके पेट में घोंपकर उसका पेट फाड़ दिया। उसकी आंतें बाहर गिरने लगी। नीचे गिरती हुई अपनी आंतों को सम्भालने के प्रयास में उसने अपना पिस्तौल फेंक दिया। जैसे ही लड़खड़ाने लगा, मैं उसके पास से दूर भागा। तभी मुझे अहसास हुआ कि मैंने एक भयानक गलती कर दी है...वह तीन चार का समूह नहीं था...वह लोग तो दर्जनों की संख्या में थे....और उनमें से अधिकांश पुरुष थे।

मुझे धुंधला-सा याद है कि जब मैं भाग रहा था, तो मैंने एक मकान देखा था जिसकी छत तिरछी थी तथा खपैरल की बनी थी। एक कुत्ता जोर-जोर से भौंकता हुआ मेरा पीछा कर रहा था। उसके पीछे-पीछे कई आदमी दौड़ते हुए आ रहे थे और गुस्से में चिल्ला रहे थे।

तत्पश्चात किसी ने बन्दूक चलाई थी। मैंने भी जवाबी फायर करना चाहा था पर मेरी बन्दूक की गोलियां ही समाप्त हो गई थीं। तभी एक सनसनाती हुई गोली मेरे कान को छूती हुई आगे निकल गई थी। मैं दुबकी मारकर

जमीन पर बैठ गया था और उस ओर आगे बढ़ने लगा था जहां पर पेड़ों का एक झुंड था। मैंने अपना पीछा करने वालों के दो साथियों की हत्या की थी। मुझे यकीन था कि यदि मैं उनके हाथ लग गया, तो वे लोग रॉबिन्सन के इस आदेश का कि मेरी हत्या करने के बजाय मुझे केवल घायल किया जाये, पालन न करके मेरी बोटी-बोटी काट डालेंगे।

जैसे-जैसे मैं अपनी जान बचाने के लिए आगे दौड़ रहा था, रह-रहकर मुझे डेबी का ख्याल सता रहा था कि अब न जाने उसके साथ क्या बीतेगी।

मैं जान बचाने के लिये जी तोड़ दौड़ रहा था और वे लोग भी उतनी ही तत्परता से मेरा पीछा कर रहे थे। मेरी सबसे बड़ी मुश्किल यह थी कि मैं इस क्षेत्र में सर्वथा अपरिचित था, जबकि मेरा पीछा करने वाले यहां के चप्पे-चप्पे से वाकिफ थे। इसके अलावा न तो मेरे कपड़े और न ही मेरे जूते इस वातावरण के अनुकूल थे। फिर भी वहां से भाग निकलने के अतिरिक्त मेरे पास और कोई चारा नहीं था। मैं दौड़ता रहा।

दौड़ते-दौड़ते थक जाता तो, धीरे चलने लगता। सांस जरा ठीक हो तो फिर दौड़ने लगता। मैं यह चाहता था कि मेरे और उनके बीच जितना फासला बढ़ जाए उतना ही मेरे हित में होगा।

मेरी एक और समस्या थी कि मुझे यह नहीं पता था कि मैं किस दिशा में आगे बढ़ रहा हूं। मैं ईश्वर से यह प्रार्थना कर रहा था कि मुझे कोई ऐसा मकान दिख जाये जिसमें टेलीफोन लगा हो....ताकि मैं बिली को सूचित कर सकूं....फिर वह अपने आप मुझे और डेबी को बचा लेगा, पर मकान तो क्या वहां पर कोई सड़क भी नहीं दिखाई देती थी। न ही बिजली के खम्भे दिखाई पड़ रहे थे, जिससे आस-पास की आबादी का अनुमान लगाया जा सकता।

कोई आधे घंटे बाद एक जगह मैं सांस लेने के लिए रुक गया। वहां मैंने अपनी बन्दूक में गोलियां भरी और कन्धे पर लटका ली। तभी मुझे दूर से आवाजें सुनाई दीं। वे लोग मेरा पीछा करते हुए इसी दिशा में बढ़ रहे थे। मैं फिर पेड़ों के बीच छिप गया....और कभी तो धीरे और कभी दौड़ते हुए आगे बढ़ने लगा। आगे एक बहुत चौड़ा दरिया था। दरिया में पानी इतना गहरा था कि उसे पैदल पार करने का प्रश्न ही नहीं होता था और पानी का

प्रवाह इतना तेज था कि उसमें तैरना खतरे से खाली नहीं था। मुझे और कुछ नहीं सूझा तो मैं नदी के किनारे एक दिशा में बढ़ने लगा। आगे कुछ फासले पर एक समतल जगह थी। मेरे पास कोई और चारा ही नहीं था। अतः मैं समतल जगह पर आगे बढ़ने लगा। तभी मुझे गोली चलने की आवाज सुनाई दी। गोली की आवाज सुनकर मैं उस घास वाली जगह की ओर बढ़ आया जहां तक मेरी कमर तक ऊंची घास खड़ी थी। मैंने पीछे मुड़कर देखा तो मुझे दो आदमी दिखाई दिए जो अलग-अलग दिशाओं से मेरी ओर बढ़ रहे थे। मैंने बन्दूक कन्धे से उतारी तथा उन दोनों पर गोली चला दी। वे दोनों चीत्कार कर लम्बी-लम्बी घास में गिर गये, किन्तु उनके चीखने की आवाज बिल्कुल बनावटी थी। मैं समझ गया कि उन्होंने गोली लगने का अभिनय किया है। मैंने अपना रुख बदला और दूसरी दिशा में दौड़ते-दौड़ते मेरा सांस इतना फूल गया था कि सीना फटने लगा था। जूते बिल्कुल फट गये थे। आगे हल्का-हल्का कीचड़ था जिस पर मेरे पदचिन्ह अंकित होते जा रहे थे। मुझे निश्चय था कि अब वे लोग किसी समय भी मुझे आ दबोचेंगे। आगे एक पहाड़ी थी। मैं उस पहाड़ी पर चलने लगा। पहाड़ी के ऊपर पहुंचते-पहुंचते मेरा सांस इस कदर उखड़ गया कि और चलना तो एक ओर, मुझसे खड़ा तक नहीं हुआ जा रहा था-मैं निराश होकर वहीं एक पेड़ के नीचे बैठ गया और अपनी मौत की प्रतीक्षा करने लगा।

थोड़ी देर बाद मुझे एक आवाज सुनाई दी। मैंने अपना हाथ बन्दूक की ओर बढ़ाया ही था कि एक ने मेरी कलाई को वहीं का वहीं जकड़ लिया। मैंने मुड़कर देखा वह एक लम्बे कद का आदमी था....उसके बाल सफेद थे....उसने जीन्स पहन रखी थी....बगल में बन्दूक थी-वह लगातार मेरी ओर देखे जा रहा था।

'तुम जीते मैं हारा।' मैंने उस आदमी से कहा-'तुम चाहो तो मेरा काम तमाम कर दो।'

'काम तमाम कर दो....वह क्यों? तुम किसी मुश्किल में हो क्या?'

तभी कोई और उसके पीछे आकर खड़ा हो गया...वह एक युवती थी। उसके बाल लम्बे और काले थे। शरीर गठा हुआ था। उसके शरीर पर भी कमीज और जींस थी। तब मुझे अहसास हुआ कि वे रॉबिन्सन के आदमी नहीं है।

मैंने अपना सांस बराबर करते हुए उस आदमी से कहा–

'मैं बहुत मुसीबत में हूं, रॉबिन्सन और उनके गुर्गों ने मुझे व मेरी पत्नी को अगवा कर रखा है। वे मेरी पत्नी को प्रताड़ित कर कुछ जानकारी हासिल करना चाहते हैं।'

अभी मैं यही सब उस बूढ़े को बता ही रहा था कि तभी मैंने लिराय को अपने साथियों के साथ इधर बढ़ते देखा।

बूढ़े बंदूकधारी की दृष्टि उन पर केन्द्रित हो गई। वह खतरे को भांप चुका था। अतः उन लोगों से मुझे छिपाने के लिए उसने मुझे एक पेड़ पर चढ़ा दिया तथा उसके साथ जो लड़की थी उसे टीले के पीछे छिप जाने को कहा।

अब तक लिराय अपने साथियों के साथ वहां पहुंच चुका था।

उसने एक पहाड़ी पर उनका रास्ता रोककर अपनी दुनाली उसके ऊपर तान दी फिर उस बूढ़े ने जिसने अपना नाम डैड बताया था–ने लिराय से कहा–

'यदि तुम यहां से तुरन्त दफा नहीं हुये तो तुम्हारे सिर का गूदा बाहर निकल आयेगा।'

लिराय ने डैड को धमकी देते हुए कहा–'तुम हमें आगे नहीं बढ़ने दे रहे....हम तुमसे निपट लेंगे।'

'मैं तुम्हारे जैसे चौकीदारों से डरने लगा, तो जमींदारी कर चुका।' डैड ने लिराय के चेहरे पर थूकते हुए कहा–'अब तुम नौ दो ग्यारह हो जाओ।'

लिराय के साथियों ने अपने मुखिया की यह दुर्दशा होते देखी तो वे सर नीचा किए पहाड़ी से नीचे उतरने लगे। लिराय भी सिर झुकाए उनके पीछे-पीछे चला गया। डैड वहीं खड़ा उनको जाते देखता रहा।'

जब वे सबके सब नजरों से ओझल हो गए, तो उस लड़की ने टीले के पीछे से आकर कहा–'पॉप...वे लोग तो चले गये।'

तत्पश्चात डैड उस लड़की को साथ लेकर पेड़ के नीचे चला आया और अपना परिचय देते हुए बोला–'मेरा पूरा नाम डैड पार्किज है....और यह मेरी बेटी है....इसका नाम शेरी लू है। अब तुम पेड़ से नीचे उतर आओ और मुझे बताओ कि तुम कौन हो?'

मैं पेड़ से नीचे उतरा और डैड से पूछा-'यहां पर नजदीक में कोई टेलीफोन होगा। मुझे फौरी सहायता की आवश्यकता है।'

शेरी लू मेरी यह दुर्दशा देखकर खिल-खिलाकर हंस पड़ी। सिर से पैर तक वह मेरी समीक्षा करते हुए बोली-'तुम्हारा हुलिया तो ऐसा लग रहा है, मानो किसी सर्कस के जोकर हो।'

पर जैसे ही उसने मेरी मुखाकृति देखी तो समझ गई कि मैं बहुत चिन्तित हूं। अतः वह शान्त स्वर में बोली-'हमारे घर पर टेलीफोन है।'

'घर कितनी दूर होगा तुम्हारा?'

'ढाई तीन मील तो होगा ही।'

डैड ने हस्तक्षेप करते हुए कहा-'तुम्हारी हालत ऐसी है कि तुम्हें पहुंचने में कम से कम डेढ़ घंटा लग जायेगा। यदि तुम चाहो तो तुम्हारी बजाय शेरी लू फोन कर सकती है।'

मेरी हालत इतनी खस्ता थी कि मुझसे खड़ा नहीं हुआ जा रहा था। मैंने पेड़ के तने का सहारा लेते हुए कहा-'यदि शेरी लू फोन कर दे, तो आपकी बड़ी कृपा होगी।'

'आप फोन नम्बर तथा नाम बताइए।' शेरी लू ने कहा।

फोन नम्बर मेरे जेहन से उतर गया था।

मैंने शेरी लू से कहा-'तुम होस्टन की डायरेक्टरी से चार्ल्स कॉरपोरेशन का नम्बर ढूंढकर बिली चार्ल्स को फोन कर देना।

शेरी लू कुछ बोलने वाली ही थी कि चुप कर गई। बाप-बेटी एक-दूसरे के चेहरे की ओर देखने लगे।

'चार्ल्स...' यह नाम बोलने के साथ डैड ने घृणा से जमीन पर थूकते हुए मुझसे पूछा-'तुम चार्ल्स परिवार से हो?'

'मेरा चेहरा चार्ल्स परिवार जैसा है क्या?' मैंने थके-से स्वर में पूछा।

'नहीं तो।' डैड ने उत्तर देते हुए कहा-'चेहरे-मोहरे से तुम चार्ल्स परिवार के प्रतीत नहीं होते।'

तब मैंने उसे अपना परिचय देते हुए कहा-'मेरा नाम टॉम मेगन है और मैं बाहामियन हूं।'

'तो फिर तुम्हारा चार्ल्स परिवार से क्या सम्बन्ध है?'

'उनकी लड़की मुझसे विवाहित है और वही इस समय लिराय के अधिकार में है।'

मैंने डैड के भावशून्य चेहरे की ओर देखते हुए उससे विनती करते हुए कहा–'ईश्वर के लिए कुछ करो। आज सुबह जब मैं वहां से फरार हुआ था, तो उस समय वह एक बन्द कमरे के अन्दर से चीख रही थी।'

'एंसली कबीला और चार्ल्स परिवार।' डैड ने विचारमग्न भाव से कहा–'एक चोर और दूसरा गिरहकट, खैर।' उसने सर झटकते हुए शेरी लू से कहा–'तुम भागकर घर जाओ और बिली को फोन कर दो।' तब डैड ने मुझसे पूछा–'कौन से बिली को फोन करें...सीनियर को अथवा जूनियर को?'

'जूनियर को!'

डैड ने अपनी बेटी से कहा–'तुम बिली से कहना कि पूरी पुलिस सहायता के साथ यहां पहुंचे।'

'यह जगह होस्टन से कितनी दूर होगी?' मैंने डैड से पूछा।

'सौ मील तो होगी ही।'

'सौ मील!'

'हां।'

मैंने शेरी लू से कहा–'तुम बिली से कहना कि हेलीकॉप्टर से पहुंचे और पुलिस को भी हेलीकॉप्टर से लाये।'

डैड ने अपनी बेटी से कहा–'तुम उसे कहना कि सीधा हमारे घर पहुंचे. ..हमारा घर तो जानता ही है–और देखो, टेलीफोन करके सीधी यहां चली आना और चक (शेरी लू का भाई) के जूते भी लेती आना...ताकि यह आराम से चल सके।'

'मैं सब कर लूंगी...।' कहकर शेरी लू फोन करने चली गई।

मैंने डैड से पूछा–'यह कौन-सी जगह है?'

'तुम्हें यह भी पता नहीं।' डैड ने आश्चर्य प्रकट करते हुए कहा–'इस जगह का नाम थिकट कंट्री है।'

तनिक खामोश रहने के पश्चात डैड ने कहा–'मैंने कुछ महीने पहले सुना था कि डेबी चार्ल्स किसी बाहामियन से विवाह करने वाली है...क्या तुम वही हो?'

'हां!'

'और इस समय डेबी लिराय के अधिकार में है।' डैड ने चिन्तित स्वर में कहा-'तुम मुझे पूरी बात बताओ।'

'पहले तुम यह बताओ कि तुम्हें चार्ल्स परिवार से क्या चिढ़ है?'

'चिढ़? मेरी तो उन लोगों से दुश्मनी है।'

'वह क्यों?'

'वे मेरी जमीन हड़प करके यहां पर अपना उद्योग स्थापित करना चाहते हैं। पहले तो मुझे ललचाते रहे। जब मैं उनके लालच में नहीं आया, तो उन्होंने मुझ पर दबाव डालना शुरू कर दिया। एक बार वे खरगोशों के शिकार के बहाने यहां आये और मेरी जमीन के चारों ओर एक कांटेदार बाड़ लगा दी। जब मैंने आपत्ति की तो कहने लगे कि हम शिकार करने के पश्चात यह बाड़ हटा देंगे। तब मैंने उनसे कहा कि ये खरगोश जंगली नहीं हैं...ये मेरे पालतू हैं। उन्होंने मेरी एक नहीं सुनी। तब मैंने उनकी बाड़ उखाड़ दी और उनकी कारों के चारों ओर लगा दी। तत्पश्चात मैंने आस-पास के अपने लोगों को बुला लिया। तब उनको होश आया कि उनका किससे पाला पड़ा है। जब उन्होंने बहुत मिन्नत-समाजत की तो कहीं जाकर उनकी कारों के गिर्द से बाड़ हटाई थी। फिर मैंने उनसे कहा था कि यह होस्टन नहीं, जहां वे अपनी मनमानी चला लेंगे...और यदि तुमने फिर कभी मेरी जमीन पर पैर रखा, तो मैं एक-एक को भून कर रख दूंगा। तत्पश्चात वे खुद तो यहां कभी नहीं आये, पर अपनी कपट चालों से बाज भी नहीं आये। मैं उनकी हर चाल को नाकाम करता रहता हूं। उन्होंने मेरी जमीन पर मैली नजर डाली, तो मैं उनको बुरे के घर तक पहुंचा कर आऊंगा। हम लोग कुशल घुड़सवार हैं। हमें अपनी जमीन जान से भी अधिक प्यारी होती है। हम किसी के दबाव में नहीं आते।'

मैंने डैड से कहा-'मैं तुम्हें आश्वासन देता हूं कि चार्ल्स परिवार आइन्दा से तुम पर कोई दबाव नहीं डालेगा।'

'तुम उन्हें नहीं जानते टॉम, चार्ल्स परिवार का प्रधान जैक चार्ल्स है और वह बिल्कुल खरदिमाग है। उसे पैसे के सिवा कुछ सूझता ही नहीं। वह तो नोटों की शक्ल देखते ही कुछ भी करने को तैयार हो जाता है।'

'जैक तुम्हारे लिए कोई मुश्किल नहीं करेगा। वह दिल के दौरे में पड़ा है।'

'जैक नहीं करेगा, तो उसका छोटा भाई बिली सीनियर करेगा। वह कौन-सा कम बदमाश है।'

'यह तुम मुझ पर छोड़ दो। मैं अपने आप उनसे निपट लूंगा।'

डैड को मेरी बात पर विश्वास नहीं हुआ। वह विषयान्तर करता हुआ बोला-'तुम्हारा एंसली कबीले से कैसे वास्ता पड़ गया?'

'इन लोगों ने पहले डेबी का अपहरण किया। तत्पश्चात इन्होंने मेरा भी अपहरण कर लिया किन्तु अभी तक यह पता नहीं चला कि इन लोगों ने किस उद्देश्य से हमारा अपहरण किया था।'

डैड ने आश्चर्य से कहा-'ये कबीला जरायम पेशा तो है-यह तो मैं भली-भांति जानता हूं, पर अपहरण....यह तो मैं पहली बार सुन रहा हूं।'

'जहां तक मैं समझता हूं...इन लोगों ने हमें अपहृत नहीं किया था। वह एक रॉबिन्सन नामी व्यक्ति का काम है। इन लोगों ने उसे छिपने और हमें यहां पर छिपने के लिए अपनी जगह दी है।'

'तुमने वाकई अर्ल और टर्की की हत्या की थी?' डैड ने मुझसे पूछा।

'मेरे पास कोई चारा ही नहीं था। डेबी की चीत्कार सुनकर मेरे रोंगटे खड़े हो गए थे। मैं डेबी के पास पहुंचना चाहता था। अर्ल एवं टर्की मेरे रास्ते का रोड़ा बनकर खड़े हो गए थे। अतः मैंने उनकी हत्या कर दी। पता नहीं डेबी बेचारी का क्या हाल होगा?'

'तुम धीरज धरो....वह भी रिहा हो जाएगी।' डैड ने मुझे सांत्वना देते हुए कहा-'अब तुम मुझे यह बताओ कि तुम चल-फिर सकते हो?'

'मैं कोशिश कर देखता हूं।'

डैड ने कहा-'तुम्हारा इस पहाड़ी पर यहीं रुके रहना तुम्हारे हित में नहीं है। हो सकता है कि एंसली कबीले वाले किसे तुम्हारी खोज में यहां पहुंच जाएं।'

तत्पश्चात डैड ने मेरी वाली बन्दूक अपनी बगल में दबाई और मुझे एक टीले के पास ले आया। वहां उसने मुझे टीले की ओट में बिठा दिया और स्वयं टीले पर चढ़कर बैठ गया। थोड़ी देर बाद उसने बन्दूक के कुन्दे से मुझे टहोका देते हुए कहा-'शेरी लू आ रही है। मेरा लड़का चक भी उसके साथ है।' फिर डैड ने अपने मुंह में दो उंगलियां डालकर सीटी बजाई और उनका ध्यान अपनी ओर आकर्षित करके अपनी तरफ को आने का इशारा

करने लगा। वे दोनों हमारी ओर चले आए। शेरी लू अपने साथ सैंडविच और खाने-पीने की सामग्री भी लाई थी। सैंडविच देख मुझे ख्याल आया कि मैंने पिछले चौबीस घंटे से कुछ नहीं खाया था। खाने-पीने का सामान मेरे सामने रखते हुए शेरी ने कहा-'जब मैंने बिली को तुम्हारे बारे में बताया था तो वह फट पड़ा था। मेरे विचार से तो वह लोग पहुंचते ही होंगे। मैंने बिली से यह भी कहा था कि एक डॉक्टर को भी साथ लेता आये।'

'वह क्यों?'

शेरी लू ने मुझ पर से निगाहें हटाते हुए कहा-'तुम्हारी चोटों के कारण से नहीं कहा था-उनका उपचार तो पॉप भी कर सकते हैं। हो सकता है तुम्हारी पत्नी को डॉक्टर की आवश्यकता पड़े।'

'यह मामला क्या है, पॉप?' चक ने अपने पिता से पूछा।

डैड ने उसे समूचा वृत्तांत सुना दिया।

तब डैड ने शेरी लू से पूछा-'बिली कब वहां से रवाना होगा?'

'उसने कहा था, मैं सशस्त्र पुलिस को साथ लेकर तुरन्त पहुंच रहा हूं।'

डैड ने अपने बेटे को सम्बोधित करते हुए कहा-'चक, तुम तुरन्त घर पहुंच जाओ। हम लोग उसी ग्रास लैंड की तरफ जा रहे हैं। वहां पर एक खाड़ी है। हम वहीं पर होंगे। ज्यों ही बिली और पुलिस हमारे घर पर पहुंचे, तुम उनको वहां ले आना।'

चक भागता हुआ अपने घर की ओर चला गया। उसके जाते ही डैड ने मुझसे कहा-'अब चलो। हमें वहां पहुंचने में पन्द्रह मिनट लग जायेंगे।'

हम लोग ग्रासलैंड पर पहुंचे ही थे कि हमें सात-आठ हैलीकॉप्टर अपने सिरों के ऊपर मंडराते हुए दिखाई दिये। वे थोड़े-से नीचे हुए तो हमें चक दिखाई दिया। वह सबसे आगे वाले हैलीकॉप्टर में बैठा हुआ था और नीचे उतरने के लिए निशानदेही कर रहा था।

बिली के हेलीकॉप्टर ने जमीन का स्पर्श किया ही था कि बिली छलांग लगाकर नीचे उतर आया और मुझे गले लगाते हुए बोला-'तुम कैसे हो? डेबी कैसी है?'

मैंने संक्षेप में सारी बात बिली को बता दी।

'वे डेबी को उत्पीड़ित कर रहे थे?' बिली ने हैरत से पूछा।

'जब मैं वहां से फरार हुआ था, तो उसके चीत्कारने की आवाज दूर-दूर

तक सुनाई दे रही थी।'

बिली ने सोचते हुए कहा-'हमें सबसे पहले यह योजना बनानी है कि हम इस तरह से उन पर हावी हों कि डेबी को कुछ न हो। डेबी एक बार हमारे हाथ में आ जाए, फिर पुलिस अपने आप उनसे निपटती रहेगी।'

मैंने बिली को एक ओर ले जाकर कहा-'डैड को तुम लोगों से बहुत शिकायत है।'

'उसको आइन्दा से कोई शिकायत नहीं होगी। तुम यह बताओ कि कहां बैठकर अपनी योजना बनाई जाये।'

'डैड के मकान पर।'

'तो चलो।'

तत्पश्चात हम सब डैड के घर चले आये और आपस में विचार-विमर्श करने लगे कि किस तरह से लिराय और उसके साथियों के अड्डे पर हमला किया जाये।

डैड पार्किंज ने हमें उनके अड्डे की पूरी रूपरेखा समझाई कि वे कौन-से कमरे में क्या करते हैं। पुलिस कप्तान बूथ, जो बिली के साथ आया था, उसने पार्किंज से डेरे के बारे में बड़ी बारीकी से मालूमात की थी। तत्पश्चात जब हम वहां से अड्डे के लिए उड़ान भरने वाले थे तो शेरी लू आग्रह करने लगी कि मैं भी साथ चलूंगी। पहले तो कोई नहीं माना, किन्तु जब उसने यह तर्क प्रस्तुत किया कि अगर डेबी अस्वस्थ हुई तो उसकी कौन देख-भाल करेगा। इस पर हम लोगों ने उसे भी साथ ले लिया।

तत्पश्चात हम हैलीकॉप्टरों में सवार हुए और पांच मिनट के अन्दर हमारे हैलीकॉप्टर अड्डे के ऊपर मंडरा रहे थे। एक हैलीकॉप्टर ठीक अड्डे के मध्य में जाकर उतरा था। किसी ओर से गोली नहीं चली थी क्योंकि उस समय वहां केवल कबीले की महिलायें और बच्चे थे। आदमी लोग शायद कहीं बाहर गये हुए थे।

बिली अपनी बन्दूक लेकर हैलीकॉप्टर से नीचे उतर आया था। उसके पीछे-पीछे डैड था। उसके पास भी बन्दूक थी। पुलिस ने अड्डे को चारों ओर से घेरे में ले लिया था।

हम लोग डेबी को ढूंढ़ने में लग गए। कोई दस मिनट पश्चात बिली एक कमरे से घबराया-घबराया-सा बाहर आया और डॉक्टर को आवाज देने

लगा। मैंने उस कमरे के अन्दर जाना चाहा तो बिली ने मुझे रोक दिया कि उसकी हालत बहुत खराब है। तुम डॉक्टर को ढूंढ कर लाओ। डॉक्टर एक हैलीकॉप्टर में बैठा था। शेरी लू जो हमारे पास खड़ी थी यह सुनते ही डॉक्टर को बुला लाई और डेबी के कमरे में ले गई।

डैड मेरे पास आकर खड़ा हो गया था। कोई आधे घंटे बाद शेरी लू कमरे से बाहर आई और मुझसे कहने लगी-'क्या आपकी पत्नी गर्भवती थीं?'

'हां।'

'मुझे खेद है कि उनका गर्भपात हो गया है।'

'क्या उसके साथ बलात्कार किया गया है?'

'बलात्कार तो नहीं, पर उनका पेट काटकर बच्चा निकाल दिया गया है।'

'हे ईश्वर, उसको कितना कष्ट हुआ होगा!' यह कहते-कहते मेरी आंखें सजल हो गयीं।

शेरी लू ने मुझे सांत्वना देते हुए कहा-'शारीरिक रूप से तो डॉक्टर लोग उन्हें बिल्कुल स्वस्थ कर देंगे, किन्तु मानसिक रूप से आप ही उन्हें स्वस्थ कर पायेंगे। इस दुर्घटना के पश्चात आपकी पत्नी को आपके प्यार की बहुत जरूरत होगी। एक पत्नी को जब पति का पूरा प्यार मिलने लगे, तो उसके सब शारीरिक व मानसिक रोग दूर हो जाते हैं।'

तभी वे लोग डेबी को एक स्ट्रेचर पर डालकर कमरे से बाहर ले आए। उसे ग्लूकोज चढ़ाया जा रहा था। जब उसके स्ट्रेचर को हैलीकॉप्टर में रखा जा रहा था, तो मैंने भी उसके साथ जाना चाहा किन्तु मुझे रोक दिया गया।

पुलिस कप्तान बूथ ने मुझसे कहा-'आपको इसलिए रोका गया है कि आप पर दो हत्याओं का इल्जाम है...आपने अर्ल एवं टर्की की हत्यायें की हैं।'

मैंने उत्तर देते हुए कहा-'तुम दो की बजाय तीन समझो, यदि इस समय मुझे लिराय दिख जाए, तो मैं उसकी भी हत्या तुम्हारे सामने ही कर दूंगा।'

तभी बिली वहां पहुंच गया। जब मैंने उसे बताया कि पुलिस कप्तान बूथ मुझे अर्ल एवं टर्की की हत्या के इल्जाम में हिरासत में लेना चाहता है, तो बिली ने उसे यों फटकारा मानो वह होस्टन पुलिस का कप्तान नहीं, बल्कि चार्ल्स कॉरपोरेशन का कोई मामूली-सा कारिन्दा हो।

तब बिली ने डैड को सम्बोधित करते हुए कहा–'जरा मेरे साथ आइये।'

थोड़ी दूर जाकर बिली ने मुझे अपने निकट बुला लिया और डैड से कहने लगा–'मैं आपको आश्वासन देता हूं कि आइन्दा से हमारी ओर से आप पर किसी प्रकार का कोई दबाव नहीं डाला जायेगा।'

डैड ने सन्देह भरे स्वर में कहा–'तुम्हारा पिता बिली सीनियर बहुत काइयां है जूनियर...क्या तुम उसे रोक सकोगे?'

'तुम सब कुछ मुझ पर छोड़ दो। तुम्हारी जमीन के पास तक कोई नहीं फटकेगा...बस तुम हम पर एक कृपा और कर दो।'

'वह क्या?'

'एंसली कबीले का यहां से बिल्कुल सफाया कर दो।'

'सोचूंगा।'

'अच्छा यह बताओ लिराय कहां होगा?'

'उसने कहां होना है। वह यहीं पेड़ों के किसी घने झुण्ड में छिपा होगा।'

'हमारी पुलिस उसे ढूंढ लेगी?' बिली ने डैड से पूछा।

डैड ने उपहास भरे स्वर में उत्तर देते हुए कहा–'तुम्हारी पुलिस तो स्वयं अपने आपको नहीं ढूंढ़ सकती, फिर किसी और को कैसे ढूंढ़ लेगी।'

'तो फिर लिराय तुम्हारे जिम्मे।' बिली ने डैड से कहा।

'मैंने कहा न कि सोचूंगा।'

'डैड, डेबी तुम्हारी बेटी के समान है। यदि लिराय ने शेरी लू के साथ ऐसा किया होता, तो भी तुम सोचते।'

बिली के इन शब्दों ने डैड को लाजवाब कर दिया।

वह शान्त स्वर में बोला–'बिली जूनियर, यदि तुमने मुझे आश्वासन दिया है, तो मैं भी तुम्हें आश्वासन देता हूं कि एंसली कबीला यहां से तो जाएगा ही–किन्तु लिराय तो इस संसार में भी नहीं रहेगा।'

तत्पश्चात डैड पार्किंज अपनी बेटी के साथ एक हैलीकाप्टर में सवार होकर घर वापस चला गया।

मैं, बिली एक अन्य हैलीकॉप्टर में बैठे और होस्टन को रवाना हो गये।

होस्टन में हमारा हैलीकॉप्टर उस अस्पताल में जाकर उतरा जिसमें डेबी को दाखिल किया गया था।

जब डेबी ने आंखें खोलीं, तो उस समय मैं उसके सामने खड़ा था। उसके होंठों पर हल्की-सी मुस्कान थी और मैंने अपना हाथ उसके हाथ पर रखा और उसने मेरे हाथ को कस कर पकड़ लिया था। उसकी आंखें-फिर बन्द हो गयी थीं।

नर्स ने मुझे बताया था कि डेबी को अभी अर्धचेतना के दौरे पड़ते हैं, पर शनैः-शनैः कम होते जायेंगे। साथ ही उसने मुझसे कहा था कि डेबी अब शॉक से बाहर आती जा रही है।

डेबी एक बार फिर होश में आई थी और कमजोर आवाज में चीखने लगी थी-'वे...वे...।'

'मैं हूं डार्लिंग और कोई नहीं है। तुम डरो मत।'

डेबी मुझे अपने सामने देखकर कुछ शान्त-सी हो गई थी। साथ ही उसने मेरे हाथ को और कस कर पकड़ लिया था और सो गई थी।

काफी देर बाद जब उसे फिर होश आया तो उसकी हालत काफी बेहतर थी। उसने बातें करनी चाहीं तो मैंने प्यार से उसके चेहरे को थपकते हुए कहा-'अभी नहीं। बाद में जब तुम बिल्कुल ठीक हो जाओगी, तो ढेरों बातें करेंगे।'

'तुम्हें समय ही नहीं मिलेगा।' डेबी ने धीमे लहजे में कहा।

'तुम्हें पूरा समय मिलेगा। मैं हर समय तुम्हारे पास रहूंगा, या तुम्हें अपने साथ रखूंगा। तुम जी भरकर बातें करना।'

डेबी यह सुनकर सन्तुष्ट हो गई और फिर सो गई।

दोपहर को जब डॉक्टर राउन्ड पर आया, तो मैंने उससे पूछा-'क्या मेरी पत्नी फिर से गर्भवती हो सकेगी?'

डॉक्टर ने मेरे प्रश्न का उत्तर देते हुए कहा-'मिस्टर मेगन, शारीरिक रूप से तो यह दो-तीन दिन में बिल्कुल ठीक हो जायेंगी, इनकी कमजोरी भी शनैः-शनैः चली जाएगी, किन्तु इनकी मानसिक स्थिति को सुधरने में बहुत समय लगेगा और वह केवल आपके प्यार से सुधर सकती है। आपकी पत्नी बहुत ही संवेदनशील हैं। इनके मन पर छोटी से छोटी बात का भी असर होता है। आप इनको जितना ज्यादा प्यार देंगे यह उतनी ही जल्दी ठीक हो जायेंगी। इनका गर्भवती होना इनकी मानसिक अवस्था पर निर्भर है तथा इनकी मानसिक अवस्था में सुधार आपके प्यार पर।'

इस समय डॉक्टर ने मुझसे वही कहा था...जो शेरी लू ने।

मैंने मन ही मन सोचा कि यदि डेबी का स्वास्थ्य मेरे प्यार पर निर्भर है, तो मैं उसे यह कमी कभी महसूस नहीं होने दूंगा। मैं उसे हर समय अपने साथ रखूंगा ताकि उसके दिल से यह भावना ही मिट जाए कि मैं उसकी ओर पूरा ध्यान नहीं देता।

एक सप्ताह पश्चात डेबी को अस्पताल से छुट्टी मिल गई। दस दिन तक वह अपने कमरे में बिस्तरे पर आरराम करती रही। इस दौरान मैंने उसे क्षण-भर के लिए भी अकेला नहीं छोड़ा। जब वह चलने-फिरने योग्य हो गई, तो मैं उसे अपने साथ रखने लगा। इस दौरान मैंने अनुभव किया कि डेबी प्यार की बहुत भूखी है और जब उसे निश्चय हो गया कि मैं जी भरकर प्यार दे सकता हूं तो वह प्रसन्न रहने लगी और उसकी प्रसन्नता का प्रभाव उसकी मानसिक स्थिति पर भी पड़ने लगा।

उधर पुलिस वाले मेरे पीछे पड़े थे, क्योंकि अर्ल और टर्की की हत्या मैंने अपने मुंह से स्वीकार की थी। पहले तो मैंने डेबी को कुछ नहीं बताया किन्तु जब वह जिद्द पकड़ बैठी तो मैंने समूचा-वृत्तांत सम्मुख कर दिया। डेबी चुपचाप सुनती रही। उसने मेरे सामने कोई टिप्पणी नहीं की थी। लेकिन उस रात उसने अपने पिता जैक चार्ल्स को न जाने क्या चाबी भरी थी कि अगले दिन उन्होंने अपने भाई बिली सीनियर, बेटे फ्रेंक, भतीजे बिली जूनियर को वह फटकार सुनाई थी कि उनका मुंह देखते ही बनता था।

मुझे या किसी अन्य को कोई ज्ञान नहीं था कि जैक चार्ल्स ने इन लोगों को अपने कमरे बुलाकर किस ढंग से फटकारा है। फटकार सुनते ही बिली तुरन्त वाशिंगटन के लिए रवाना हो गया था और किसी से मैंने यह पूछना उचित नहीं समझा था।

बिली को वाशिंगटन गये चार-पांच दिन हो गये थे। इधर पुलिस वालों ने चक्कर काटने बन्द कर दिए थे। एक दिन मैं और डेबी यों ही गप्पे हांक रहे थे कि मैंने डेबी से कहा-'यहां की पुलिस भी क्या अजीब पुलिस है।'

'क्यों, क्या हुआ? तुम्हें किसी ने कुछ कहा है?' डेबी ने क्रोध और चिन्ता से पूछा।

'मुझसे किसी ने कुछ कहा तो नहीं, पर कहां तो वे पुलिस वाले मेरे पीछे इतने चक्कर लगा रहे थे-दिन में दो-दो...तीन-तीन चक्कर लगते थे

उनके...और कहां पिछले पांच दिन से वे एक बार भी नहीं आए।'

'अब पुलिस तुम्हारे पीछे नहीं आएगी-।' डेबी ने मुझसे कहा।

'तुम्हें कैसे पता है?'

'मैंने डैडी से कह दिया था।'

मैं यह सुनकर आश्चर्यचकित रह गया कि चार्ल्स परिवार के कहने पर...पुलिस ने एक हत्या के अपराधी का पीछा छोड़ दिया था।

मैंने डेबी से पूछा-'तो क्या तुम्हारे डैडी ने इसीलिए...तुम्हारे चाचा और बिली एवं फ्रेंक को फटकारा था?'

'डैडी ने उन्हें फटकारा थोड़े ही था, उन्होंने तो उनसे कहा था।'

'अगर यह कहना था, तो तुम्हारे डैडी की फटकार न जाने कैसी होती होगी?' मैंने हंसते हुए डेबी से पूछा।

'फटकार तो वह थी, जो डैडी ने पुलिस आयुक्त को फोन पर सुनाई थी, या उनकी फटकार के बारे में फ्रेंक ही बता सकता है। उसे डैडी की फटकार का काफी अनुभव है।'

'तुम्हें कोई अनुभव नहीं?'

'डैडी की मजाल है जो मुझे कुछ कह भी दें। मैं उनकी बेटी हूं....।' डेबी ने बड़े गौरव से कहा-'लो देखो, वह बिली भी आ गया।'

'यार, तुम तो बड़े अजीब हो।' बिली ने कुर्सी पर बैठते हुए मुझसे कहा।

'मैंने क्या किया है, भई? न दुआ न सलाम और आते ही मुझ पर बिगड़ने लगे हो।'

'टॉम, तुमने मुझे बताया होता कि पुलिस तुम्हें परेशान कर रही है....तो मैं अपने आप उनसे सुलट लिया होता। तुमने जैक चाचा से शिकायत क्यों की?'

'देखो बिली, मैंने किसी से शिकायत नहीं की। पुलिस वाले दो-दो, तीन-तीन बार मेरे पीछे क्यों आते हैं मैंने इसे बता दिया। मुझे क्या पता था कि यह हाई कमाण्ड तक रिपोर्ट पहुंचाएगी।'

'ओह...तो यह बात है।'

'अच्छा...अब तुम बताओ कि तुम वाशिंगटन क्या करने गये थे?'

'यह तुम अपनी श्रीमती जी से पूछो।'

मैंने डेबी के चेहरे की ओर देखते हुए कहा-'तुम्हें ज्ञात था तो तुमने मुझे बताया क्यों नहीं?'

'कोई खास बात होती तो बताती भी।'

'मुझे तो अभी भी नहीं पता।' मैंने बिली से कहा।

'टॉम, बात यह है कि जैक चाचा ने अपनी बेटी के निर्देश पर मेरे लिए यह आदेश जारी किये थे कि तुरन्त वाशिंगटन जाऊं और होस्टन टेक्सास के संसद सदस्य को यह कहूं कि अर्ल टर्की की हत्या का मामला एफ. बी. आई. के पास पहुंचते ही ठप्प हो जाना चाहिए और जैक चाचा को इसकी सूचना...मिल जानी चाहिए।'

संसद महोदय ने जैक चाचा का सन्देश मिलते ही एफ. बी. आई. से सम्पर्क स्थापित किया था। उन्होंने विमान द्वारा अर्ल एवं टर्की की हत्या का रिकार्ड यहां की पुलिस से मंगवाया था और संसद महोदय को सौंप दिया था। संसद महोदय ने यह रिकार्ड मुझे सौंप दिया...अब मैं इसे जैक चाचा को सौंपने जा रहा हूं।'

'पर बिली, एक संसद सदस्य ऐसा गैर कानूनी काम कैसे कर सकता है?'

'टॉम, होस्टन में कानून वह है जो जैक चार्ल्स चलाए। बाकी सब चीजें गैर कानूनी हैं और जैक चार्ल्स की कानून मंत्री उनकी लाड़ली यानी आपकी श्रीमती डेबी हैं। टॉम, यह मेरी बहन है न यह आफत की परकाली है। तुम इसे बाहामा ले जाओ। कम से कम जैक चाचा की फटकार से तो बचेंगे।'

'बाहामा तो मैं जाऊंगी ही।' डेबी ने कहा-'पर मीटिंग के बाद जाऊंगी।'

'अब कौन-सी मीटिंग है?'

'वह तुम बिली चाचा से पूछना। डैडी की चूंकि तबियत ठीक नहीं, इस प्रकार बिली चाचा ही मीटिंग आयोजित कर रहे हैं।'

'अच्छा टॉम, मैं चलता हूं। अब इस मीटिंग में न जाने और क्या होने वाला है।'

अगले दिन चार्ल्स परिवार की एक विशेष मीटिंग बुलाई गई थी। मीटिंग में भाग लेने के लिए मुझे भी आमंत्रित किया गया था। मीटिंग में जाने से पहले डेबी ने मुझसे कहा था-'तुम मेरे भाई फ्रेंक की किसी बात का बुरा मत मानना और न ही उसे कोई महत्व देना। वह बिल्कुल बेवकूफ है।'

तत्पश्चात डेबी मुझे कान्फ्रेंस रूम के बाहर तक छोड़ने आई थी। जैक चार्ल्स के अस्वस्थ होने के कारण मीटिंग की अध्यक्षता बिली सीनियर कर रहे थे। मुझे मीटिंग में देखते ही फ्रेक ने आपत्ति की–'टॉम मीटिंग में क्यों आया है?

'क्योंकि यह चार्ल्स परिवार का एक सदस्य है।' बिली ने फ्रेंक को टका-सा उत्तर देते हुए कहा–'इसके अलावा मैंने इसे यहां आमन्त्रित किया है।'

तब बिली सीनियर ने मुझसे पूछा–'डेबी अब कैसी है?'

'पहले से तो बहुत अच्छी है पर अब भी कभी-कभार आतंकित हो जाती है। बहरहाल, अब आप डेबी को मेरे भरोसे छोड़ दीजिए....वह बिल्कुल ठीक हो जाएगी।'

बिली सीनियर ने सबकी ओर देखते हुए कहा–'मैंने आज तुम लोगों को चार्ल्स परिवार के वंश का इतिहास बताने के लिए यहां बुलाया है–

'हमारे बुजुर्ग स्काटलैण्ड के रहने वाले थे।

'कई साल पहले की बात है कि दो भाई मेल्कम और डोनाल्ड स्काटलैंड से चल करके अमरीका चले आए थे तथा यहां टेक्सास में आकर बस गए थे। उन दिनों टेक्सास मेक्सिको का एक भाग हुआ करता था। मेल्कम एवं डोनाल्ड दोनों भाई इस कदर गरीब थे कि उनको दो समय का भोजन भी मुश्किल से नसीब होता था, किन्तु वे वापस स्काटलैण्ड नहीं गए।

शनैः शनैः वे उन्नति करते गए और फलने-फूलने लगे। फिर ऐसा भी समय आया कि जब सैम होस्टन, जिसके नाम पर यह शहर आबाद है, ने टेक्सास को मेक्सिको से अलग करना चाहा, तो उन्होंने बाद में इसमें एक महत्वपूर्ण भूमिका निभाई थी। बाद में उन्होंने इस प्रांत को अमरीका में संयुक्त करवाया था और शनैः शनैः हमारे पूर्वज धनवान हो गए-लक्ष्मी हमारे घर की दासी बन गई और आज न केवल टेक्सास प्रांत में बल्कि समूचे अमरीका में हमारा लोहा माना जाता है और तुम जानते हो हम इस योग्य कैसे हुए, सिर्फ इस सिद्धान्त पर कि परिवार सदा इकट्ठा रहेगा और हम सब एकजुट होकर काम करेंगे।

'यह तो हम सब भी जानते हैं, बिली चाचा।' फ्रेंक ने बोर होते हुए कहा।

'तुम तो जानते हो किन्तु टॉम तो नहीं जानता। उसी को बताने के लिए मैंने यह किस्सा सुनाया है। जब बिली जूनियर ने टॉम से साझेदारी करने का प्रस्ताव रखा था तो मैंने उस प्रस्ताव का न कोई समर्थन किया था और न ही कोई विरोध।'

तत्पश्चात जब डेबी ने टॉम से विवाह करने का निश्चय किया था, तो मैं उस समय भी तटस्थ रहा था, किन्तु बाद में जब साझेदारी को अन्तिम रूप देने के समय टॉम ने शर्त रखी थी कि वह नई कॉरपोरेशन का नियन्त्रण अपने हाथ में रखेगा, तो उस समय इनकी इज्जत मेरी दृष्टि में बहुत बढ़ गई थी। तब मुझे ज्ञात हुआ था कि टॉम बिजनेस करना जानता है और जो आदमी बिजनेस करना जानता हो, मैं उसकी बहुत इज्जत करता हूं।'

फिर बिली सीनियर ने गौर से मेरी ओर देखते हुए कहा-'आज मैं तुमसे यह पूछूंगा कि तुमने यह शर्त क्यों रखी थी?'

'क्योंकि मैं स्वाधीन रहना चाहता हूं....मैं किसी के अधीन काम करना नहीं चाहता।'

'स्वाधीन रहना बहुत ही अच्छा होता है टॉम, लेकिन एकता स्वाधीनता से भी अच्छी होती है। चार्ल्स कॉरपोरेशन में शामिल होने के बारे में तुम्हारा क्या विचार है?'

'किस पद पर?' मैंने पूछा।

'चार्ल्स कॉरपोरेशन के बोर्ड में एक नीति नियोजक सदस्य के रूप में।'

'नीति नियोजक सदस्य ही नहीं कुछ और भी।' फ्रेंक ने क्रोध से कहा-'टॉम से हमारा कोई खून का रिश्ता है जो आज आप इसे बोर्ड का सदस्य बनाने की पेशकश कर रहे हैं....? आज तक तो ऐसा कभी नहीं हुआ....परिवार का सदस्य चार्ल्स कॉरपोरेशन के बोर्ड का सदस्य बनता है। टॉम हमारे परिवार का सदस्य नहीं है।'

बिली सीनियर ने फ्रेंक को डांटते हुए कहा-'जैक चार्ल्स की बेटी यानी तुम्हारी बहन टॉम के कारण ही जीवित है। इसने हमारे परिवार की इज्जत बचाने के लिए अपनी जान दांव पर लगाई, अपना खून बहाया, दो आदमियों की हत्या की और तुम कहते हो इससे हमारा खून का रिश्ता ही नहीं, यह हमारे परिवार का सदस्य नहीं। यदि टॉम परिवार का सदस्य न होता तो वह हमारे परिवार के लिए खून न बहाता। मेरी दृष्टि में तुम सब में से यदि

कोई सही मायनों में चार्ल्स परिवार का सदस्य कहलाने का हकदार है, तो वह टॉम है।'

फिर बिली सीनियर ने मुझे सम्बोधित करते हुए कहा-'खैर, टॉम तुम बताओ कि चार्ल्स कॉरपोरेशन में शामिल होने के बारे में तुम्हारी क्या राय है? इससे पहले मैं तुम्हें बता दूं कि चार्ल्स कॉरपोरेशन के बोर्ड का सदस्य बनने से पहले तुम्हें अपनी योग्यता का प्रमाण देना होगा।'

'वह क्या?' मैंने पूछा।

'टॉम, हम लोग स्कॉट मूल के है। हमारा खून स्कॉटिश है। हम किसी का अपमान नहीं करते किन्तु यदि कोई पहल करके हमारा अपमान करे, तो हम लोग जीवन पर्यन्त उसको क्षमा नहीं करते। उस हरामजादे के कारण मेरा भाई मरते-मरते बचा, मेरी भतीजी यानी तुम्हारी पत्नी जिसको आज तक किसी ने मैली नजर से नहीं देखा, उसको अपना बन्दी बना कर इस कदर उत्पीड़ित किया कि उसका गर्भपात हो गया....हमें रॉबिन्सन चाहिए टॉम-जीवित या मुर्दा....हम उसके खून के प्यासे हैं....यही तुम्हारी योग्यता का प्रमाण होगा। रॉबिन्सन को खोज निकालने के लिए तुम्हें जिस चीज, जिस साधन की आवश्यकता होगी....वह हम उपलब्ध करेंगे और यह तुम जानते ही हो कि हमारे साधन किस कदर विस्तृत हैं। सारांश में यह कि समूचा... .चार्ल्स परिवार तुम्हारे पीछे होगा।'

मैंने उत्तर देते हुए कहा-'जहां तक साधनों का सम्बन्ध है मैं स्वयं साधन सम्पन्न हूं। मेरे पास किसी चीज की कमी नहीं और जहां तक रॉबिन्सन का सम्बन्ध है, मैं खुद उससे बदला लिए बिना उसे नहीं छोड़ूंगा, पर तात्कालिक समस्या यह है कि हम उसके बारे में कुछ नहीं जानते।'

जो ने हस्तक्षेप करते हुए कहा-'हमारी कम्पनी का गुप्तचर विभाग बहुत ही कार्यकुशल है। हमारे पास सब ऐसे यन्त्र या साधन हैं जो किसी भी अच्छी गुप्तचर संस्था के पास हो सकते हैं। हम आज ही से अपने गुप्तचर विभाग को रॉबिन्सन के पीछे लगा देते हैं। वह तुम्हें उसके बारे में हर सूचना एकत्र कर देंगे।'

'यदि जो और बिली इस काम में तुम्हारी सहायता कर सकते हैं, तो ठीक है....मुझे कोई आपत्ति नहीं।' बिली सीनियर ने मुझसे कहा।

'और मैं?' फ्रेंक ने अपने चाचा से पूछा।

'तुम मेरे साथ कॉरपोरेशन का काम देखोगे।'

मैंने बिली सीनियर से कहा-'हमारी इस समस्या का समाधान बाहामा में हो सकता है। मेरे विचार से रॉबिन्सन न तो टेक्सास में है और न ही अमरीका के किसी अन्य प्रांत में। वह होगा तो बाहामा में ही और वहीं मैं उसे खोजने का प्रयत्न करूंगा। मैं कल डेबी को लेकर बाहामा रवाना हो जाऊंगा और वहीं से इसकी शुरुआत करूंगा।'

'डेबी को साथ लेकर?' फ्रेंक ने आपत्ति करते हुए कहा-'मेरे विचार में तो बेहतर यह होगा कि डेबी को....यहीं रहने दो।'

'मैं और डेबी एक-दूसरे से काफी अलग रह चुके हैं, फ्रेंक। अब हम दोनों का इकट्ठे रहना ही हम दोनों के हित में है। डेबी मेरे साथ ही जाएगी।'

फिर मैंने जो को सम्बोधित करते हुए कहा-'जब तक यह रॉबिन्सन का मामला निपट नहीं जाता, मुझे चौबीस बॉडीगार्डों की जरूरत पड़ेगी...। तुम बताओ कि तुम यह प्रबन्ध कर सकते हो।'

'इसमें क्या मुश्किल है।' जो ने उत्तर देते हुए कहा-'मेरे पास ट्रेंड कमांडो हैं। उनको मैं तुम्हारे साथ कर दूंगा।'

जो ने कुछ सोचते हुए मुझसे कहां-'तुम मेरा एक कहना मानो।'

'क्या?'

तुमने और रॉबिन्सन ने आमने-सामने बैठकर बात की थी। अत: तुम्हें उसका नाक-नक्शा और आम हुलिया तो स्मरण होगा ही। हमारी एक बहन है-'केसी' वह अपने किस्म की एक ही है....लेकिन बहुत ही सक्षम चित्रकार है। तुम उसे किसी का भी हुलिया बता दो तो वह उसका चित्र तैयार कर देगी।

'तुम ऐसा करो टॉम कि उसे रॉबिन्सन का हुलिया बता दो। वह उसका चित्र बना देगी। तुम्हें जहां और जो भी कमी दिखाई दे, केसी को बता देना। वह उस कमी को दूर कर देगी। इससे यह होगा कि एक दो चित्रों के बाद हमें उसका बिल्कुल सही फोटो मिल जाएगा। उसकी हम कापियां निकलवा लेंगे और बांट देंगे। ऐसा करने से रॉबिन्सन को खोजने में बहुत सहायता मिलेगी।'

तत्पश्चात केसी से मेरा परिचय करवाया गया था। केसी ने रॉबिन्सन का खाका खींचने के पश्चात मुझसे रॉबिन्सन के हुलिए की इस बारीकी

से पूछताछ की थी कि कोई पुलिस अधिकारी भी क्या करेगा। तब उसने रॉबिन्सन का चित्र उभारा था.....बिल्कुल ऐसा मानो कैमरे से उसकी फोटो खींची गई हो। मैंने केसी से उस डॉक्टर का भी चित्र बनाने को कहा था जो मुझे लिफ्ट से उठा कर बाहर कार में ले गया था और फिर कार में मुझे इन्जेक्शन लगा कर बेहोश कर दिया था। केसी ने उस डॉक्टर का चित्र भी वैसा ही बनाया था जैसी उसकी शक्ल थी।

अगले दिन मैं एवं डेबी चौबीस बॉडीगार्डो के साथ चार्ल्स कॉरपोरेशन के जेट में फ्रीपोर्ट चले आये थे। घर पहुंचते ही डेबी की हर समय की देखभाल के लिए मैंने अपने होटलों की चीफ नर्स किटी को उसके लिए नियुक्त कर दिया। एक-दो दिन पश्चात मैंने अपनी लड़की कैरीन को भी उसकी बुआ के पास से वापस बुलवा लिया और थीटा कॉरपोरेशन के काम-काज की समीक्षा में लग गया। इस दौरान मैंने डेबी को क्षण भर के लिए अकेले नहीं छोड़ा। मैं अपने दफ्तर आता, तो उसको अपने साथ ले आता....डेबी का खोया हुआ विश्वास वापस लौटने लगा था और उसके चेहरे की रौनक वापस आने लगी थी।

मेरी बॉडीगार्ड टीम का बॉस स्टीव वॉकर था। वह छाया की तरह मेरे पीछे लगा रहता था। उसके बोलने का ढंग ऐसा था, मानो वह मेरा भी बॉस हो। जो ने मुझे अवगत करा दिया था कि बॉडीगार्ड लोग राष्ट्रपति के साथ भी ऐसे ही पेश आते हैं, मानो वह राष्ट्रपति के बॉस हों।

अतः मुझे स्टीव का रवैया नहीं खलता था। तीन दिन पश्चात जब मैं अपने होटल के ऑफिस पहुंचा, तो स्टीव वॉकर भी मेरे साथ आया था। जब मैंने अपने ऑफिस के बाहरी कमरे में उसका अपनी सेक्रेटरी जेन्सी से परिचय करवाया तो वह कमरे की समीक्षा करने में लगा हुआ था।

'मिस्टर मेगन, इस कमरे में दो दरवाजे हैं....एक तो आपके कमरे में खुलता है और यह दूसरा?....यह किधर खुलता है?'

'यह गलियारे में खुलता है।' मैंने जवाब दिया।

'यह बिल्कुल गलत है। इसकी चाबी कहां है?'

'जेन्सी के पास।'

'वह चाबी मेरे हवाले कर दीजिए। अब यह दरवाजा मेरी अनुमति के बिना बिल्कुल नहीं खुलेगा।'

जेन्सी ने गलियारे वाले दरवाजे की चाबी स्टीव वॉकर के हवाले कर दी।

'मिस्टर मेगन, अब मैं आपके ऑफिस का कमरा देखना चाहता हूं।' कहकर स्टीव वॉकर मेरे ऑफिस का दरवाजा खोल कर अन्दर चला गया।

'कुछ देर पश्चात उसने बाहर आकर कहा-'आपका कमरा ठीक है। आप मेरी मेज कुर्सी इसी बाहरी कमरे में लगवा दीजिए।'

मैंने इसके लिए जेन्सी को निर्देश दिया और अपने ऑफिस में चला आया, मैं वह याद करने की चेष्टा करने लगा कि रॉबिन्सन के साथ मेरा क्या वार्तालाप हुआ था। रॉबिन्सन ने मुझसे कहा था कि कैलिस ने उसे यह बताया था कि मैं उसकी आगामी योजनाओं से भली-भांति परिचित हूं। उसने यह भी बताया था कि कैलिस ने यह बात उस समय सुनी थी जब मैं सैम फोर्ड से बातें कर रहा था। मुझे भली-भांति याद था कि कैलिस के डेक पर मैंने और सैम फोर्ड ने इस बात पर विचार-विमर्श किया था कि कैलिस को किस तरीके से फ्रीपोर्ट ले जाया जाए। इसके अलावा मैंने और सैम फोर्ड ने उस समय आपस में बातचीत भी की थी, जब कैलिस केबिन के अन्दर बेहोश पड़ा था। मुझे उस समय भी सन्देह था कि कैलिस बेहोश नहीं है, और बेहोशी का अभिनय कर रहा है-पर मुझे यह याद नहीं पड़ रहा था कि उस समय मैंने सैम फोर्ड के साथ क्या बातें की थीं।

मैंने इन्टरकॉम का रिसीवर उठाया और अपनी सेक्रेटरी से कहा-'जेन्सी, तुम सब काम छोड़ दो और सैम को ढूंढ कर तुरन्त मेरे पास भेज दो।'

'सैम को आपके पास भेज दूं? वह कैसे?' जेन्सी ने आश्चर्य से पूछा।

'इसलिए कि उससे मिलना आवश्यक है।'

परन्तु मिस्टर मेगन, सैम तो नासाऊ के अस्पताल में है। उसका तो एक्सीडेंट हो गया था।'

'अच्छा, तुम तुरन्त मेरे कमरे में चली आओ और मुझे पूरी बात बताओ।' मैंने आश्चर्य व्यक्त करते हुए कहा।

जेन्सी दरवाजा खोलकर मेरे कमरे में चली आई और कहने लगी-'मिस्टर मेगन, सैम मैरिना से याट को क्रेन से उठवा रहे थे कि याट का एक भारी

हिस्सा उनके ऊपर आ पड़ा। अन्तिम समाचार मिलने तक वह अस्पताल के इंटेसिव केअर यूनिट में थे।'

'यह कब की बात है?' मैंने जेन्सी से पूछा।

'यही कोई एक सप्ताह हुआ होगा।

मैं गुस्से से भर उठा। यदि रॉबिन्सन ने कैलिस की कही हुई बातों पर मेरी हत्या करने की कोशिश की थी, तो इसमें सन्देह की कोई गुंजाइश नहीं थी कि वह सैम को जीवित छोड़ दे। सैम के एक्सीडेंट की रूप-रेखा बिल्कुल वैसी ही थी जैसे मेरे विमान चालक बिलपिडर का विमान अकस्मात् राडार के पर्दे से गायब हो गया था।

मैंने जेन्सी से कहा-'तुम मिस्टर वॉकर को मेरे पास भेज दो।'

जेन्सी मेरे कमरे से बाहर जाती-जाती रुक गई तथा संकोच से बोली-'मिस्टर मेगन, यह मिस्टर वॉकर कौन है। जब से आया है, सचित्र पत्रिकाएं देखे जा रहा है। उसने मुझसे कहा है कि यदि कोई अजनबी व्यक्ति कमरे में आए, तो उसको इशारा कर दूं।

'तुम उसके बारे में कोई चिन्ता मत करो जेन्सी-जैसे वह कहता है वैसा करो। तुम किसी से भी उसका जिक्र मत करना।'

कुछ देर पश्चात जब वॉकर मेरे कमरे में आया, तो मैंने सैम की दुर्घटना का वृत्तांत उसके सम्मुख रख दिया और उससे कहा-'देखो, सैम के पास चिड़िया तक नहीं फटकनी चाहिए।'

स्टीव वॉकर ने कान खुजाते हुए कहा-'यह बहुत ही नाजुक मसला है, मिस्टर मेगन। यह तभी हो सकता है यदि अस्पताल वाले हमें सहयोग देने पर तैयार हों।'

मैं अस्पताल वालों से बात कर देखता हूं। बहरहाल, तुम इस दौरान अपने कुछ आदमियों को चौकस कर दो और उनको विमान द्वारा नासाऊ भेज दो।

'बहुत अच्छा....।' कहकर स्टीव वाकर मेरे कमरे से बाहर चला गया।

उसके जाते ही मैं नासाऊ अस्पताल का फोन मिलाने के लिए अपनी सेक्रेटरी जेन्सी को इन्टरकॉम करने वाला ही था कि उसका इन्टरकॉम आ गया।

'मिस्टर मेगन....पुलिस उप-आयुक्त पेरीगार्ड आपसे भेंट करने आए हैं।'

यह तो मुझे ज्ञात था कि पेरीगार्ड मुझसे मिलने आएगा, पर मुझे यह पता नहीं था कि इतनी जल्दी आ धमकेगा।

'उन्हें अन्दर भेज दो।' मैंने जेन्सी से कहा।

पेरीगार्ड अन्दर आया। वह यथापूर्व वर्दी पहने था।

'आइए, तशरीफ रखिए। कहिए, मैं आपकी क्या सेवा कर सकता हूं।' मैंने उससे कहा।

पेरीगार्ड ने अपनी टोपी तथा छड़ी मेज पर रखते हुए कहा, 'मिस्टर मेगन, आप मुझसे जरूरत से ज्यादा तकल्लुफ बरतने की कोशिश मत कीजिये और मुझे पूरी बात बताइए।'

'कोई खास बात नहीं है।'

'मिस्टर मेगन, जब बाहामा की एक जानी-मानी हस्ती का अपहरण हो जाए और वह हस्ती पलायन करते हुए दो आदमियों की हत्या कर दे तथा उसके बाद समाचार पत्रों में इस समाचार की सुर्खियां छपें, तो आपकी दृष्टि में यह कोई खास बात नहीं है।'

मुझे पता होना चाहिए था, कि बाहामा पहुंचते ही पेरीगार्ड मुझसे यह मुद्दा जरूर उठाएगा-पर मैंने इस पहलू पर कोई ध्यान ही नहीं दिया था। आज जब मैं कई दिनों पश्चात अपने ऑफिस में आया, तो जेन्सी ने मुझे रहस्यमयी दृष्टि से देखा था, पर उसे समय नहीं मिला था कि मुझसे कुछ पूछती।

मैंने पेरीगार्ड से कहा-'आखिर मुझे भी तो पता चले कि आप क्या जानना चाहते हैं?'

'मैं वही जानना चाहता हूं, जो आपके साथ पेश आया था-टेक्सास पुलिस के कप्तान बूथ ने मुझे फोन किया था तथा आपके बारे में पूछा था कि यहां के समुदाय में आपकी कैसी प्रतिष्ठा है, आपका कोई आपराधिक रिकार्ड तो नहीं है वगैरह-वगैरह। मैंने उससे कह दिया था कि आपका रिकार्ड बिल्कुल स्वच्छ है। सीमा सम्मिलित होने के कारण हमने अपनी सम्मिलित समस्याओं के विषय में भी बातचीत की थी....जैसे मादक पदार्थों का अवैध व्यापार आदि-आदि।'

मैंने पेरीगार्ड से कहा-'मेरे साथ जो घटना घटी है तुम्हारे विचार में इसका सम्बन्ध मादक पदार्थों की चौकीदारी से है? मुझे तो इसमें सन्देह है।'

'मैं इस विषय में निश्चित रूप से कुछ नहीं कर सकता। बहरहाल मुझे समाचार मिल गया था कि फरार होने के समय जिन दो आदमियों की आपने हत्या की थी, वह मामला ठप्प करवा दिया गया है।'

मैंने आश्चर्य से पूछा–'तुम्हें कैसे पता चला?'

'बस ऐसे ही पता चल गया। टेक्सास में मेरे भी कुछ मित्र हैं–उन्होंने कुछ ऐसी बातें बताई थीं–मसलन वह रॉबिन्सन जिसने आपका अपहरण किया था, उसके पास ऐसा करने का कोई भी साधन नहीं था और फिर कैलिस का शव–उसका अभी तक कोई पता नहीं चला।'

'वहां इतने घने पेड़ हैं कि एक बार किसी चीज को फेंक दो, तो कभी पता भी न चले। उन लोगों ने कैलिस का शव किसी घनेझुण्ड में फेंक दिया होगा।'

'आप जो कह रहे हैं वह सही होगा किन्तु कैप्टन बूथ इस बारे में बहुत दुविधा में हैं। क्योंकि आपके कथनानुसार वहां पर रॉबिन्सन था और उसने कैलिस की हत्या करवाई थी। आपके कथन की पुष्टि करने के लिए कप्तान बूथ लिराय से पूछताछ करना चाहता था, पर लिराय एक रेल दुर्घटना में रहस्यमय ढंग से मर चुका है।'

'यदि लिराय रेल के नीचे आकर मर गया है, तो उसमें मैं क्या कर सकता हूं।'

'आप तो वाकई कुछ नहीं कर सकते, किन्तु जहां तक मैं समझता हूं लिराय की मृत्यु एक ऐसा रहस्य है, जो रहस्य ही रहेगी और जहां तक रॉबिन्सन नामी व्यक्ति के वहां होने का सम्बन्ध है, उस विषय में आप ही बेहतर जानते होंगे।

'मैंने अपनी मेज से रॉबिन्सन की तस्वीर निकालकर पेरीगार्ड के सामने रखते हुए कहा–'यदि तुम्हें मुझ पर विश्वास नहीं तो रॉबिन्सन का चित्र देख लो। डेबी भी रॉबिन्सन को पहचानती है। उससे भी पूछ लो।'

'पेरीगार्ड ने ध्यान से रॉबिन्सन का चित्र देखते हुए कहा–'यह तस्वीर तो एक पेंटिंग से ली गई है। इसे एक ठोस प्रमाण नहीं माना जा सकता।'

'तो तुम्हारे कहने का आशय है कि मैं झूठ बोल रहा हूं।'

'मैंने यह बिल्कुल नहीं कहा कि आप झूठ बोल रहे हैं, किन्तु मैं आपकी बात से कायल नहीं हूं मिस्टर मेगन, आप मेरी बात पर गौर कीजिए.....मुझे और मेरी पत्नी को आपकी पहली पत्नी से बहुत स्नेह था और हाल में जब डेबी का अपहरण हुआ था, तो हम दोनों को बहुत अफसोस हुआ था.... मुझे यह सन्देह है कि आपकी पहली पत्नी जूली की हत्या और डेबी के

अपहरण में गहरा सम्बन्ध है। मिस्टर मेगन, गत एक वर्ष में आपके साथ एक के बाद एक ऐसी घटनाएं घटी हैं कि उनमें आपसी सम्बन्ध होने को नकारा नहीं जा सकता। वे घटनाएं एक ही सिलसिले की कड़ियां हैं, खैर, इसको छोड़िए-आप मुझे रॉबिन्सन के बारे में बताइए।'

तत्पश्चात हम काफी समय तक रॉबिन्सन के बारे में बातचीत करते रहे। अन्त में मैंने पेरीगार्ड से कहा-'मैं अपने मस्तिष्क को बहुत झकझोर बैठा हूं कि मैंने सैम फोर्ड से कौन-सी ऐसी बात की थी जिससे कैलिस इस नतीजे पर पहुंच गया था कि मैं रॉबिन्सन की योजनाओं से वाकिफ हूं। मैं सैम फोर्ड से इस विषय में बात करना चाहता था परन्तु अब यह असम्भव है क्योंकि सैम नासाऊ अस्पताल के इंटैसिव केअर यूनिट में पड़ा है और मुझे शत-प्रतिशत विश्वास है कि सैम फोर्ड को भी दुर्घटना का शिकार बनाया गया है।

पेरीगार्ड ने चिन्ता व्यक्त करते हुए कहा-'मैं नासाऊ के पुलिस आयुक्त डीन को फोन करता हूं और उससे कहूंगा कि सैम फोर्ड के साथ हुये हादसे की पूरी तहकीकात करे।'

'उससे यह भी कहना कि वह सैम के इर्द-गिर्द बॉडीगार्ड नियुक्त कर दें।'

'वह तुम मुझ पर छोड़ दो। तुम अपनी सेक्रेटरी से कहो कि मेरे ऑफिस का नम्बर मिला दे।'

अपने डेप्यूट से बात करने के बाद पेरीगार्ड ने रॉबिन्सन की तस्वीर का अध्ययन करते हुए मुझसे पूछा-'आप मुझे यह बताइये कि यह तस्वीर किस हद तक सही है?'

'यह तस्वीर बिल्कुल रॉबिन्सन की शक्ल से मिलती है, किन्तु जहां तक इसकी दुरुस्ती का सम्बन्ध है उसके बारे में मैं कुछ नहीं कह सकता। इस चित्र की चित्रकार केसी चार्ल्स ने मुझसे कहा था कि किसी का हुलिया सुनकर उसका सही चित्र बनाना असम्भव होता है.....अर्थात उसकी शक्ल तो कैनवास पर उतारी जा सकती है किन्तु नाक-नक्शे की वे बारीकियां जिनसे उसके चरित्र का अनुमान लगाया जा सके वह कोई भी चित्रकार नहीं उभार सकता।'

'मैं बिल्कुल सहमत हूं।' पेरीगार्ड ने मेज से अपनी टोपी उठाते हुए

कहा–'मैं आपसे बस एक और बात कहना चाहता हूं....हम आपकी मुश्किल समझते हैं। आप जो यह बॉडीगार्ड साथ लाए हैं, उनके पासपोर्ट के बारे में भी हमने टेक्सास से मालूम कर लिया है। उनमें से दो बॉडीगार्ड आपके घर पर हैं, तीन आपने होटल में ठहरा रखे हैं और एक इस समय आपके ऑफिस के बाहरी कमरे में बैठा है। यदि आपको या आपकी पत्नी को खतरा था, तो आपने मुझे बताया होता....आप दोनों के पास चिड़िया तक न फटक पाती। आपको चार्ल्स कॉरपोरेशन के सुरक्षा विभाग के बॉडीगार्ड लाने की क्या आवश्यकता थी?'

'सच पूछो तो मैं उन्हें अपनी पत्नी की सुरक्षा के लिए लाया हूं।'

'वह हम भी कर सकते थे और उनसे बेहतर। आपकी पत्नी का अपहरण टेक्सास से हुआ था, यहां से नहीं। खैर, अब मैं जरा स्टीव वॉकर से कुछ प्रश्न करना चाहूंगा।'

मेरे दिल में पेरीगार्ड के लिए एक नई इज्जत उत्पन्न होने लगी थी। वह पूरा होमवर्क करके आया था। उसे मेरे सम्बन्ध में हर बारीकी का इल्म था। मैंने मन ही मन में उसकी प्रशंसा करते हुए कहा–'तुम जिससे चाहो पूछताछ कर लो। मुझे कोई ऐतराज नहीं है।'

'तो स्टीव वॉकर को यहीं अन्दर बुला दो।'

कुछ क्षण पश्चात जब स्टीव वॉकर मेरे कमरे में आया, तो पेरीगार्ड ने अपनी आदत के अनुसार अपने शब्दों को घुमा-फिराकर उसे सम्बोधित करते हुए कहा–'मिस्टर वॉकर अमरीकन हमारे देश में आये, यह हमारे देश का सम्मान है....वास्तव में अमरीकी पर्यटक हमारी रोजी-रोटी का साधन हैं, पर आप लोगों को शस्त्रों से लैस होकर हमारे देश में आना जरा अनुचित-सी बात है। आपका क्या विचार है?'

'शस्त्र....वह तो....।' कहकर वॉकर मेरी ओर देखने लगा।

'तुम इनको सच बता दो।' मैंने वॉकर से कहा–'और जैसा कहते हैं वैसा करो।'

'हां, शस्त्र तो हमारे पास हैं।' वाकर ने पेरीगार्ड से कहा।

पेरीगार्ड ने बिना कुछ बोले अपना हाथ स्टीव वॉकर की ओर बढ़ा दिया। स्टीव वॉकर ने भी बिना ना-नुकुर किये अपना पिस्तौल अपनी कमीज के अन्दर से निकालकर पेरीगार्ड के हाथ में थमा दिया।

पेरीगार्ड ने मेज से अपनी छड़ी उठाई और स्टीव को सम्बोधित करते हुए बोला–'मैं चाहूं तो आप लोगों को यहां से तुरन्त निर्वासित कर सकता हूं, किन्तु चूंकि आप मिसटर मेगन के साथ आये हैं, इसलिए मेरी सर आंखों पर....अलबत्ता आप अपने साथियों से कह देना कि आज दोपहर तक अपने शस्त्र मेरे दफ्तर में जमा कर दें।' कहकर पेरीगार्ड ने अपनी छड़ी से मुझे प्रणाम किया और कमरे से बाहर निकल गया।

पेरीगार्ड के कमरे से बाहर जाते ही वॉकर ने मुझसे पूछा–'यह सब क्या है मिस्टर मेगन? यह छड़ी वाला आदमी वाकई पुलिस का आदमी था या कोई फ्रॉड था?'

यदि मालिक को कुछ अरसे के लिए शहर से बाहर जाना पड़े तो कर्मचारी लोग चाहे कितने ही अच्छे क्यों न हों, कुछ न कुछ ढील करने ही लगते हैं। जब मैं फ्रीपोर्ट वापस पहुंचा, तो मैंने अनुभव किया कि कर्मचारी संलग्नता से काम नहीं कर रहे थे। मैंने सबको सतर्क किया और अपने प्रशासनिक कार्यों में जुट गया।

सबसे पहले मैंने जैक फ्लेचर को न्यू प्रोविडेन्स के अपने सी–गार्डन होटल में ट्रांसफर किया....क्योंकि वहां के मैनेजर की टांग टूट गई थी और वह काम करने के योग्य नहीं था। उसके सहायक फिलिप्स को इतना अनुभव नहीं था कि इतने बड़े फाइव स्टार होटल का प्रशासन चला सके। जैक फ्लेचर ने चूंकि सी–गार्डन होटल में कभी काम नहीं किया था, अतः स्टॉफ से परिचय करवाने के लिए मैं स्वयं उसके साथ चला आया था।

स्टॉफ से परिचय कराने के पश्चात मैं जैक फ्लेचर को उसके ऑफिस में ले आया था, जो बिल्कुल रिसेप्शन काउन्टर के पीछे था। उसके साथ ही लॉबी थी। लॉबी में जगह–जगह पर आइने लगे हुए थे। मैनेजर के कमरे के भीतर एक शीशा ऐसे कोण पर लगा हुआ था कि अन्दर बैठे आदमी को लॉबी में खड़े हर व्यक्ति की खबर लगती रहती थी कि वह क्या कर रहा है, किन्तु बाहर वाले को यह मालूम नहीं होता था कि अन्दर उसे कोई देख रहा है।

जब मैं मैनेजर के कमरे में बैठा हुआ जैक फ्लेचर को इस होटल के

बारे में बता रहा था, तो अनायास मेरी दृष्टि उस शीशे की ओर चली गई जिससे बाहर खड़े लोग दिखाई पड़ते थे। उस समय लॉबी में काफी लोग थे....कुछ रिसेप्शन पर अपने रिजर्वेशन के बारे में पूछ रहे थे....कुछ टेलीफोन कर रहे थे, कुछ चैक कैश करवा रहे थे...वहां पर होटल में आने-जाने वालों की भीड़ लगी हुई थी। अचानक मेरी दृष्टि उस कतार पर चली गई जहां नये आए मेहमान अपने कमरों का नम्बर पूछ रहे थे। कतार में खड़े तीसरे आदमी की सूरत कुछ जानी पहचानी सी लगी। उसका कद लम्बा और बाल मलगजे थे। मूंछें छंटी हुई थीं और चेहरे पर हल्की-हल्की दाढ़ी थी....मैं ऑफिस की खिड़की के पास चला आया और ध्यान से उसकी ओर देखने लगा-वह वही कर रहा था। जो आम मुसाफिर अपनी बारी आने तक करते हैं....कभी टाई का गिरह ठीक करने लगता, कभी बालों में कंघी फेरने लगता और कभी आस-पास खड़ी स्त्रियों को देखने लगता। थोड़ी देर बाद जब उसने मैनेजर रूम की ओर देखा, तो मुझे स्मरण हुआ कि मैंने उसे कब देखा था....पिछली बार मैंने उसे उस समय देखा था, जब मैं टेक्सास में चार्ल्स कॉरपोरेशन के दफ्तर में बैठा था और मुझे सिगरेट की तलब हुई थी और मैं नीचे सिगरेट लेने आया था....सिगरेट के दो पैकेट खरीदने के पश्चात एक आदमी मुझसे टकरा गया था, जब मैं ऊपर वापस जाने के लिए लिफ्ट की प्रतीक्षा कर रहा था, तभी मेरे पैरों ने तथा जुबान ने साथ छोड़ दिया था और तत्पश्चात जब लिफ्टमैन मुझे सहारा देकर लिफ्ट के अन्दर लाया था, तो मैं धड़ाम से लिफ्ट के फर्श पर गिर गया था। मेरे गिरते ही एक आदमी ने कहा था, मैं डॉक्टर हूं, मुझे देखने दो, तब उस डॉक्टर ने कहा था कि इसे दिल का दौरा पड़ गया है, इसे तुरन्त अस्पताल पहुंचाना होगा। तत्पश्चात वह मुझे कुछ आदमियों की सहायता से अपनी कार में ले आया था। जब कार चार्ल्स कॉरपोरेशन से कुछ दूरी पर पहुंची थी तो उस डॉक्टर ने मेरा हाथ पकड़कर इन्जेक्शन लगाया था। उसके बाद जब मेरी आंख खुली थी, तो मैं रॉबिन्सन का बन्दी था। इस समय होटल में आने वाले मेहमानों की कतार में खड़ा हुआ तीसरा व्यक्ति वही आदमी था-जिसने मुझे बेहोश करके मेरा अपहरण किया था।

मैंने अपनी जगह से घूमते हुए कहा-'जैक, तुम उस दाढ़ी वाले को देखा। जब तक मैं उसका पता न लगा लूं, तुम उसको रोके रखना।'

'कैसे रोके रखूं टॉम?' जैक ने आश्चर्य से पूछा।

'तुम उसकी एडवान्स पेमेन्ट का बिल डबल कर दो। वह हल्ला करेगा। तुम कम्प्यूटर की गलती का बहाना बनाकर उससे माफी मांग लेना और दूसरा बिल तैयार करने में देर कर देना। वह अपने आप अटका रहेगा।'

यह सुनते ही जैक फ्लेचर कमरे से बाहर चला गया। उसके आ जाते ही मैंने फिलिप्स से कहा-तुम भी जैक के साथ चले जाओ....मुझे इस आदमी का नाम, कमरा नम्बर, घर का पता, कहां से आया है, यहां से कहां जायेगा और जो कुछ उसके बारे में जान सको मुझे मालूम कर दो, लेकिन बहुत फुर्ती और चतुराई से काम लेना।'

तभी वॉकर मेरे निकट पहुंचा-आप इतनी हड़बड़ाहट में क्यों हैं?'

'होटल में आने वाले मेहमानों की कतार में जो तीसरा आदमी खड़ा है, वह रॉबिन्सन का साथी है।' मैंने वॉकर को समझाते हुए कहा-'जब उसने मेरा अपहरण किया था, तो उस समय उसने दाढ़ी नहीं बढ़ा रखी थी, किन्तु मैं उसकी शक्ल को अच्छी तरह पहचानता हूं। तुम ऐसा करो कि इसके साथ लगे रहो-और जब यह यहां से जाये तो तुम भी इसके पीछे-पीछे चले जाना। तुम्हारी जेब में पैसे तो हैं ना?'

'हां-हां, मेरे पास पांच-छः सौ डॉलर तो होंगे ही।'

'पांच-छः सौ डॉलर से क्या बनेगा?' कहकर मैंने एक स्लिप पर हस्ताक्षर किये और कैशियर से छः हजार डॉलर लेकर वॉकर के हाथ में थमा दिये।

'मैं इतनी रकम का क्या करूंगा?' वाकर ने आपत्ति करते हुए कहा।

'वह यदि यूरोप के लिए रवाना होने लगा, तो उस समय तुम किससे पैसे मांगोगे?'

'यदि मुझे उसके पीछे-पीछे ही लगे रहना है, तो इस समय मुझे उसी कतार में खड़ा होना चाहिए जहां वह खड़ा है।'

'ठीक कहते हो तुम....तुम वहीं पहुंचो।'

वॉकर ने बाहर जाने से पहले मुझसे कहा-'यदि वह ट्रेवलर्स चेक्स भुगतान करें तो आप ट्रेवलर्स चेक का ब्यौरा नोट करवा लेना।'

'तुम यह मुझ पर छोड़ दो।'

मैं कमरे की खिड़की के पास खड़ा होकर बाहर का तमाशा देखने लगा।

जब उस समय आदमी की बारी आई और ज्यों ही काउंटर क्लर्क ने उसे एडवांस पेमेन्ट का बिल दिया तो उसने बिल देखते ही क्लर्क की ओर फेंक दिया। तभी मैंने देखा कि काउंटर क्लर्क ने जैक फ्लेचर को अपने पास आने का इशारा किया था। जैक फ्लेचर उसका बिल देखते ही उसके सामने हाथ बांधकर खड़ा हो गया था। मेरी तसल्ली हो गई थी कि अब उसे देर हो जायेगी और इस दौरान उसका अता-पता मालूम हो जायेगा। तभी जैक फ्लेचर ने किसी क्लर्क को अपने पास बुलाया था और वह बिल उसको दे दिया था। वह खुद उस आदमी के पास खड़ा रहा और उसे बातों में लगाए रहा। कोई पांच मिनट पश्चात जब उस आदमी का बिल आया और वह भुगतान करके कतार से परे हटा, तो उसके कोई दो मिनट बाद जैक फ्लैचर अपने ऑफिस में पहुंच गया उसके पीछे-पीछे फिलिप्स भी पहुंच गया।

'उसका नाम करास्को है...डॉक्टर लुई कैरास्को।

'तो इसका मतलब है कि वह वाकई डॉक्टर है।' मैंने टिप्पणी करते हुए पूछा-'उसकी राष्ट्रीयता क्या है?'

'वेनिजुएलिन।'

'वह यहां से कहां जाएगा?'

'यह मुझे ज्ञात नहीं।' फ्लेचर ने उत्तर देते हुए कहा-'मैंने उससे केवल चार-पांच मिनट बात की थी...उसने मुझे बताया था कि मुझे विमान पकड़ना है...और आप जरा जल्दी कर दीजिए।'

'मुझे मालूम है वह कहां जा रहा है।' फिलिप्स ने कहा-'उसने हमारे इन्टर होटल टेलीफोन सर्विस से टेलीफोन किया था....वह यहां से फ्रीपोर्ट जा रहा है और वहां जाकर रॉयल पाम होटल में ठहरेगा। उसने वहां एक सप्ताह के लिए रिवर्जेशन करवाई है।'

जैक फ्लेचर ने कहा-'इसका मतलब है कि वह बाहामा एवरेज से जायेगा।' फ्लेचर ने अपनी घड़ी देखते हुए कहा-'फ्रीपोर्ट के लिए बाहामा एवरेज की अगली फ्लाइट एक घंटे में जायेगी।'

'उसने फ्रीपोर्ट हवाई अड्डे की एक टैक्सी सर्विस से कहा है कि वह अपनी एक टैक्सी को उसका इन्तजार करने के लिए तैयार रखें।' फिलिप्स ने कहा।

'उसने हमारी टैक्सी सर्विस से कहा है या किसी और को?' मैंने फिलिप्स से पूछा।

'हमारी टैक्सी सर्विस से कहा है।'

मैंने वाकर की ओर देखते हुए कहा-'क्या तुम उस टैक्सी को बग कर सकते हो?'

'नहीं, मैं नहीं कर सकता। यह काम राड्रिग्ज कर सकता है।' वॉकर ने उत्तर देते हुए कहा-'पर इसमें मुश्किल क्या है? राइड्रिज चार घंटे के अन्दर फ्रीपोर्ट पहुंच जायेगा।'

मैंने पेरीगार्ड को फ्रीपोर्ट फोन किया और कैरास्को के बारे में पूरी बात बता दी।

'तो ठीक है मिस्टर मेगन। उसे यहां पहुंचने दो....फिर हम उसे अपने आप सम्भाल लेंगे।'

'मैं आपसे कुछ और भी निवेदन करना चाहता हूं।' मैंने पेरीगार्ड से कहा।

'फरमाइये।'

'एक तो यह कि मैंने स्टीव वॉकर को उसके पीछे लगा दिया है। वह उसके साथ पहुंचेगा। दूसरा यह कि आज दोपहर या दोपहर पश्चात तक राड्रिग्ज नामी व्यक्ति चार्ल्स कॉरपोरेशन के जेट विमान से फ्रीपोर्ट हवाई अड्डे पहुंचेगा। आप यह देखना कि कस्टम वाले उसके सामान की तलाशी न लें।'

'वह कोई शस्त्र ला रहा है, क्या?' पेरीगार्ड ने मुझसे पूछा।

'बिल्कुल नहीं।' मैंने उत्तर देते हुए कहा-'वह एक इलेक्ट्रॉनिक विशेषज्ञ है। उसके बारे में मैं वहां पहुंचकर आपको बताऊंगा।'

'तो ठीक है, राड्रिग्ज की कोई तलाशी नहीं ली जायेगी।' कहकर पेरीगार्ड ने फोन बन्द कर दिया।

कोई एक घंटा पश्चात जब कैरास्को होटल से चला गया तो मैंने होटल मैनेजर जैक चार्ल्स से पूछा-'कैरास्को का क्रेडिट कार्ड नम्बर निकालो।'

'उसने क्रेडिट कार्ड इस्तेमाल ही नहीं किया। उसने अपने सब बिलों का नगद भुगतान किया है....और वह भी अमरीकी डॉलर में।'

'उसका होटल बिल कितना था?'

'ग्यारह हजार डॉलर से थोड़ा-सा ऊपर था। उसका रेस्तरां और बार का बिल तो बहुत अधिक था।'

मैंने अपनी पीठ कुर्सी की पुश्तगाह से टिकाते हुए कहा-'जैक, तुम्हें

होटल व्यवसाय में इतने वर्ष हो गए हैं-तुम बता सकते हो कि कब किसी ने इतना भारी बिल नगद चुकाया है?'

'बहुत कम टॉम.....और वह भी तब जब कोई जुए में भारी रकम जीतकर आता है, तो तरंग में आकर नगद भुगतान करता है-और वह भी बाहिमियन डॉलर में-इसने तो अपना पूरा भुगतान अमरीकी डॉलरों में किया है।'

'अब तुम ऐसा करो जैक कि उसके समूचे बिलों की फोटो-स्टेट निकलवाकर मुझे दे दो।'

'अभी करवाये देता हूं।' जैक बोला और कमरे से बाहर निकल गया।

फ्रीपोर्ट वापस पहुंचते ही मैं सीधा पेरीगार्ड से भेंट करने चला गया। उस समय उसके ऑफिस में ड्रग स्क्वाड का इन्स्पेक्टर हेपबर्न भी मौजूद था। पेरीगार्ड सीधा मतलब की बात पर आते हुए बोला-'आप मुझे कैरास्को के बारे में बताइये।'

मैंने उसके प्रश्न का उत्तर देने की बजाय हेपबर्न की ओर देखते हुए कहा-'आप अब भी यही सोचते हैं कि इन घटनाओं का सम्बन्ध कोकीन की तस्करी से है?'

'बिल्कुल।' पेरीगार्ड ने बिना किसी हिचकिचाहट के उत्तर देते हुए कहा।

'मैं आपसे सहमत नहीं हूं क्योंकि जब मैंने कैलिस और रॉबिन्सन से कोकीन तस्करी के विषय को उठाया था तो वह हैरान रह गए थे।'

'हैरानी का अभिनय न करते तो और क्या करते?' हेपबर्न ने कहा-'आपका विचार था कि वे अपना अपराध स्वीकार कर लें।'

'जहां तक मैं समझता हूं उनकी हैरानी बिल्कुल सच्ची थी....उसमें कोई अभिनय नहीं था।'

पेरीगार्ड ने मुझे सम्बोधित करते हुए कहा-'मिस्टर मेगन! आप कोई अपराध विज्ञानी तो हैं नहीं। आप क्या जानें कि जब एक अपराधी के सामने उसका सच रखा जाता है, तो वह कैसे-कैसे नाटक करता है।

मुझे अनुभव होने लगा कि इन दोनों के साथ बहस करना व्यर्थ है।

मैंने पेरीगार्ड से कहा-'आप कैरास्को के बारे में क्या जानना चाहते हैं?'

'सब कुछ।' पेरीगार्ड ने संक्षिप्त-सा उत्तर देते हुए कहा।

'कैरास्को ने टेक्सास में चार्ल्स बिल्डिंग के नीचे मेरा अपहरण किया था, तथा....।'

पेरीगार्ड हस्तक्षेप करते हुए बोला-'आपको विश्वास है कि वह आदमी है?'

'शत-प्रतिशत तो नहीं, किन्तु पिचानवें प्रतिशत यह वही आदमी है।' मैंने उत्तर देते हुए कहा-'मिस्टर पेरीगार्ड, जो व्यक्ति एक फाइव स्टार होटल में ठहरे और अपने बिलों का भुगतान नगद करे, मैं उस पर बहुत कम विश्वास करता हूं।' कहकर मैंने कैरास्को के बिलों की फोटो स्टेट कापियां पेरीगार्ड के सामने रख दी।

'फाइव स्टार होटलों में ठहरने वाले तो अपना भुगतान बहुधा क्रेडिट कार्डों द्वारा करते हैं। पेरीगार्ड ने बिलों का अध्ययन करते हुए कहा-'खैर! आप मुझे यह बताइये कि आपके साथ आये अमरीकन बॉडीगार्डों पर किस हद तक भरोसा किया जा सकता है?'

'आप कहना क्या चाहते हैं?

'मेरे कहने का आशय है कि उन पर यह भरोसा किया जा सकता है कि वह अपनी गतिविधियां केवल कैरास्को की निगरानी तक सीमित रखेंगे. ...अर्थात उसके विरुद्ध कोई क्रियात्मक कार्यवाही नहीं करेंगे? बात यह है मिस्टर मेगन कि हमारी पुलिस फोर्स अपेक्षाकृत कुछ कम है। मैं यह चाहता हूं कि वे कैरास्को पर पूरी नजर रखें किन्तु उस पर किसी प्रकार का बल प्रयोग न करें। इसके लिए मैं अनुमति नहीं दूंगा।'

'वे वैसा ही करेंगे जैसा आप कहेंगे।' मैंने पेरीगार्ड को आश्वासन देते हुए कहा।

'तो ठीक है। मैंने मिस्टर वॉकर से बात की थी और उससे कहा था कि वह कैरास्को की हर नकली-हरकत पर दृष्टि रखे और आपके होटल में हमारे आदमी को रिपोर्ट देता रहे। अब आप मुझे यह बताइये मिस्टर मेगन कि राड्रिग्ज यहां क्यों आ रहा है तथा वह अपने साथ क्या ला रहा है?'

मैंने पेरीगार्ड को राड्रिग्ज के विषय में बता दिया कि यह एक इलेक्ट्रॉनिक विशेषज्ञ है और अपने साथ निगरानी के कुछ इलेक्ट्रिॉनिक यन्त्र ला रहा है।'

'यह तो बहुत बढ़िया बात है।' पेरीगार्ड ने मुस्कराते हुए कहा।

'मुझे एक बात अभी तक समझ नहीं आई।' हेपबर्न ने मुझसे कहा-'यदि

कैरास्को ने होस्टल में आपका अपहरण किया था, तो वह यहां आपके होटल में ठहरकर बहुत बड़ा जोखिम उठा रहा है। आप दोनों किसी समय भी एक-दूसरे के सामने आ सकते हैं। आपके अनुसार तो सी-मार्डन होटल में आप दोनों का आमना-सामना हो चुका है और उसके बावजूद वह आपके होटल में आकर ठहरा है।' फिर हेपबर्न ने पेरीगार्ड को सम्बोधित करते हुए कहा-'मुझे तो ऐसा प्रतीत होता है कि इन्होंने उसे गलत पहचाना है। मिस्टर मेगन, खुद अपने मुंह से कह चुके हैं कि जब यह लिफ्ट के फर्श पर गिरे थे, तो इन्होंने बहुत थोड़ी देर के लिए उसे देखा था।'

'आप बताइये?' पेरीगार्ड ने मुझसे कहा।

'पहले तो मुझे भी यह सन्देह हुआ था कि कहीं मेरी नजर धोखा न खा रही हो, पर मुझे पिचानवें प्रतिशत यकीन है कि कैरास्को वही आदमी है।'

'आपके गलत और ठीक होने में उन्नीस-बीस का अन्तर हो सकता है।' पेरीगार्ड ने मुझसे कहा-'खैर, जो भी है-हम कैरास्को पर पूरी निगरानी रखेंगे।'

पुलिस स्टेशन से होटल लौटते हुए मैं हेपबर्न के तर्कों पर विचार करने लगा और इसी नतीजे पर पहुंचा कि हो सकता है कि मुझे कैरास्को को पहचानने में गलती हो गई हो-पर मेरा दिल गवाही देता था कि कैरास्को वही आदमी है।

इन्हीं विचारों में डूबा मैं होटल पहुंच गया। वहां लॉबी पार करके अपने ऑफिस में जाने की बजाय, मैं पिछले रास्ते पर हो गया और स्टॉफ वाली सीढ़ियों से ऊपर चला आया। मैं अपने कमरे में पहुंचा ही था कि वॉकर मुझे रिपोर्ट देने लगा-'कैरास्को अपने कमरे में है, उसने अपना सामान खोल लिया है, राड्रिग्ज दो घंटे में पहुंचने वाला है, मैं उसको लेने के लिए अपने आदमी भेज रहा हूं। पेरीगार्ड ने अपना एक आदमी होटल में तैनात कर दिया है....और एक आदमी उसने अपनी पत्नी की रखवाली के लिए घर पर लगा दिया है पर मिस्टर मेगन वह आदमी तो सशस्त्र है।'

'हां वॉकर, वह अपने पास शस्त्र रख सकता है, क्योंकि वह बाहीमियन पुलिस से है.....तुम विदेशी हो, यहां विदेशियों को अपने पास शस्त्र रखने

की अनुमति नहीं है। तुम कैरास्को की ओर उंगली भी नहीं उठाओगे। तुम उस पर सिर्फ नजर रखो और उसकी हर नकलो-हरकत की पेरीगार्ड के आदमी को रिपोर्ट करते रहो।'

'क्या हम कैरास्को के टेलीफोन को टेप करके उसकी बातें सुन सकते हैं?'

'यह है तो अवैध परन्तु कोई बात नहीं। मैं स्विचबोर्ड ऑपरेटर से बात करता हूं। बात यह है वॉकर कि कैरास्को हो सकता है स्पेनिश भाषा में बात करे....ऐसी हालत में उसकी बात जानने का हमारे पास क्या साधन है?'

'एक तो मैं ही हूं....और जब राड्रिग्ज पहुंच जायेगा, तो हम दो हो जायेंगे, हम दोनों स्पेनिश खूब अच्छे ढंग से बोल व समझ लेते हैं।'

'चलो यह समस्या तो हल हुई। अब तुम ऐसा करो कि यदि कोई भी समस्या तुम्हारे सामने आए तो तुम फौरन मुझे बता देना।'

अगले तीन दिन तक कोई घटना नहीं घटी। कैरास्को से कोई भी भेंट करने नहीं आया था। उसने अपना टेलीफोन भी दो-तीन बार इस्तेमाल किया था-और वह भी रूम सर्विस के लिए अथवा रेस्तरां में अपने सीट रिजर्व करवाने के लिए। राड्रिग्ज ने उसका कमरा और उसकी कार दोनों बग कर दिये थे। उसके टेलीफोन के साथ जोड़ लगाकर उसके साथ टेप रिकार्डर लगा दिया था, ताकि उसका हर वार्तालाप सुना जा सके, पर हमें कुछ भी प्राप्त नहीं हुआ।

एक दिन शाम के समय मैं और डेबी आपस में बातें कर रहे थे। डेबी का चेहरा कुछ उतरा-उतरा-सा था। मुझे चिन्ता-सी होने लगी।

मैंने कहा-'डेबी, आज तुम्हारा चेहरा उतरा-उतरा सा है। तुम्हारी तबियत तो ठीक है ना।'

'मेरी तबियत तो बिल्कुल ठीक है टॉम, पर मैं इस हर वक्त की कैद से बोर हो गई हूं....इधर देखो तो बॉडीगार्ड, उधर देखो तो बॉडीगार्ड। हम पति-पत्नी हैं....हम आपस में बातें कर रहे हैं और इस समय भी कमरे के बाहर बॉडीगार्ड बैठा है। हम किसी समय भी खुलकर बात नहीं कर सकते। आखिर ऐसा कब तक चलेगा टॉम?'

डेबी के इस प्रश्न का मेरे पास कोई उत्तर नहीं था।

मैंने उसका ध्यान बंटाने का प्रयास करते हुए कहा-'इस कैरास्को से

रॉबिन्सन का सुराग मिलने की बहुत आशा है....रॉबिन्सन के पकड़े जाने की देर है कि हमारी सब मुश्किलें खत्म हो जायेंगी।'

'और यदि रॉबिन्सन न पकड़ा गया तो।'

उसके इस प्रश्न का भी मेरे पास कोई उत्तर नहीं था। मैंने डेबी को बाहुपाश में लेते हुए कहा-'क्यों नहीं पकड़ा जाएगा....जरूर पकड़ा जाएगा।'

जैक फ्लेचर को न्यू प्रोविडेन्स में अपने सी-गार्डन होटल का मैनेजर नियुक्त करने के पश्चात मैं उस होटल की ओर से निश्चिन्त हो गया था। मुझे वहां से लौटे चार दिन भी नहीं हुए थे कि जैक फ्लेचर का फोन आ पहुंचा।

'मिस्टर मेगन, हम तो बहुत मुश्किल में फंस गए हैं। हमारे अतिथि होटल छोड़-छोड़कर भाग रहे हैं। हमारे एयरकंडीशंड प्लांट मैनेजर टोनी बासवर्थ को तो आंख झपकाने तक की फुर्सत नहीं है।'

'अतिथि होटल क्यों छोड़ रहे हैं?'

'टोनी ने एयरकंडीशंड प्लांट बन्द कर दिया है। मेरा विचार है कि हमारे होटल में वायरस वाली महामारी फैल गई है।'

'कोई और बात होगी, जैक। उस बीमारी से हुए रोग का तो वातावरण तब्दील होने पर ही पता चलता है। तुम टोनी से मेरी बात कराओ।'

'टोनी से तो बात नहीं हो सकती, वह तो सार्वजनिक स्वास्थ्य विभाग के अधिकारियों से परामर्श करने गया हुआ है।'

'मैं विमान से सीधा न्यू प्रोविडेन्स पहुंच रहा हूं। तुम एक कार हवाई अड्डे पर भेज दो।'

उड़ान के दौरान मुझे हैरानी हो रही थी कि इतनी सावधानी बरतने के बावजूद यह कैसे हो गया। हो सकता है टोनी को गलतफहमी हो गई हो तथा उसने डर के मारे एयर कंडीशंड प्लांट बन्द कर दिया हो।

जब मेरा विमान न्यू प्रोविडेन्स हवाई अड्डे पर उतरा तो जैक फ्लेचर पहले ही वहां उपस्थित था। वह स्वयं मुझे लेने आया था। होटल की ओर रवानगी होते हुए मैंने उससे पूछा-'कितने लोग बीमार हुए हैं?'

उसका उत्तर सुनकर मैं विस्मित रह गया-'एक सौ चार। मेरी अपनी तबियत भी काफी खराब है टॉम।' जैक फ्लेचर ने खांसते हुए कहा।

‘तुमसे तो बोला भी नहीं जा रहा, जैक।’

‘मेरा तापमान एक सौ तीन है, मेरा सिर भन्ना रहा है...मेरा मन कर रहा है कि मैं आंख बन्द करके यहीं लेट जाऊं।

‘तुम्हारा फ्लैट तो होटल में है ना। तुम सीधे घर जाकर आराम करो। हमारे स्टॉफ में और कितने लोग प्रभावित हुए हैं?’

‘मेरे समेत चार।’ कहने के साथ ही जैक को खांसी का दौरा पड़ गया।

जैक कार चला रहा था। मैंने उसे स्टेयरिंग ह्वील से हटाया और स्वयं कार चलाने लगा।

‘इस समय हमारे होटल में कितने लोग ठहरे हुए हैं?’ मैंने जैक से पूछा।

‘कोई तीन सौ के करीब। सही संख्या मैं होटल पहुंचकर ही बता पाऊंगा।’

‘कोई बात नहीं....मैं फिलिप्स से पूछ लूंगा। किसी की मृत्यु तो नहीं हुई?’

‘अभी तक तो नहीं।’

होटल पहुंचते ही मैंने फ्लेचर को तो उसके घर भेज दिया और फिलिप्स को खोजने लगा। वह कैशियर के पास बैठा उसकी सहायता कर रहा था। मेहमानों में हल्की-हल्की-सी अफरा-तफरी मची हुई थी। वे कैश काउंटर के आगे खड़े आपस में कानाफूसियां कर रहे थे।

मैंने फिलिप्स के निकट आते हुए कहा-‘जैक बीमार पड़ गया। तुम यह काम किसी और के सुपुर्द करो और होटल का काम-काज देखो। मुझे यह बताओ कि टोनी बासवर्थ कहां है?’

‘वह ऊपर चक्कर लगा रहा है।’

‘उसके साथ कोई सहायता करने वाला भी है?’

‘नासाऊ के कई डॉक्टर और अस्पताल की अधिकांश नर्सें उसके साथ हैं।’

‘तुम उसे फ्लेचर के कमरे में बुला लाओ। मैं उससे बात करना चाहता हूं।’

कुछ देर के पश्चात जब टोनी, फ्लेचर के कमरे में दाखिल हुआ तो उसकी हालत देखते ही बनती थी, उसकी आंखें ऐसी लाल हो रही थीं, मानो कई रातों से न सोया हो। उससे खड़ा तक नहीं हुआ जा रहा था...वह झूल-सा रहा था।

'तुम आराम से बैठ जाओ, टोनी और मुझे यह बताओ कि यह आफत हम पर कैसे नाजिल हुई?'

'टॉम, जब तक टेस्टों का परिणाम न मिल जाये, मैं निश्चित रूप से कुछ नहीं कह सकता।'

'तुम्हारा विचार क्या है?' मैंने टोनी से पूछा।

'यह एक संक्रामक रोग है....इसमें तो कोई सन्देह नहीं, पर जहां तक मैं समझ पाया हूं यह वह महामारी नहीं है जो पहले हमारे कुछ होटलों में फैली थी। उसमें तो लोग भले-चंगे होटल से जाते थे, पर अपने-अपने घरों पर पहुंचते ही मरने लगते थे। इस बीमारी का हमला अचानक और जोर का होता है और फिर दूसरों को भी लपेट लेता है।'

'सार्वजनिक स्वास्थ्य विभाग वाले क्या कहते हैं?'

'उन्होंने तो अभी तक कोई निर्णय नहीं लिया, पर मेरा ख्याल है कि वह होटल बन्द करने के लिए कहेंगे।'

'यह कैसे हो सकता है, टोनी। तुम भी जानते हो तथा वे लोग भी भली-भांति जानते हैं कि हम पूरी सावधानी बरतते हैं।'

'मैं उनको समझाने का हर सम्भव प्रयास करूंगा और यदि वे वैसे नहीं माने तो उनकी मुट्ठी गर्म करनी पड़ेगी। खैर! वह तो देखा जाएगा। मुझे तो इस रोग के आक्रमण ने उलझन में डाल रखा है-यह बीमारी जहां शुरू होती है वहां के पिचानवे प्रतिशत लोगों को प्रभावित करती है, जबकि यहां पर केवल पैंतीस प्रतिशत लोग ही इसका शिकार हुए हैं।'

'यह महामारी क्या बला है। मुझे तो तुम्हारी यह फारसी बिल्कुल समझ नहीं आई।'

'मैं आपको बताता हूं....यह एक संक्रामक रोग है, अतः यह होटल में ठहरे हुए सब लोगों में फैल जाना चाहिए था, पर ऐसा नहीं हुआ है....जिस ब्लॉक में सिर्फ इटेलियन ही ठहरे हुए हैं वे ही सारे के सारे इस बीमारी की जद में आ गए हैं। उससे अगले ब्लॉक में अंग्रेज लोग हैं...उन लोगों पर इस रोग का कोई विशेष प्रभाव नहीं पड़ा...केवल दस प्रतिशत लोगों में यह रोग हुआ है-अंग्रेजों वाले ब्लॉक के अगले ब्लॉक में अमरीकन ठहरे हुए हैं.... और उनमें से अस्सी-प्रतिशत रोगग्रस्त हैं। यही नहीं आप होटल के स्टॉफ की ओर ध्यान दीजिये....हमारा समूचा स्टॉफ बाहामियन है और दिन-रात

इसी वातावरण में रहता है....उनमें से केवल चार व्यक्ति ही इस बीमारी की जद में आये हैं और वह भी केवल वे जो होटल के परिसर में रहते हैं।'

'तुम्हारी इस बात में तो कोई दम नहीं है। तुम्हारे कहने का आशय है कि यह बीमारी राष्ट्रीयता देखकर आक्रान्त करती है?'

'मेरी बात का बुरा मानने के बजाय' टोनी ने मुझसे कहा-'आपने खूब याद दिलाया-इसको यूरेका-सिन्ड्रोम (लक्षण) कहते हैं।' कहकर टोनी ने फोन उठाया और किसी नर्स से कहने लगा-'तुम ऐसा करो नर्स कि हर मरीज के पास जाओ और उससे यह पूछो कि तुम आम तौर पर किस तरह से स्नान करते हो टब में बैठकर या शावर के नीचे खड़े होकर। तुम यह जानकारी प्राप्त करने के पश्चात इसकी सूची बनाकर नीचे मैनेजर के कमरे में ले आओ।'

'यह सब क्या है, टोनी?' मैंने रुखाई से उससे पूछा।

'इसे आप जातीय स्वभाव या जातीय प्रकृति कह सकते हैं। आपको यह तो पता होगा ही कि रूसी लोग वाश-बेसिन का नलका हमेशा खुला रखते हैं, क्योंकि बन्द नलके में अपने आप पानी निश्चल रहता है तथा निश्चल पानी में रोगाणु उत्पन्न होने का खतरा होता है।'

'रूसी लोग इस बात का बहुत ख्याल रखते हैं कि निश्चल पानी उनके शरीर पर न पड़े...अतः वह अपनी वाश-बेसिन का नलका खुला रखते हैं।'

मुझे ऐसा महसूस होने लगा मानो टोनी के नट-बोल्ट बिल्कुल ढीले हो गए हों। मैंने क्रोध से कहा-'रूसियों के वाश-बेसिन के नलकों का हमारी इस मुश्किल से क्या सम्बन्ध है...तुम्हारा दिमाग तो ठीक है?'

टोनी ने मेरी डांट को बिल्कुल नजरअन्दाज करते हुए कहा-'मुझे एक बार एक इटालियन डॉक्टर ने बताया था कि अधिकांश इटेलियन शावर के नीचे खड़े होकर स्नान करते हैं...अंग्रेजों के बारे में उसकी यह राय थी कि वे इतने गंदे होते हैं कि मल त्याग के पश्चात भी पानी का इस्तेमाल नहीं करते। अमरीकनों के बारे में भी उसकी राय थी कि वे काफी हद तक साफ-सुथरे होते हैं...अब आप देखिये कि हमारे होटल में ठहरे हुए सभी इटेलियन और अस्सी प्रतिशत अमरीकन इस संक्रामक बीमारी से प्रभावित हुए हैं, जबकि अंग्रेज मेहमानों पर इसका प्रभाव न के बराबर है...उनमें से केवल दस प्रतिशत इस रोगाणु का शिकार हुए हैं।

'अतः अगर इस बीमारी का संक्रमण एयर कंडीशन प्लांट द्वारा फैला होता, तो सभी कमरे प्रभावित होते और कमरों में सभी ठहरने वाले रोगग्रस्त हो जाते पर ऐसा नहीं हुआ। इसका मतलब है कि एयर कंडीशन प्लांट में कोई गड़बड़ी नहीं है। यह रोगाणु पानी में उत्पन्न होता है और पानी में परवरिश पाता है। दूसरा यह कि इस रोगाणु से फेफड़ों पर असर पड़ता है। अब आप गौर कीजिए कि जब कोई शावर के नीचे खड़ा होकर स्नान करेगा तो स्वाभाविक है कि पानी की कुछ बूंदें नाक से होकर फेफड़ों में पहुंच जाएंगी और यदि पानी में यह जीवाणु होंगे तो स्नान करने वाला रोगग्रस्त हो जाएगा। यही कारण है कि हमारे इटालियन तथा अमरीकन मेहमान जिनको शावर के नीचे खड़ा होकर नहाने की आदत है, वे इस रोग का शिकार हुए हैं जबकि अंग्रेज तो नहाते ही नहीं, और अगर नहाते भी हैं तो टब में बैठकर...उन पर इस बीमारी का कोई प्रभाव नहीं पड़ा।'

'इससे क्या परिणाम निकलता है।' मैंने टोनी से पूछा।

'इससे यह परिणाम निकलता है कि हमारे होटल की वाटर सप्लाई दूषित है।'

'मैं तुमसे असहमत हूं। होटल में हर किसी ने पानी पिया होगा...और यदि वाटर सप्लाई दूषित होगी तो सभी बीमार पड़ गये होते।'

'तुम समझने की कोशिश करो, टॉम! यह रोगाणु फेफड़ों पर असर करता है...और जब पानी पिया जाता है, तो फेफड़ों में नहीं जाता है...वह पेट में जाता है और पेशाब एवं पसीने के रूप में शरीर से बाहर निकल जाता है।'

तीन घंटे पश्चात टोनी की बात की पुष्टि हो गई। जब नर्स मरीजों की सूची लेकर आई तो उससे पता चला कि जो लोग रोगग्रस्त थे, उन सबने स्नान के लिए शावर का प्रयोग किया था। तत्पश्चात जब मैंने जैक फ्लेचर के घर फोन किया तो उसकी पत्नी ने भी यही बताया कि जैक को शावर के नीचे खड़ा होकर नहाने की आदत है।

'अब क्या किया जाए। कोई मर-मरा गया तो और मुसीबत खड़ी हो जाएगी। बदनामी तो पहले से ही हो रही है।'

'यह बीमारी घातक नहीं होती, टॉम! मरेगा तो कोई नहीं...प्रश्न यह है कि इस समस्या से निपटा कैसे जाये।'

मैंने टोनी से कहा–'ऐसा करते हैं कि जो लोग बीमार हैं...उनको किसी अस्पताल की बजाय होटल के खर्च पर किसी नर्सिंग होम में दाखिल करवा देते हैं और जो लोग स्वस्थ हैं, उन लोगों को हम अपने खर्चे पर किसी अन्य होटल में शिफ्ट कर देते हैं। इसके बाद होटल की वाटर सप्लाई की जांच-पड़ताल करेंगे कि यह कैसे हुआ ताकि आइन्दा ऐसा कभी न हो।'

तत्पश्चात दोपहर-भर मैं फिलिप्स के काम में उसका हाथ बंटाता रहा। शाम होते ही मैंने टोनी, होटल की देखभाल करने वाले इंजीनियर बेग्थल तथा सार्वजनिक स्वास्थ्य विभाग के मैकी को अपने कमरे में बुलाया और उनसे विचार-विमर्श करने के पश्चात उनके साथ ऊपर उस जगह पहुंचा जहां पर वाटर टैंक थे। वाटर टैंकों की संख्या पांच थी तथा हर वाटर टैंक की क्षमता पांच हजार गैलन थी। वहां की देखभाल के इन्जीनियर बेग्थल ने मुझे समझाया कि पानी किस तरह टैंकों में स्टोर होता है और तत्पश्चात किस तरह से होटल की बिल्डिंग में सप्लाई होता है। यह बिल्कुल सीधा-सादा-सा सिस्टम था... बिल्कुल उसी तरह से जैसे आम घरों में होता है। तब बेग्थल ने मुझे बताया कि यह पांचों टैंक आपस में एक-दूसरे के पूरक हैं।

मैंने बेग्थल से पूछा–'क्या ये सब टैंक अच्छी तरह से बन्द रखे जाते हैं?'

'बिल्कुल...।' बेग्थल ने उत्तर देते हुए कहा–'हर टैंक के ऊपर एक प्रवेश छिद्र है जो नट-बोल्टों से कस कर बन्द रखा जाता है।'

'चलो ऊपर चलकर देखते हैं।' टोनी ने कहा।

फिर हम सब टैंकों के साथ बनी सीढ़ियों द्वारा टैंक के ऊपर चढ़ गये।

बेग्थल ने एक ओर इशारा करते हुए मुझसे कहा–'वह प्रवेश छिद्र है। मैंने अभी तीन महीने पहले इन सब पर रंग-रोगन करवाया था। आप इस टैंक के प्रवेश छिद्र को देखिए...उसे देखते ही आपको पता लग जायेगा कि उसको खोला नहीं गया।'

'देखने से कैसे पता चल जायेगा?' मैंने बेग्थल से पूछा।

'यदि इसे कोई खोलने की कोशिश करेगा तो इस पर लगा पेंट उखड़ जाएगा। उससे हमें फौरन पता चल जाएगा कि किसी ने इसे छेड़ा है।'

'तो यहां का पानी दूषित कैसे हो गया?' मैंने बेग्थल से पूछा।

बेग्थल ने मैकी की ओर इशारा करते हुए कहा–'इसका उत्तर तो

सार्वजनिक स्वास्थ्य विभाग से यह अधिकारी महोदय ही दे सकते हैं। जहां तक मैं समझता हूं इनकी मुख्य वाटर सप्लाई में ही किसी ने गड़बड़ी की है।'

'उसका प्रश्न ही नहीं उठता।' मैकी ने रोष से कहा-'मुख्य वाटर सप्लाई में दिन-रात सशस्त्र निगरानी रहती है। आप ही के यहां किसी ने इन टैंकों के साथ छेड़-छाड़ की है।'

उसी समय किसी चीज की चमक मेरी आंखों में आ पड़ी। मैंने उस ओर कोई ध्यान नहीं दिया और परे हटकर खड़ा हो गया। इस दौरान बेग्थल दूसरे टैंक पर जाकर खड़ा हो गया था।

उसने वहीं से आवाज लगाते हुए हमें अपनी तरफ बुलाया। मैंने कदम उठाया ही था कि एक और चमक मेरी आंखों से आ टकराई। इस बार फिर मैंने कोई ध्यान नहीं दिया और दूसरे टैंक पर चला गया।

'इस टैंक के प्रवेश छिद्र को खोला गया है।' बेग्थल ने कहा, 'इसके नट-बोल्टों का पेंट उखड़ा हुआ है।' फिर बेग्थल ने नट-बोल्टों की समीक्षा करते हुए कहा-'इसको अभी तक जंग नहीं लगा...इसका मतलब है कि इसको खोले अभी अभी छः-सात दिन से अधिक नहीं हुए।'

'इसे और कौन खोल सकता है?' मैंने पूछा।

'मुझे भली-भांति याद है कि मैंने इसे नहीं खोला। हो सकता है क्रॉसमैन ने खोला हो।'

क्रॉसमैन बेग्थल के सहायक का नाम था।

बेग्थल ने कहा-'यदि क्रॉसमैन ने भी इसे इसी कारण खोला होगा, तो उसके रिकार्ड में दर्ज होगा।'

'मैं वह रिकार्ड देखना चाहता हूं।' मैंने बेग्थल से कहा।

'रिकार्ड मेरे ऑफिस में है...आप मेरे साथ आइये।' बेग्थल ने उत्तर दिया।

'तुम जब ऊपर आओ एक रिंच लेते आना।' टोनी ने बेग्थल से कहा। 'इसे खोल कर इसके पानी के दो नमूने लेना चाहता हूं...।'

जब मैं टैंक से नीचे उतरा तो अचानक कोई चीज मेरे पैर के साथ टकरा गई। मैंने नीचे झुककर उसे उठाया और देखने लगा। यह वही चीज थी जिसकी चमक मेरी आंखों से टकराई थी।

वह कोई साधारण-सी चीज नहीं थी। वह एक शीशे का सिलेंडर था

जिसके अन्दर एक लेसली-सी चीज लगी हुई थी। अकस्मात जेहन के दरीचे खुल गए और मैं तत्काल समझ गया कि क्या घोटाला है।'

मैंने टोनी को जोर से आवाज लगाते हुए कहा-'तुम तुरन्त नीचे आओ।'

टोनी ने मेरे निकट आते हुए पूछा-'खैर तो है?'

'मैंने वह शीशे का सिलेंडर टोनी के हाथ में देते हुए कहा-'तुम ऐसा करो कि इसके अन्दर लेसली चीज के नमूने ले लो और उनको टेस्ट करवाओ। इस लेसली चीज में तुम्हें वे रोगाणु मिलेंगे-इस लेसली चीज ही को टैंक का प्रवेश छिद्र हटाकर पानी में मिलाया गया है।' कहकर मैं तेज गति से चलता हुआ सीढ़ियों से उतर कर ऑफिस में चला आया और सीधे फ्रीपोर्ट में रॉयल पाम होटल का नम्बर मिला कर स्टीव वॉकर से बात करने लगा।

वॉकर ने छूटते ही मुझसे शिकायत करते हुए कहा-'मिस्टर मेगन, आप मुझे बताये बिना कहां लुप्त हो गये हैं।'

'मैं वापस पहुंचकर तुम्हें बताऊंगा। फिलहाल तुम एक काम करो कि अपना एक आदमी रॉयल पाम होटल की छत पर तैनात कर दो...और उससे कह दो कि कोई भी व्यक्ति पानी के टैंकों के पास फटकने न पाये और अगर कोई टैंक के पास आने की कोशिश करे तो उसे हिरासत में ले लो और अपना दूसरा आदमी एयर कंडीशन प्लांट के पास तैनात कर दो और उससे भी यही कह दो।'

'मिस्टर मेगन, अगर होटल की देखभाल करने वाला कोई कर्मचारी या इन्जीनियर आये तो?'

'तो उसे भी मत आने देना-तुम्हें मैंने कहा है कि चाहे कोई भी हो, तुम उसे हिरासत में ले लो। यदि वह ऊपर टैंक के पास जाने की कोशिश करे तो।'

'बिल्कुल ऐसा ही होगा मिस्टर मेगन।'

'अब तुम मुझे बताओ वाकर कि कैरास्को कहां है?'

'आज दिन-भर तो वह सैर-सपाटा करता रहा था। इस समय वह डिनर कर रहा है...राड्रिग्ज और मेरा सहकर्मी पामर उसके पास वाली मेज पर बैठे हैं।'

तभी बेग्थल कमरे में दाखिल हुआ। 'मिस्टर मेगन, क्रॉसमैन तो ऊपर गया ही नहीं था।'

'मुझे मालूम है।' मैंने कहा-'तुम हवाई अड्डे पर मेरे विमान चालक बॉबी बोवन को फोन कर दो कि वह विमान को रनवे पर ले आये और डॉ. टोनी बासवर्थ से कहो कि मेरे साथ चलने के लिए अपना सामान ले लें।' कहकर मैंने फ्रीपोर्ट में पेरीगार्ड का फोन नम्बर घुमाना शुरू कर दिया।

'पानी...बीमारी...लोग...मरीज....रोगाणु।' पेरीगार्ड ने दूसरी ओर से कहा-'मिस्टर मेगन, आप इतने बदहवास हैं कि मुझे आपकी कोई बात समझ में नहीं आ रही। आप तुरन्त यहां पहुंचिए और मुझे बताइये कि क्या बात है। फिर मैं अपने आप इस समस्या से निपट लूंगा।'

टोनी बासवर्थ और मैं रॉयल पाम होटल में दाखिल हुए, तो सबसे पहले मुझे दो वर्दी वाले सिपाही दिखाई दिये...एक लिफ्ट के पास खड़ा था और दूसरा सीढ़ियों के निकट।

मैंने लॉबी क्लर्क से पूछा-'पेरीगार्ड होटल में है क्या?'

'जी हां...वह मैनेजर के ऑफिस में बैठे हैं।'

मैंने मैनेजर के कमरे में प्रवेश किया, वह फोन पर किसी से बात कर रहा था। जब वह बात कर चुका, तो मुझसे कहने लगा-'अब आप बताइए-आप फोन पर क्या कहना चाहते थे?'

मैंने कहा-'वह बाद में बताऊंगा...पहले तुम यहां से इन वर्दी वाले सिपाहियों को चलता करो। इन्हें देखकर कैरास्को डर जायेगा और खिसक जाएगा।'

'वह तो खिसक चुका मिस्टर मेगन।' पेरीगार्ड ने कहा।

'यह कैसे हुआ...?' मैंने आश्चर्य भरे स्वर में वॉकर से पूछा।

'वह अच्छा-भला खाना खा रहा था कि उठकर बाथरूम में गया और फिर वापस ही नहीं आया। राड्रिग्ज का विचार है कि वह बाथरूम की खिड़की से कूदकर फरार हुआ है।'

'हो सकता है वह समुद्र तट की ओर गया हो और वहां पर पहले से कोई स्टीम बोट उसका इन्तजार कर रही हो।' मैंने वॉकर से कहा।

वॉकर ने कोई उत्तर नहीं दिया और टेलीफोन के निकट जाकर कोई नम्बर घुमाने लगा।

पेरीगार्ड मेरे पास आ गया और टोनी की ओर इशारा करते हुए बोला-'यह महोदय कौन हैं?'

'यह डॉक्टर बासवर्थ हैं-इन्होंने ही इस बीमारी का पता लगाया था।'

पेरीगार्ड ने कुछ सोचते हुए मुझसे कहा-'तुम्हारा ख्याल है कि कैरास्को इतना मतिभ्रष्ट है कि वह होटलों के पानी के टैंकों में जहर मिलायेगा।'

'वह किसी पागलपन की वजह से ऐसा नहीं कर रहा...वह तो रॉबिन्सन के निर्देशों पर ऐसा कर रहा है।'

'परन्तु क्यों?'

'क्योंकि रॉबिन्सन को यह वहम हो गया है कि मैं उसकी योजनाओं से परिचित हो गया हूं और वह अपने विरुद्ध समस्त प्रमाणों को नष्ट करना चाहता है।'

'रॉबिन्सन को यह वहम कैसे पैदा हुआ कि आप उसकी योजनाओं से परिचित हैं। आखिर उसके वहम की भी कोई न कोई बुनियाद तो होगी ही?' पेरीगार्ड ने मुझसे पूछा।

'रॉबिन्सन के इस वहम की बुनियाद कैलिस के द्वारा बताई गई बातों से है।'

'कैलिस ने क्या बातें बताई थीं रॉबिन्सन को?'

'मेरी और सैम फोर्ड के आपसी वार्तालाप की।'

'कैलिस ने ये बातें कब बताई थीं?'

'जब मैं और सैम फोर्ड कैलिस को पकड़ने उसके पीछे गये थे।'

'तो आपको पता भी नहीं चला कि वह आप दोनों के वार्तालाप की सुनगुन ले रहा है।'

'हम समझे थे कि वह हमारी पिटाई से बेहोश हो गया है।'

'आप एवं सैम फोर्ड के बीच किस विषय पर बातचीत हुई थी?'

'यहां की दुर्घटनाओं पर, जैसे नासाऊ में गोरों-कालों का दंगा, यहां के पर्यटक बाजार में आगजनी की वारदात जिसमें समूचा बाजार नष्ट हो गया था-मेरे पार्कवे होटल में महामारी की बीमारी फैलने वाला मामला, उन पर्यटकों के समूह का सामान बदल जाना जिन्होंने मेरे होटल में ठहरना था। तत्पश्चात जब कैलिस हमें गुल देकर वहां से भाग गया तो उसने रॉबिन्सन के पास जाकर उसे ये बातें बता दीं। इससे रॉबिन्सन को यह शक पैदा हो

गया कि यदि मुझे इन घटनाओं का विवरण पता है, तो मुझे उसकी आगामी योजनाओं के बारे में भी ज्ञात होगा-इससे अधिक उसे यह भय था कि वह सब मैंने आपको बता दिया होगा।'

'मिस्टर मेगन, आपके कहने का मतलब है कि इन वारदातों के पीछे रॉबिन्सन का हाथ था।'

'मैं तो इसी नतीजे पर पहुंचा हूं।'

'आप किस आधार पर इस परिणाम में पहुंचे हैं?'

'जब रॉबिन्सन मुझसे पूछताछ कर रहा था, तो उसने अपने मुंह से यह स्वीकारा था कि उसने मेरी हत्या करने के लिए मेरे विमान में बम रखवाया था, लेकिन उसके दुर्भाग्य से मैं बच गया और चार अमरीकन यात्री मारे गए।'

'मिस्टर मेगन, यदि रॉबिन्सन का उद्देश्य आपकी हत्या करना था, तो आप इस परिणाम पर कैसे पहुंचे कि उन दिनों यहां हुई वारदातों के पीछे रॉबिन्सन का हाथ है। अगर एक आदमी की किसी अन्य से दुश्मनी हो और वह उसकी हत्या करना चाहता हो, तो इसका यह अर्थ नहीं कि वह अपनी दुश्मनी निकालने के लिए जातीय दंगे करवाये या बाजारों में आग लगवाता फिरे।'

'मैं आपको संक्षिप्त रूप में बताता हूं...जब मैंने चार्ल्स कॉरपोरेशन के साथ मिल कर यहां पर थीटा कॉरपोरेशन स्थापित की थी, तो साझेदारी करने से पहले बिली चार्ल्स ने यहां के पर्यटन मंत्री बटलर से सम्पर्क किया था। बटलर ने उसे बताया था कि बाहामा की दो तिहाई अर्थव्यवस्था पर्यटन उद्योग पर निर्भर है और बिली ने यह आपत्ति की थी कि अगर कल को यहां पर राजनीतिक अस्थिरता उत्पन्न हो गई, तो यहां कोई भी पर्यटक नहीं आएगा और हमारा काम ठप्प हो जाएगा। इसके साथ ही हमारा सरमाया बर्बाद हो जाएगा। मैंने उसे समझाया था...कि ऐसा होना असम्भव है।'

'मैं समझा नहीं-आप साफ-साफ कहिए।' पेरीगार्ड ने मुझसे कहा।

'साफ-साफ यह कि रॉबिन्सन बाहामा द्वीप समूह की अर्थव्यवस्था का सत्यानाश करना चाहता है। आप पर्यटक मंत्रालय से मालूम कीजिये...वह आपको बताएंगे कि बाहामा आने वाले पर्यटकों की संख्या किस गति से गिर रही है और यह उन वारदातों के बाद से हुआ है।'

पेरीगार्ड ने कोई उत्तर नहीं दिया और टोनी बासवर्थ को सम्बोधित करते हुए बोला–'क्यों डॉक्टर साहब, आपको परीक्षणों में कितने दिन लग जाएंगे?'

'मिस्टर पेरीगार्ड, यह जीवाणु बहुत ही भ्रांतिजनक प्रकार का रोगाणु है।'

'पहले इसे सफेद चूहों पर टेस्ट किया जाएगा। फिर इसका जीवाणु समूह बनाया जाएगा। तत्पश्चात....।'

'डॉक्टर बासवर्थ मुझे इन तकनीकी बातों में कोई दिलचस्पी नहीं है... आप मुझे यह बताइए कि यह टेस्ट चार दिन में सम्पन्न हो जाएंगे?'

'वह तो हो ही जाएंगे, मिस्टर पेरीगार्ड।' टोनी ने उत्तर देते हुए कहा–'मैं आप को यह विदित करना चाहता हूं कि यदि इन टेस्टों के परिणाम सकरात्मक हुए, तो इसका अर्थ होगा कि जिसने भी इस रोग का जीवाणु-समूह तैयार किया है उसके पास एक सुसज्जित जीव-विज्ञानी-सम्बन्धी प्रयोगशाला है। इस बीमारी का जीवाणु समूह किसी छोटी-मोटी प्रयोगशाला में तैयार नहीं किया जा सकता।'

पेरीगार्ड बहुत ध्यान से सुनता रहा।

तभी वॉकर ने कहा–'मैं आप लोगों को एक बात बतानी भूल गया था-आज सुबह मेरे आदमी ने कैरास्को को ऐसी जगह देखा था, जहां उसके जाने का कोई मतलब नहीं था। वह स्टॉफ के इस्तेमाल की पिछली सीढ़ियों पर खड़ा हुआ इधर-उधर देख रहा था। मेरे आदमी ने जब उससे पूछा, तो कहने लगा कि मैं रास्ता भूल गया था।'

मैंने मेज पर मुक्का मारते हुए पेरीगार्ड से कहा, 'अब बताओ-अब तुम्हें और क्या प्रमाण चाहिए।'

पेरीगार्ड ने मुझसे कहा–'यदि तुम्हारी यह दलील स्वीकार कर ली जाये कि रॉबिन्सन बाहामा द्वीप समूह की अर्थव्यवस्था को मटियामेट करना चाहता है, तो इससे उसे-क्या लाभ होगा?'

'पेरीगार्ड, यह तो तुम जानते हो कि कई देश दूसरे देशों की मुश्किलों में अपना स्वार्थ खोजते हैं...वास्तव में तो बहुधा ऐसा होता है कि कुछ देश अपने स्वार्थ के लिए दूसरे देशों में अस्थिरता उत्पन्न करने में लगे रहते हैं जैसे अमरीका।'

'बाहामा द्वीप में अस्थिरता उत्पन्न करने में अमरीका का क्या स्वार्थ हो सकता है?' पेरीगार्ड ने मुझसे पूछा।

'क्योंकि क्यूबा के साथ हमारे बहुत अच्छे सम्बन्ध हैं-और फिदेल कास्ट्रो से अमरीका को चिढ़ है। अमरीका हर समय इस ताक में रहता है-कि किस देश को कब अस्थिर किया जाए।'

उसी समय वॉकर के टेलीफोन की घंटी बजने लगी।

टेलीफोन सुनते ही वॉकर ने मुझसे कहा-'आपका अनुमान बिल्कुल सही था। कैरास्को यहां से पलायन करने के पश्चात सीधा समुद्र तट पर गया था। वहां से एक स्टीम बोट द्वारा समुद्र में गया था। अब वह वापस आ गया है और होटल की बार में बैठा-ह्विस्की पी रहा है...मेरे आदमियों ने उसे चारों ओर से घेर रखा है।'

पेरीगार्ड ने वॉकर से कहा-'तुम अपने आदमियों को वहां से हटा लो। मैं उस पर अपने आदमी नियुक्त कर रहा हूं।'

तत्पश्चात मैं और पेरीगार्ड होटल की लॉबी में चले आये। इस समय रात के साढ़े ग्यारह बजना चाहते थे।

मैंने पेरीगार्ड से कहा-'कैरास्को बार में तो अधिक से अधिक आधा घंटा और रुक सकता है, क्योंकि बार सवा बारह की सुई पर बन्द हो जाती है। इसके पश्चात कैरास्को को अपने कमरे में जाना पड़ेगा।'

'कमरे की चाबी उसके पास है...?' पेरीगार्ड ने मुझसे पूछा।

'नहीं।' मैंने कहा-'हर मेहमान को होटल से बाहर जाने से पहले अपने कमरे की चाबी लॉबी डेस्क क्लर्क के पास छोड़नी पड़ती है।'

'तो चलो लॉबी डेस्क के पास खड़े होते हैं।'

फिर मैं और पेरीगार्ड लॉबी डेस्क पर चले आये और बारह बजने की प्रतीक्षा करने लगे। वहीं पर पेरीगार्ड ने मुझे बताया कि कल नासाऊ का पुलिस आयुक्त यहां आ रहा है और मुझे उससे भेंट करनी होगी। हम यही बातें कर रहे थे कि कई आदमी आये और लॉबी क्लर्क से अपने-अपने कमरों की चाबियां लेकर अपने कमरों की ओर ऊपर चले गए।

'कमरा नम्बर दो सौ पैंतीस।'

'कैरास्को!'

'जब उसने चाबी मांगी थी, तो मुझे उस ओर नहीं देखना चाहिए था पर अनायास मेरी दृष्टि उसकी ओर चली गई थी। वह अपनी चाबी लेकर मुड़ा ही था कि हम दोनों की नजरें आपस में मिल गयीं...उसने मुझे पहचान लिया

था, क्योंकि मुझ पर दृष्टि पड़ते ही उसके चेहरे का रंग बदल गया था। उसे भी यह सन्देह हो गया था कि मैंने भी उसे पहचान लिया है। उसने अपनी चाबी वहीं फेंकी और विद्युत गति से प्रवेश द्वार की ओर लपका।

'रोको। इसे रोको।' मैं जोर से चिल्लाया।

कैरास्को मेरी ओर पीछे मुड़ा और जेब से अपना रिवाल्वर निकाल कर मुझ पर फायर कर दिया। उसने लिबलिबी दबाई ही थी कि मैंने अपने आपको जमीन पर गिरा दिया। उसकी गोली न जाने कहां जा लगी थी। तभी मेरी पीठ की ओर से दो गोलियां और चली थीं। जब मैंने अपना सर ऊपर उठा कर देखा तो...कैरास्को आगे की ओर जमीन पर गिर रहा था। मेरे पीछे की ओर पेरीगार्ड खड़ा था। कैरास्को पर गोलियां उसी ने चलाई थीं।

तभी पेरीगार्ड ने मुझे सहारा देकर सीधा खड़े करते हुए पूछा, 'तुम्हें चोट तो नहीं आई?'

'नहीं। मैं सुरक्षित हूं।'

अब चारों ओर शोर होने लगा था और लोग कैरास्को की लाश के इर्द-गिर्द जमा होने शुरू हो गए थे। राड्रिग्ज, वॉकर और डॉ. टोनी बासवर्थ भी वहां पहुंच गए थे। टोनी बासवर्थ ने नीचे झुककर कैरास्को की नब्ज देखी और पेरीगार्ड से कुछ कहा था। तब पेरीगार्ड ने मुझे बताया था कि कैरास्को मर चुका है।

तत्पश्चात पेरीगार्ड ने वहां पर जमा हुई भीड़ को तितर-बितर किया और नीचे झुककर कैरास्को के शरीर की तलाशी लेने लगा। उसकी जेबों से अन्य चीजों के अतिरिक्त एक शीशे का सिलेंडर मिला। जिसमें वैसा ही लेसला पदार्थ था जैसा मुझे न्यू प्रोविडेन्स में अपने होटल के पानी के टैंक के पास पड़ा मिला था।

पेरीगार्ड ने मुझे सम्बोधित करते हुए कहा-'कैरास्को के विरुद्ध आपका आरोप निराधार नहीं है।'

अगले दिन सुबह मुझे मिले-जुले समाचार मिले...अच्छे भी तथा बुरे भी।

घर पहुंचते ही मैंने डेबी को पूरा वाक्या सुनाया।

डेबी ने हैरानी से पूछा-'कैरास्को को गोली मार दी गई?'

'हां। पेरीगार्ड ने होटल की लॉबी में उस पर गोली चलाई थी और वह मर गया।'

'और कैरास्को ने तुम पर गोली चलाई थी। तुम्हें, तो कोई चोट नहीं आई।' डेबी ने चिन्तित स्वर में पूछा।

'मुझे खरोंच भी नहीं लगी।'

'टॉम' डेबी ने उदासीन स्वर में कहा-'यह मुसीबत कब समाप्त होगी।'

'तुम चिन्ता न करो, डार्लिंग। कैरास्को से तो छुटकारा मिल ही गया है...रॉबिन्सन से भी मिल ही जाएगा।'

तत्पश्चात जब मैं शेव कर रहा था, तो मैंने रेडियो ऑन किया-रेडियो पर सबसे मुख्य समाचार मेरे होटल की लॉबी का गोलीकांड था कि किस तरह से उपायुक्त पेरीगाड ने एक संदिग्ध अपराधी को पकड़ने के लिए उस पर गोली चला कर उसे हलाक कर दिया था, किन्तु कैरास्को का नाम प्रकट नहीं किया गया था।

बाद में जब मैं स्नान करने जा रहा था, तो रेडियो ने यह समाचार सुनाया था कि एक्स्यूमा द्वीप के पास एक तेल पोत जहाज फट जाने के कारण तेल समुद्र के पानी में बहने लगा है। इस समाचार ने मुझे बहुत चिन्तित कर दिया। क्योंकि यदि समुद्र के पानी में तेल फैल जाए तो उसकी बदबू मीलों तक महसूस होती है-और इसका हमारे होटलों पर बहुत बुरा प्रभाव पड़ेगा।

पर्यटकों की संख्या पहले ही कम हो चुकी थी और यह समाचार सुनकर तो किसी पर्यटक के यहां आने का प्रश्न ही पैदा नहीं होता था।

इसका अर्थ था कि होटल खाली रहेंगे।

बहरहाल मैं नाश्ते से निवृत्त होकर रॉयल पाम होटल पहुंचा, मुझे अपने ऑफिस में पहुंचे दस मिनट ही हुए होंगे-कि बिली पहुंच गया।

वह बहुत उत्तेजित था और साथ ही साथ दुखी भी, बोला-'टॉम, यह सब क्या है? होटल की लॉबी में गोली चलने से तो हमारे बिजनेस की बहुत बदनामी हो रही है।'

'कल रात बारह बजे की वारदात तुम्हें इतनी जल्दी कहां से पता चल गई कि तुम अमरीका से यहां पहुंच गए।' मैंने बिली से पूछा।

'स्टीव वॉकर आखिर हमारा वेतनभोगी है...वह मुझे पल-पल की खबर देता रहता है। तुम मुझे यह बताओ कि डेबी तो ठीक है ना?'

'यह भी तुमने स्टीव वॉकर से पूछ लिया होता।' मैंने रुखाई से कहा।

'टॉम तुम तो बुरा मान गए। तुम यह समझने की कोशिश क्यों नहीं करते कि जब जैक चाचा को यह समाचार मिलेगा, तो उनका क्या हाल होगा–वह पहले ही दिल के दौरे से बिस्तर पर पड़े हैं।'

'अच्छा यह बताओ कि रॉबिन्सन का क्या हुआ?'

'रॉबिन्सन का अभी तक कोई संकेत नहीं मिला, बिली। कैरास्को से उसका पता चल सकता था, परन्तु अब वह भी मर चुका है।

'तुम ऐसा करो डेबी को मेरे साथ भेज दो। उसके कारण समूचे परिवार की नींद हराम रहती है।'

'वह यहां पर बिल्कुल सुरक्षित है, बिली। यहां के पुलिस उपायुक्त ने डेबी की सुरक्षा के लिए अपने आदमी नियुक्त कर रखे हैं। इसके अलावा तुम डेबी से बात कर लो। यदि वह जाना चाहे....तो मुझे कोई आपत्ति नहीं। पर मेरा विचार है कि वह नहीं जाएगी।'

हम यही बात कर रहे थे कि राड्रिग्ज मेरे ऑफिस में पहुंच गया।

उसने हमारे सामने कुछ तस्वीरें रख दी। इन तस्वीरों में कैरास्को को समुद्र तट पर एक डोंगी में सवार होते हुए दिखाया गया था। दूसरी तस्वीर केवल डोंगी की थी। उस पर उसका नाम रेड स्टार दिखाई दे रहा था। तस्वीरें एकदम साफ थीं। वह हमें अच्छा सुराग मिला था। इससे रेड स्टार डोंगी को तलाश कर पता चलाया जा सकता था कि कैरास्को उसमें सवार होकर किससे मिलने गया था।

मैंने बिली से कहा–'तुम इन चित्रों का अध्ययन करो और मैं पुलिस आयुक्त डीन से मिल आऊं। मैंने उससे समय निश्चित कर रखा है।' कहते के साथ मैंने कुछ तस्वीरें अपने साथ लीं और डीन से भेंट करने के लिए रवाना हो गया।

थोड़ी देर पश्चात जब मैं उसके ऑफिस में पहुंचा, तो डीन ने छूटते ही मुझसे कहा–'तुम्हारे साथ घटने वाली घटनाओं ने हमें बहुत मुश्किल में डाल दिया है।'

मैंने तस्वीरें उसके सामने रखते हुए कहा–'पहले आप इन तस्वीरों का निरीक्षण कीजिए....घटनाओं के विषय में बाद में बात करेंगे।'

डीन काफी समय तक उन तस्वीरों को बड़े गौर से देखता रहा।

तब तस्वीरों को एक ओर रखते हुए बोला–'मिस्टर मेगन, मुझे पेरीगार्ड ने सब बातें बताई हैं। मैं आपकी मुश्किल समझता हूं, किंतु हमारे पास जो प्रमाण हैं उनको महसूस तो किया जा सकता है, किन्तु देखा नहीं जा सकता और अदालत ऐसे प्रमाणों को कोई महत्व नहीं देती।

मैंने गुस्से से कहा–'मेरी पहली पत्नी का मेरे याट में से समुद्र के बीचों-बीच गायब हो जाना, समुद्र से मेरी लड़की की लाश पाया जाना, मेरी और मेरी दूसरी पत्नी का अपहरण, ये सब ऐसी वारदातें हैं, जो महसूस की जा सकती हैं और देखी नहीं जा सकतीं। यदि ऐसा है तो मुझे यह कहने में कोई संकोच नहीं कि अदालत वाले अन्धे ही नहीं, परले दर्जे के मूर्ख भी हैं।'

आपका क्रुद्ध होना सर्वथा उचित है, मिस्टर मेगन। वे दुर्घटनाएं घटी हैं, ये इनसे इन्कार नहीं किया जा सकता। आप इन घटनाओं के लिए रॉबिन्सन को दोषी ठहराते हैं कि इन दुर्घटनाओं के पीछे उसका हाथ है लेकिन हमारे या आपके पास रॉबिन्सन के विरुद्ध ऐसा कौन-सा ठोस प्रमाण है जिसके आधार पर हम उसे अपराधी करार कर सकें। आप मुझे एक भी ऐसा कोई प्रमाण बताइए जिसके आधार पर हम उसके विरुद्ध कार्रवाई आरम्भ कर सकें।'

'कैरास्को के पास से जो सिलेंडर पाया गया था और जिसमें पानी को दूषित करने वाला पदार्थ है, वह क्या कम प्रमाण है।'

'मिस्टर मेगन जब तक उसकी रिपोर्ट न मिल जाए हम कैसे कोई कार्यवाही आरम्भ कर सकते हैं। हो सकता है कि वह पदार्थ बिल्कुल अहानिकारक हो।'

'वह पदार्थ अहानिकारक नहीं है वह निश्चित ही हानिकारक है।'

'आप साबित कीजिए कि यह पदार्थ हानिकारक है।' डीन ने मुझसे कहा।

'आप इस लसीले पदार्थ को अपनी नाक के पास ले जाकर श्वास लीजिए-पांच मिनट के अंदर आपके फेफड़ों में घुटन होकर आपको खांसी के दौरे आने लगेंगे। आपको अपने आप पता चल जाएगा कि यह पदार्थ हानिकारक है अथवा अहानिकारक।'

तनिक चुप रहने के पश्चात डीन ने कहा–'मैंने कल रात कैरास्को की मृत्यु के पश्चात उसके बारे में काफी जांच-पड़ताल की थी....वह एक

क्रांतिकारी है। अमरीका की सी. आई. ए. ने जब ग्रेनेडा, जमैका आदि की सरकारों के तख्ते पलटे थे, तो वह मास्को में गुप्त गतिविधियों का प्रशिक्षण ले रहा था। तत्पश्चात तब अमरीकी सरकार ने सी.आइए. द्वारा निकारागुआ पर आक्रमण करना चाहा था, तो इस कैरास्को ने निकारागुआ में सी.आई.ए. के अड्डे ढूंढ-ढूंढकर वहां के बावर्चियों से सांठ-गांठ करके न जाने सी.आई.ए, के कितने व्यक्तियों को मौत के घाट उतार दिया था।'

मैंने डीन से कहा-'मुझे यह तो मालूम है कि ग्रेनेडा और निकारागुआ तो करीब-करीब साम्यवादी बन ही चुके हैं, जमैका साम्यवादी होता जा रहा है; पर मुझे यह समझ नहीं लगती कि वह हमारे पीछे क्यों पड़े हैं?

'आपने कभी चिन्तन किया होता तो आप कब का समझ गए होते।'

'मैं इस बारे में एक बार नहीं, अनेक बार और हर पहलू से सोच चुका हूं।'

'और अभी तक आपको समझ नहीं लगी?

'नहीं।'

'मिस्टर मेगन, आपके साथ हादसे पेश आने कब से शुरू हुए थे?'

'जब से मेरी पहली पत्नी की मृत्यु हुई है।'

'आप जरा गौर कीजिए मिस्टर मेगन।'

'मुझे भली-भांति याद है।'

'चूंकि आपकी पहली पत्नी की मृत्यु और आपके साथ घटने वाली घटनाओं के सिलसिले की शुरुआत एक ही समय हुई थी, इस प्रकार से आपको भ्रांति हो रही है। आपके साथ वारदातों का सिलसिला उस समय आरम्भ हुआ था जब आपने चार्ल्स कॉरपोरेशन के साथ साझेदारी की थी।'

'इन वारदाताओं का चार्ल्स कॉरपोरेशन के साथ साझेदारी के साथ से क्या सम्बन्ध है?' मैंने डीन से पूछा।

'बहुत गहरा सम्बन्ध है, मिस्टर मेगन....हमारे देश की सीमा के एक ओर अमरीका है, तो दूसरी ओर क्यूबा। अमरीका एक साम्राज्यवादी देश है और क्यूबा साम्यवादी देश नहीं चाहेगा कि उसकी सरहद पर कोई ऐसा देश हो जिसका अमरीका समर्थन करता हो। हम काले लोग हैं और अमरीका ने हम काले लोगों पर क्या अत्याचार नहीं किए, किन्तु चूंकि आप एक बाहामियन हैं, अतः हम आपके साथ अत्याचार करने वाले को ढूंढ निकालने में कोई कसर नहीं उठा रखेंगे....हालांकि हमें पर्यटन मंत्री एवं प्रधानमंत्री के आदेश

हैं कि जब तक हमारे हाथ में कोई ठोस प्रमाण न हो हम कोई कदम न उठायें। सच पूछिए तो समूची सरकार आपसे अप्रसन्न है, क्योंकि जब से आपने चार्ल्स कॉरपोरेशन के साथ साझेदारी की है तब से बाहामा द्वीप समूह बलवों, जातीय दंगों आदि का गढ़ बनता जा रहा है।

तभी पेरीगार्ड कमरे में दाखिल हुआ और डीन से कहने लगा–'वह डोंगी जिसमें कैरास्को समुद्र में गया था और जिसका नाम रेड स्टार है....फ्लोरिडा की ओर जाती देखी गई है, पर उसने एक अजीब जल–मार्ग अपनाया है।

'वह डोंगी कितनी बड़ी है?' डीन ने पूछा।

'वह कोई साठ फुट लम्बी होगी। रात–भर वह डोंगी इंजन में कोई खराबी होने के कारण मैरिना पर रुकी रही थी और अभी थोड़ी देर पहले वहां से आगे बढ़ गई है।'

डीन ने पेरीगार्ड से कहा–'तुम तुरन्त पुलिस लांच उसके पीछे लगा दो। वह काफी तेज भागती है।'

मैंने बल देते हुए कहा–'मैं निश्चित रूप से कह सकता हूं कि उस डोंगी में रॉबिन्सन होगा। टेक्सास पुलिस को अपहरण के अपराध में उसकी तलाश है। आप जल्दी कीजिए।'

डीन ने शांत स्वर में कहा–'मिस्टर मेगन, यदि उस डोंगी में रॉबिन्सन हो भी, तो हम उसके विरुद्ध कोई कार्रवाई नहीं कर सकते। कानूनी रूप से उसने बाहामा द्वीप समूह की भूमि पर कोई अपराध नहीं किया....और यदि किया है तो उसके विरुद्ध हमारे पास कोई प्रमाण नहीं, अतः महज आपकी खातिर हम उसे हिरासत में नहीं ले सकते। इसके अलावा यह भी हो सकता है कि वह उस डोंगी में हो ही न।'

'तो इसका आशय है कि आप उसके खिलाफ कुछ भी नहीं करेंगे?' मैंने निराशा से कहा।

'मिस्टर मेगन, आप इतने अधीर मत होइए। हमें जो करना है, वह हमें मालूम है। आप इस मामले को हम पर छोड़ दीजिये।'

फिर डीन ने पेरीगार्ड से पूछा–'तुमने अपना प्रोग्राम तय कर लिया है?'

'बिल्कुल।' पेरीगार्ड ने डीन को उत्तर देते हुए कहा–'हमने अपनी दो लांचें उस डोंगी के पीछे लगा दी हैं। एक लांच उसकी डोंगी के आगे निकल जाएगी और दूसरी उसके पीछे रहेगी। इस तरह हम उसे अपने घेरे में ले लेंगे।'

'उन दोनों लांचों में पुलिस के अलावा और कौन-कौन है?'

'सीमा-शुल्क अधिकारी है।'

मैंने हस्तक्षेप करते हुए कहा-'यदि डोंगी से कोई गैर-कानूनी माल बरामद नहीं हुआ तो?'

डीन ने गुस्से से उत्तर देते हुए कहा-'मिस्टर मेगन, आप हमारी बातों में हस्तक्षेप मत कीजिए। उनकी डोंगी में गैर-कानूनी माल न हुआ, तो भी बरामद होगा।'

पेरीगार्ड ने डीन से कहा-'मैं तीसरी लांच से उनके पीछे जा रहा हूं, मिस्टर मेगन का साथ होना आवश्यक है, क्योंकि यही रॉबिन्सन की शिनाख्त कर सकते हैं।'

तत्पश्चात मैं, डीन एवं पेरीगार्ड उनकी लांच में डोंगी के पीछे रवाना हो गए। डीन की मिन्नत-समाजत करने पर मैंने बिली को भी साथ ले लिया था....कोई पौन घंटे पश्चात हम लोग रेड स्टार डोंगी के पीछे पहुंच गए। डोंगी इस समय दो लांचों के घेरे में थी....एक लांच उसके आगे थी और एक उसके पीछे। डोंगी न तो आगे जा सकती थी और ना ही किसी ओर दिशा में मुड़ सकती थी। पुलिस लांचों से सीमा शुल्क अधिकारी रस्सियों की सहायता से उस डोंगी पर चढ़ गए।

जब हमारी लांच वहां पहुंची, तो डीन ने पेरीगार्ड को दूसरी लांच से तट पर भेज दिया। मुझे रॉबिन्सन की शिनाख्त के लिए डोंगी पर चढ़ा दिया और स्वयं उस लांच का ह्वील सम्भालकर इस ऑपरेशन की निगरानी करने लगा।

जब मैं और बिली उस डोंगी के डेक पर पहुंचे, तो हमें ज्ञात हुआ कि वह तो सिर्फ नाम की ही डोंगी है-अन्यथा वह तो पूरी की पूरी एक बहुत बड़ी स्टीम बोट है।

मैंने रेड स्टार वोट के कप्तान से पूछा-'इस स्टीम बोट की रक्षा नौका तो कहीं दिखाई नहीं देती।'

'वह तो मिस्टर ब्राऊन अपने साथ ले गए हैं।' कप्तान ने उत्तर देते हुए कहा।

'यह मिस्टर ब्राऊन कौन है?' मैंने उससे पूछा।

मिस्टर ब्राऊन वही हैं जिन्होंने 'फोर्ट लाडरेल' पर इसको किराये पर लिया था।

'हे ईश्वर!' मैंने पास खड़े सीमा शुल्क अधिकारियों से कहा-'तो इसका आशय है कि वह फिर से हमें गुल दे गया है।'

'यदि वह रक्षा नौका में गया है तो आस-पास ही होगा...वह फरार नहीं हो सकता।' उन्होंने कहा।

'वह देखो टॉम, वह क्या है?' बिली ने मुझसे कहा।

दूर से कोई नौका हमारी ओर बढ़ रही थी। मैंने कहा-'यह रक्षा नौका प्रतीत होती है।'

थोड़ी देर बाद वह नौका हमारी स्टीम बोट के निकट पहुंची तो मैंने गौर से देखा, वह नौका ऊपर से पूरी तरह ढकी हुई थी....मैं उस नौका की ओर गौर से देख ही रहा था कि तभी नौका की ओर से एक गोली सनसनाती हुई मेरे कान के पास से गुजर गई।

'जरूर इस नौका में रॉबिन्सन ही है।' मैं बिली की ओर देखकर चिल्लाया।

तभी नौका से दो-तीन और गोलियां सनसनाती हुई इधर-उधर गुजर गई। गोलियां डेक से टकराकर बिखर गई। नौका तट की ओर भाग चली।

डीन ने तत्काल अपनी लांच का मुंह मोड़ा और लांच नौका के पीछे लग गई। हमने रेड स्टार के कैप्टन को असहाय करके स्टीम बोट का रुख तट की ओर करवा लिया।

आधे घंटे की भाग-दौड़ के बाद जब हम तट के पास पहुंचे तो देखा. ...रक्षा नौका तट के पास खड़ी थी। उसके निकट ही डीन की लांच खड़ी थी। डीन लांच से बाहर निकल रहा था। तभी सभी की दृष्टि एक भागते हुए व्यक्ति पर पड़ी। वह व्यक्ति तट से कुछ दूर भागने की चेष्टा कर रहा था।

'टॉम, जरा उस व्यक्ति को तो देखो।' बिली मेरा बाजू हिलाते हुए बोला।

मैंने बिली के द्वारा इशारा किये हुए व्यक्ति की ओर गौर से देखा।

मैंने तुरन्त ही उसे पहचान लिया...वह व्यक्ति रॉबिन्सन था।

मैं फौरन रेड स्टार से कूदा और रॉबिन्सन के पीछे दौड़ पड़ा.....मैं जोश से भरा हुआ था अत: शीघ्र ही मेरे और रॉबिन्सन के बीच का फासला खत्म होने लगा। तभी रॉबिन्सन किसी चीज की ठोकर खाकर नीचे गिरा....अभी वह सम्भल भी न पाया था कि मैं उसके सिर पर जा खड़ा हुआ। मैंने अपने पैर की ठोकर उसके सीने पर मारी। उठता हुआ रॉबिन्सन फिर जमीन पर जा गिरा-मैं उसके सीने पर सवार हो गया। मैंने अपनी पिस्तौल निकाली और रॉबिन्सन की कनपटी पर लगा दी...मैं ट्रिगर दबाने को ही था कि डीन वहां पहुंच गया और उसने मुझे एक ओर को खींच लिया। रॉबिन्सन से अलग

होते-होते भी मैंने अपनी पिस्तौल के बट का एक भरपूर वार रॉबिन्सन के सिर पर किया। उसकी खोपड़ी से रक्त का फव्वारा फूट निकला।

तब तक पेरीगार्ड भी वहां पहुंच चुका था।

रॉबिन्सन ने अपने हाथ से चोट-ग्रस्त सिर को सहलाते हुए उठने की कोशिश की....कुछ परिश्रम के बाद उठ कर बैठ गया।

उसने स्पेनिश भाषा में पुलिस आयुक्त डीन के साथ सवाल-जवाब करने शुरू कर दिये। मेरे पल्ले उसका एक भी अक्षर नहीं पड़ रहा था।

कुछ देर पश्चात रॉबिन्सन ने अंग्रेजी में कहा-'मैं कोई पेशेवर मुजरिम नहीं हूं....मैं एक क्रांतिकारी हूं और इस समय आपका युद्धबन्दी हूं। हम साम्राज्यवाद को नष्ट करके छोड़ेंगे और बाहामा द्वीप समूह को अमरीकी उपनिवेश नहीं बनने देंगे। इसके अतिरिक्त मैं और कुछ नहीं कहना चाहता।'

'तुम युद्धबन्दी हो।' बिली ने उपहास भरे स्वर में कहा-'तुम एक हत्यारे हो....मैं तुम्हें अभी-अभी कत्ल कर सकता हूं।'

'क्या आपके पास कोई हथियार है...पुलिस आयुक्त डीन ने बिली की ओर उन्मुख होकर पूछा।

'नहीं।' बिली ने उत्तर दिया किन्तु डीन उसके उत्तर से सन्तुष्ट नहीं हुआ। उसने संशयात्मक दृष्टि से बिली को देखते हुए पेरीगार्ड को आदेश दिया....तुम इसकी तलाशी लो पेरीगार्ड।'

पेरीगार्ड बिली की ओर बढ़ा ही था कि रॉबिन्सन को मौका मिल गया। उसने डीन के पेट में एक जोरदार घूंसा मारा और वहां से भाग लिया।

मैंने उसे एक दूर स्थित मकान की ओर दौड़ते हुए देखा।

पेरीगार्ड फौरन उसके पीछे दौड़ पड़ा, किन्तु रॉबिन्सन शायद पेरीगार्ड के मुकाबले में तेजधावक था, अतः पेरीगार्ड और रॉबिन्सन के बीच का फासला बढ़ने लगा।

तभी हमने देखा....एक टैक्सी रॉबिन्सन के नजदीक रुकी और रॉबिन्सन उसमें सवार हो गया। टैक्सी तेज गति से दौड़ने लगी।

पेरीगार्ड अपनी जीप की ओर दौड़ा और उसमें बैठकर तेज गति से रॉबिन्सन का पीछा करने लगा।

मैंने और बिली ने भी बीच पर खड़ी टैक्सी पकड़ी और पेरीगार्ड की जीप का अनुगमन करने लगे।

आगे चौराहा था...हरी बत्ती पीली में तब्दील हो गई। तभी पीछे से एक

कार तेजी से हमारी टैक्सी को ओवरटेक करती हुई सर्र से आगे निकल गई। कार चालक शायद जल्दी में था और वह हरी बत्ती के सिग्नल का इन्तजार नहीं करना चाहता था। परन्तु इससे पहले कि वह चौराहे को पार कर सकती, कार चालक का हाथ बहक गया और कार सामने खड़ी रॉबिन्सन की टैक्सी से जा टकराई।

पेरीगार्ड फुर्ती से अपनी जीप से कूदा और टैक्सी की ओर दौड़ पड़ा।

इससे पहले कि वह रॉबिन्सन की टैक्सी के नजदीक पहुंचे, रॉबिन्सन ने टैक्सी का दरवाजा खोला और अपनी बाईं ओर को भाग लिया। तभी हरी बत्ती हो गई और दूसरी ओर से यातायात शुरू हो गया। जल्दी से चौराहा पार करने की चाह में रॉबिन्सन एक डबल डेकर बस से टकरा गया। बस के ड्राइवर ने बड़ी तेजी से ब्रेक लगाए। वातावरण तेज चीं-चीं की आवाज से गूंज उठा, परन्तु व्यर्थ, रॉबिन्सन बस के अगले पहिये के नीचे आ चुका था।

भारी-भरकम बस के नीचे आ जाने के कारण रॉबिन्सन का शरीर लुगदी बन गया।

रॉबिन्सन समाप्त हो चुका था।

और उसके साथ ही मेरी विपत्तियों का भी अन्त हो चुका था।

रॉबिन्सन की मौत के पश्चात एक महीने तक मेरी पेरीगार्ड से कोई भेंट नहीं हुई, लेकिन यदा-कदा मैं उससे टेलीफोन द्वारा बातचीत करता रहता था।

एक दिन उसने फोन पर मुझे बताया कि उस लसीले पदार्थ की रिपोर्ट आ गई और वह पदार्थ वाकई जलदूषक है।

रॉयल पाम होटल के वार्षिक उत्सव के उपलक्ष्य में मैंने पेरीगार्ड को उसके परिवार सहित अपने मकान पर आमन्त्रित किया। हम सब लोग बाहर पार्क में बैठे हुए थे। मेरी लड़की कैरीन और पेरीगार्ड की बेटी जिनी स्विमिंग पूल में तैराकी का आनन्द ले रही थीं।

डेबी ने पेरीगार्ड की पत्नी ऐमी पेरीगार्ड से कहा-'जरा देखो तो ऐमी इन लड़कियों को....अभी-अभी तैराकी प्रतियोगिता में भाग लेकर लौटी हैं और फिर घुस गई स्विमिंग पूल में। ईश्वर जाने इनमें इतनी ताकत कहां से आ जाती है।'

'इनाम जो जीतकर आई हैं। ऐसी बोली-इनाम का उत्साह तो होगा ही।'

'अरे ऐसा भी क्या उत्साह।' डेबी बोली, फिर चौंककर ऐमी से

पूछा–'अरे मैं तो भूल गई थी–क्या आप व्हिस्की पीना पसन्द करेंगी?'

'नहीं धन्यवाद मिसेज मेगन....मैं तो चाय लेना ज्यादा पसन्द करती हूं।'

'तो चलो अन्दर, किचन में चलते हैं। आज अपने हाथ से चाय बनाकर पीयेंगे। अपने हाथ की चाय का स्वाद ही कुछ और होगा।'

डेबी और ऐमी अन्दर चली गयीं तो मैंने पेरीगार्ड से पूछा–'आप तो व्हिस्की लेंगे ना?'

'जरूर।' पेरीगार्ड ने मुस्कराते हुए उत्तर दिया।

जब हम व्हिस्की की चुस्कियां भर रहे थे तो मैंने पेरीगार्ड से पूछा–'यह रॉबिन्सन वास्तव में था कौन?'

'यह ना ही पूछो तो अच्छा है।'

'अगर कोई ऐसी गोपनीय बात है तो फिर मत बताइए।'

'गोपनीय बात नहीं है परन्तु...।' कहकर पेरीगार्ड चुप हो गया।

'तो फिर बताइए न।'

'ठीक है, तो सुनो....।' पेरीगार्ड ने बताना आरम्भ किया।

'मिस्टर मेगन, रॉबिन्सन वास्तव में क्यूबा का रहने वाला था–उसका वास्तविक नाम रोजाम था। हमारा यह अनुमान कि वह एक साम्यवादी था बिल्कुल गलत निकला। वह सी. आई. ए. का एक एजेन्ट था और ये जो कुछ घटनाएं यहां घटित हुई, वे उसके द्वारा सी. आई. ए. के निर्देशों पर ही घटित करवाई गयी थी।'

'परन्तु सी. आई. ए. को बाहामा से क्या दुश्मनी है?'

'अब इसका जवाब मैं क्या दे सकता हूं। ये बात तो सी. आई. ए. वाले जानें...अथवा पैंटागन वाले, परन्तु एक बात अवश्य सत्य है।'

'क्या?'

'यह कि अमेरिका एक ऐसा दोगला मुल्क है जो किसी और देश को खुशहाल होते नहीं देख सकता। यहां पर सारे उपद्रव अमरीकी सरकार द्वारा ही करवाये गए थे।'

'आपका विचार सही हो सकता है परन्तु मैं आज तक यह नहीं जान सका कि मेरा और डेबी का अपहरण क्यों किया गया था?'

'जैक चार्ल्स को नीचा दिखाने के लिए।'

'मैं समझा नहीं?'

'मिस्टर मेगन, जैक चार्ल्स और सी. आई. ए. के बीच पुरानी दुश्मनी है।

यह रॉबिन्सन उर्फ रोजाम सी. आई ए. के उप-निदेशक को हर मोड़ पर नीचा दिखाता रहा है। अब जब अमरीकी सरकार हमारे मुल्क की अर्थव्यवस्था को तहस-नहस करना चाहती थी तो सी. आई ए. के उप-निदेशक को मौका मिल गया। उसने थीटा कॉरपोरेशन को तबाह करने के लिए डेबी का अपहरण करवा दिया और साथ ही यह शर्त रख दी कि उसे तुम्हारे बदले रिहा किया जाएगा। यह सब सी. आई. ए. के उप-निदेशक ने अपना बदला चुकाने के खातिर करवाया था।'

'तो वह चुप थोड़े ही बैठेगा। वह फिर कोई....शरारत करेगा।'

'अब वह कुछ नहीं कर सकता।'

'क्यों? तुम ये कैसे कह सकते हो?'

'वह है ही नहीं तो करेगा कैसे?'

'क्या मतलब?'

'मतलब यह कि जैक चार्ल्स को पता चल गया था कि इस कांड में उसका हाथ है। ये सब उसकी सरपरस्ती में उसके निर्देश पर हो रहा है, फलस्वरूप एक दिन एक कार दुर्घटना में वह अपनी जिन्दगी खो बैठा।'

मेगन सकते में आ गया था...फिर कुछ सम्भलकर बोला-'परन्तु इससे मुसीबतों का अन्त तो नहीं हो जाता। जैसे ही सी. आई. ए. वालों को यह पता चलेगा कि इस दुर्घटना में किसका हाथ है, वे बदला चुकाने के लिए तैयार नहीं हो जाएंगे क्या?'

'मिस्टर मेगन-सी. आई. ए. वालों को सब बातों का पता है।'

'तो वे चुप कैसे बैठे हैं?'

'क्योंकि सी. आई. ए. के उप-निर्देशक की कार दुर्घटना-माफिया गुट के एक ट्रक की टक्कर से हुई थी। और सी. आई. ए. वाले माफिया गुट से कोसों दूर भागते हैं।'

'तुम्हारे कहने का मतलब है कि जैक चार्ल्स के सम्बन्ध माफिया गुट से भी हैं।'

'जैक चार्ल्स के सम्बन्ध माफिया गुट के साथ तो नहीं हैं, परन्तु ऐसा सुना जाता है कि वर्षों पूर्व जैक चार्ल्स ने माफिया डॉन के पुत्र की जान बचाई थी, आज वही लड़का माफिया गुट का डॉन है और यह तो तुम भी भली-भांति जानते हो कि जहां माफिया गुट खून-खराबा और हिंसा प्रति के हिंसा में विश्वास रखता है वहां वह अपने पर किए किसी अहसान को

चुकाने में पीछे भी नहीं रहता। सी. आई. ए. के उप-निदेशक की कार दुर्घटना द्वारा मृत्यु ऐसे ही एक अहसान चुकाने के लिए फलस्वरूप कराई गई थी।'

'परन्तु पेरीगार्ड-ऐसा आखिर तब तक चलेगा?'

'जब तक कि हम फिदेल कास्ट्रो के साथ अपने सम्बन्ध सुधार नहीं लेते। इसके अतिरिक्त हमारे पास और कोई चारा नहीं है। खैर! अब इन बातों को छोड़ो, अब तुम्हें और डेबी को चिन्ता करने की आवश्यकता नहीं है।'

'मेरे बिजनेस का क्या होगा पेरीगार्ड?'

'तुम इस ओर से भी निश्चिन्त रहो।'

'परन्तु कैसे?'

'क्योंकि तुम्हारे होटलों की सुव्यवस्था के कारण ही पर्यटक यहां आते हैं और बाहामा की अर्थव्यवस्था पर्यटन पर निर्भर है। अतः सरकार ने तुम्हारे होटलों की सुरक्षा के लिए कुछ ऐसे विशेष प्रबन्ध किए हैं, जो गोपनीयता की दृष्टि से इस समय, मैं तुम्हें बता नहीं सकता। कुछ भी हो, अब तुम्हें और चिन्ता करने की आवश्यकता नहीं है।'

पेरीगार्ड ने विषय बदलते हुए कहा-'ऐमी आज कह रही थी कि डेबी किसी सन्तान को जन्म देने की स्थिति में है।'

'हां...शायद!'

'ईश्वर करे! आपके यहां चांद जैसा लड़का पैदा हो। मैंने सुना है-कि आपके परिवार में अधिकांशतः लड़कियां ही पैदा होती हैं।'

'हां...यह बात तो ठीक है, परन्तु पेरीगार्ड ईश्वर की मर्जी के आगे किसकी चलती है। होगा वही जो ईश्वर चाहेगा।'

'मेरी दुआ है कि ईश्वर आपके यहां चांद जैसा लड़का ही पैदा करे।' पेरीगार्ड उठते हुए बोला।

और आखिर हुआ भी वही। पेरीगार्ड की दुआ ईश्वर ने मंजूर कर ली। छः महीने पश्चात डेबी ने एक चांद जैसे नन्हे-मुन्ने को जन्म दिया। मेगन-दम्पत्ति के घर खुशियों की बहार आ गई।

■ ■ ■

www.ingramcontent.com/pod-product-compliance
Ingram Content Group UK Ltd.
Pitfield, Milton Keynes, MK11 3LW, UK
UKHW021659190726
13853UKWH00001B/361

9 789352 968084